无处遁逃

王文杰　著

辽宁人民出版社

© 王文杰　2023

图书在版编目（CIP）数据

无处遁逃 / 王文杰著 . — 沈阳：辽宁人民出版社，
2023.1
ISBN 978-7-205-10549-5

Ⅰ . ①无… Ⅱ . ①王… Ⅲ . ①长篇小说—中国—当代
Ⅳ . ① I247.5

中国版本图书馆 CIP 数据核字（2022）第 172578 号

出版发行：辽宁人民出版社
地址：沈阳市和平区十一纬路 25 号　邮编：110003
电话：024-23284191（发行部）　024-23284304（办公室）
http：//www.lnpph.com.cn
印　　刷：北京长宁印刷有限公司天津分公司
幅面尺寸：145mm×210mm
印　　张：9.5
字　　数：232 千字
出版时间：2023 年 1 月第 1 版
印刷时间：2023 年 1 月第 1 次印刷
责任编辑：赵维宁　段　琼
封面设计：乐　翁
版式设计：一诺设计
责任校对：吴艳杰
书　　号：ISBN 978-7-205-10549-5
定　　价：49.80 元

目 录

楔子　天眼之下，奇案频发　001

第一章　惊天大盗，抢劫金店　008

第二章　损失百万，疑点重重　014

第三章　分析案情，调查内鬼　020

第四章　老友相见，变故突发　026

第五章　大胆推敲，合理怀疑　032

第六章　提供线索，特聘专家　038

第七章　天生冤家，重看监控　044

第八章　紧急会议，发现疑犯　051

第九章　面容修复，追踪疑犯　058

第十章　梦魇缠身，孤僻怪物　064

第十一章　哑巴小偷，盗窃团伙　070

第十二章　同学聚会，提供线索　076

第十三章　生意亏损，怀疑郑译　082

第十四章　聋哑窃贼，大献殷勤　088

第十五章　限时查案，出警抓人　094

第十六章　疑犯遇害，重建现场　100

第十七章　还原细节，恶性竞争　106

第十八章　缩小范围，意外发现　111

第十九章　表面光鲜，另有内情　117

第二十章　放贼归巢，两案合并　123

第二十一章　一网打尽，暗中摸排　129

第二十二章　梦魇重临，不祥预兆　134

第二十三章　刘俊遇害，分赃不均　139

第二十四章　不欢而散，最新目标　144

第二十五章　约见小龙，收获颇丰　150

第二十六章　绝美梦境，挑战心结　156

第二十七章　雨夜观影，往事如烟　162

第二十八章　收获良多，直面恐惧　168

第二十九章　发现疑点，走访摸底　174

第三十章　初露端倪，言语攻心　180

第三十一章　入室盗窃，暂被收押　185

第三十二章　兵不厌诈，追查龙哥　191

第三十三章　好意提醒，闲话四起　197

第三十四章　二手金店，贼赃惊现　201

第三十五章　诡诈老板，心急销赃　207

第三十六章　监控被毁，疑犯成谜　214

第三十七章　失窃清单，独立编号　220

第三十八章　重度密恐，追问梦境　226

第三十九章　厚重心茧，对抗心魔　231

第四十章　血腥噩梦，即将离婚　237

第四十一章　赌徒心态，真相将至　243

第四十二章　疑犯暴毙，针孔啤酒　248

第四十三章　立军令状，隐秘关系　254

第四十四章　黑客组织，死亡征兆　260

第四十五章　幕后老板，紧急求救　266

第四十六章　遭遇欺骗，暗中监视　272

第四十七章　脱离监视，真相大白　277

第四十八章　冒险赴约，定时炸弹　282

尾声　炸弹危机，生死时速　288

楔子　天眼之下，奇案频发

2018 年 7 月 19 日，傍晚时分，位于百里之外的龙城市，天边突然飘来好几朵大乌云。

还不到一刻钟，倾盆大雨便从天而降，把没带伞的路人们给浇了个措手不及。事实上，这样的天气在龙城市并不少见，有经验的龙城人入夏之后都会随身携带一把雨伞以备不时之需。但若不小心忘记带了，其实也没太大关系。街边总会有背着包、挎着小篮子，趁机推销雨伞和雨披的小贩。雨天对于这些人来说，就是能赚钱的商机。

几分钟之后，路边的小贩们便从四处涌入街头，他们的出现无疑是避雨路人的福音。不多时，街上便散开了一朵朵的伞花，商铺两旁的路人也逐渐散去了。

完全没有人注意到，街角处有一位头戴棒球帽的男子，一直都躲在角落之中，似乎根本没有离去的打算。一名小贩走上前去，殷切地想要向男人推销自己的雨伞，却发现在棒球帽之下，男子的那张脸差不多都被口罩给整个包裹了。

闷热的夏季中，如此的打扮着实让人感觉奇怪。但为了多卖一把伞，小贩还是开了口。他抬头看着男子，低声问道："先生，要不您就买一把伞吧？反正我的伞也不贵，我看这雨一时半会儿也停不了。"

男子闻声，转头看向小贩手中的雨伞，他好似在寻觅什么，许久之后才开口问道："有没有……黑色的伞卖？"

小贩看着手中花花绿绿的透明伞面，一时间有些无言以对。他卖伞这么久，从没碰到过如此古怪的人。他定睛看去，只见男子一身黑衣，就连口罩都是黑色的，忍不住暗想，或许这人天生对黑色情有独钟？

没有得到回答，男子直接转过身去，只留满脸不解之色，站在原地心中暗骂怪胎的小贩。

不多时，天色彻底暗了下来，街边两旁的路灯亮起，龙城便恢复了它最让人们熟悉的模样。龙城虽然只是一个三线小城市，但亦拥有都市的繁华与热闹，龙城人并没被快节奏的工作给压垮。近年来，越来越多的外来人员涌入龙城。外来人员的加入使龙城更加繁荣，更具生机，也更加美好起来。如果说白日中的龙城是恬美之城，那么入夜之后，龙城绝对是狂热的不夜城。

夜雨虽然给行人带来了些许不便，但让原本潮热的夏夜反而多了几分清凉之感。

路上的行人撑伞而行，两旁商铺的霓虹招牌不停闪烁。龙城的夜生活，这才刚刚开始。

街边的某一角，先前那个一身黑衣的男子再次出现。只不过，这一次有些不同，他手中已经多了一把黑伞。这样的装扮在雨夜并不怎么引人注目。男子的身形整体有些臃肿，行走在雨幕之中，犹如暗夜之中的幽灵。

当其路过一个巷口时，不知为何停下了脚步，看起来像是在思考，又像有所怀疑。几秒之后，一道黑色的身影急速闪进了小巷之中。除了街角的那个监控探头外，根本没有人会注意到方才的那一幕。

随着时间的推移，雨渐渐又大了不少。傅北辰下班回家之后，照例给自己泡了一桶方便面。面对橱柜里五颜六色的泡面碗，他破天荒花了十几秒钟挑了一款据说是近期最受欢迎的口味。对于他来说，泡面意味着不用做饭，碗面代表着不用洗碗。这对于一个常年单身的男人，或者说常年单身的警察来说，是一件既省事儿又省时的大好事。

可这并不意味着傅北辰不热爱生活，只是由于工作的原因，他不得不节省出更多的时间投入到忙碌的工作之中。尤其是最近这几个月，焦头烂额的他更没闲心去照料自己的饮食了。

下雨天，人总是容易犯困。看了一会儿卷宗之后，傅北辰还是没能扛住困意，躺到了床上。

不知过了多久，朦胧间，傅北辰被急促的电话铃声吵醒。接通电话之后，傅北辰愣了两秒钟，立马从床上跳下来，套上衣服，抄起桌上的车钥匙，穿好鞋子后，开了门就往外冲去。外面依旧在下雨，丝毫没有停下的意思。傅北辰冒雨冲到自己的那台小车旁，用车钥匙解锁之后，钻入车内先系好了安全带，然后才发动车子，狂奔着驶出了自家的小区，成功开上了大路。

凌晨两点的大路上，行人和车辆本就不多，更不要提眼下还是大雨天这种无比糟糕的情况。

不出一刻钟，傅北辰就驾车抵达了本次的案发现场，而现场周围已经被警戒线给围了起来，闪烁的警灯给周边镀上了一层诡谲的色彩。案发地在一处繁华的商业街上，即便是深夜时分，也还有不少大排档跟烧烤店没关门。此时，有许多人从店中探出头来，好奇而又畏惧地向案发地张望。而不远处的那条深巷之中，局里别的警员已经赶到多时了。傅北辰掏了掏口袋，却发现走得太匆忙，居然没带警官证，正要尴尬开口刷脸，结果就看到了张霖探出头瞧见了他。

"傅队，你可算来了。"张霖从人堆里挤出来，一边说明案情，一边领着傅北辰往警车旁走去。

傅北辰先是看了看四周，然后望着张霖，小声问道："咋样？有没有发现啥有价值的线索？"

张霖很不爽地摇了摇头，然后才开口说道："没有，傅队，你是不知道这案子有多让人头疼，现场已经被报案人不小心给破坏了。但就算没有被他破坏，就冲今晚这破天气，也不可能给我们警方留下什么有用的信息。"

傅北辰接着继续问道："报案人什么情况？"

张霖神情严肃地指了指一个方向，然后说道："有点儿难搞，报案人就在旁边，我带你去。"

傅北辰看着张霖所指的那个方向，不由皱了皱眉头，再次看向张霖，张霖也是无奈地摊了摊手。报案人是一名喝醉酒的男子，此时正趴在警车旁大吐特吐，隔着老远就能闻到一股子酒味，明显是没少喝。

"刚刚简单问了，他是在旁边烧烤店里出来的食客，本来是喝多了想出去吐一吐，没想到钻进巷子里就发现了死者。"张霖说到这里，又皱了皱眉，"主要是这家伙也有些太不讲究了，直接吐到尸体上。"

傅北辰听了，也是一声叹气。他琢磨报案人估计是被吓坏了，加上又是醉酒的状态，这才会呕吐不止。不过，现下这种情况，估计问了口供也是白问，只能安排张霖待报案人的状态稍微恢复再做一个详细的笔录。

转身走进小巷，傅北辰皱眉问出了那个最重要的问题："能确定是之前那伙人做的吗？"

张霖使劲点了点头，抬手指向巷子中的监控说道："没错，简直可以说是跟之前一模一样的处理手法，监控同样被损坏了。现在，咱们的人已经去找其他有可能会拍到案发现场的摄像头。"

傅北辰微微颔首，又快步走到尸体前，仔细看了一眼，半晌才强压住心中的愤怒没骂出声来。尸体的表面散落着大摊未消化的食物残渣，周围的地面也被秽物给沾染了不少。这样糟糕和特殊的情况，傅北辰从警近十年来都没遇到过。

法医从地上站起身来，满脸的苦色，自我调侃道："说起来还真逗，我一个天天跟死人打交道的老法医，看了都有点想反胃，实在是太恶心了。"

傅北辰不打算扯闲篇，看着法医直接追问道："死因是什么？"

法医如实回答道："经过我的初步观察和分析，死者属于窒息性死亡。虽然在现场没有找到作案工具，可从尸体伤口上的痕迹来推断，凶器应该是较为细的绳索。不过，究竟是什么材质的绳索，还要进一步调查才能知道。"

傅北辰拿出手机打开手电筒功能，借着灯光打量着尸体，死者为男性，30岁左右的样子。身材相对矮小，体型非常臃肿，脖颈处有明显的勒痕，甚至已经出现了血迹，可见凶手在作案时用了很大的力气。

这时，身后传来了踉踉跄跄的脚步声。回头看去，原来是报案人稍微清醒了些，前来向众警陈述经过。

"警察同志，我真不是故意的。那时候，我已经喝大了，就想着能找个地方吐出来舒服舒服，压根没注意到有个人躺在墙边。我还以为他也是喝醉了，我叫他半天都没啥反应。等我再一看，发现他的头都快掉了。"

"这么说，你动过尸体？"傅北辰眉头锁得更紧了。

报案男子见状，有些胆怯地点了点头道："他，他一开始就靠着墙坐着，我吐的时候不小心溅到他身上了，就想着给他道个歉。谁知道，扶起来是一个死人。我这被一吓，就又吐了不少出来。"

傅北辰被眼前这个醉鬼气坏了，又继续问了一些细节，发现男人除了被吓醒酒后的事能记得些许外，别的都是一问三不知，最终还是无奈放走了他。这场雨越下越大，现场因此遭到了高度破坏。此时，就连巷子里都开始积水了。众警见状，只能让法医先把死者的尸体给打包，运回局里再做后续打算。

凌晨3点，众警围坐在大会议室的会议桌前，开始这次的案情大会。窗外雨声雷声交杂，让这场会议更沉重了几分。

"死者名叫刘俊，32岁，龙城人，无业，经法医鉴定所知，死亡时间7月19日22点到1点之间，死因为机械性窒息死亡。"傅北辰简略介绍着死者的信息，"案发现场的摄像头被损坏，监控录像暂时缺失。"

"摄像头被损坏？之前的案子不也是这种情况？"一位年轻的同事发言问道。

傅北辰顺着话茬继续道："对，我怀疑这两起案子很有可能有所关联。现在，技术组的兄弟们正在尝试修复监控录像，之前的监控也已经调取出来了。只不过，有一个情况我们完全没有考虑到。"

话毕，傅北辰直接调出监控视频。视频中的地点，正是案发地，时间显示是21点06分。空旷的画面之中，只有巷尾街道上时不时路过的车辆在画面中出镜。在场者均是屏息凝神，监控的时间点来到22点10分。这时，一个撑着黑色雨伞的矮胖身影进入画面之中。虽然无法看清来者的长相，但从体型与衣着上判断，此人应该是死者刘俊。

不到半分钟，刘俊就从巷子外走到巷中央。到了监控探头下，刘俊明显放慢了自己的脚步，他好像是暗中进行着什么准备。雨伞下的身躯不断晃动着，可因为伞面的遮挡而无法看清。又过了一分钟，刘俊手中的伞稳固了不少。他走向摄像头正对的位置，突然收回了手中的雨伞。众警的心都提了起来。就在这时，监控画面却突然出现了雪花纹，剧烈抖动之后，画面一片漆黑。这一幕，所有人都不觉得陌生，因为一个月前，在场者从另外一个监控中看到了一模一样的画面。

傅北辰很快再次开口道："同样的作案手法，激光照射监控探头，破坏监控感光零器件。"

"监控是死者自己破坏的吗？"另一名同事惊讶地发问，这同样也是现场所有人的疑问。

"目前看，确实是这样。这起案件已经不能算是恶性杀人案了，这个刘俊极有可能就是'6·13'金铺劫案的参与者之一。"傅北辰说着，调出另一段录像。那是局里最近这一个月来多次反复不断分析的监控录像。监控播了一阵之后，傅北辰便暂停了播放。然后，于一个不起眼的角落里，刘俊矮胖的身影被傅北辰给重点圈了出来。这个被圈出来的画面让参会者都精神大振，也许一直未有进展的"6·13"金铺劫案，就要找到新的突破口了！

第一章 惊天大盗，抢劫金店

　　只要一提起这宗震惊整个龙城警界的金店大劫案，就不得不将时间线拨回到一个多月之前，回到那个让众警都为之焦头烂额的夜晚。初入夏不久的龙城那时并不算太炎热，加之隔三岔五的降雨让这座城市多了几分清凉之感。很不巧，6月13日当天又下了一整日的阵雨。

　　突然的降雨使商业街上的各种生意都非常惨淡，零星进店的顾客也不过是毫无购买欲的参观闲逛罢了。还不等服务员开口，顾客要么不满摇头，要么直接转身离去，只留下一地的脚印儿和背后不知翻了多少次白眼儿的店员。位于街尾的联营金店亦是如此，一整天都门可罗雀。店里头的员工也均是昏沉欲睡，仅剩的几位清醒者也都暗自翘首着能早点下班。

　　联营金店是龙城本地人都知道的一家老字号金店，几年前就扎根龙城了，却在极短的时间内迅速做大做强了，甚至一口气接连开了十几家分店。因此，导致坊间不少人都在偷偷猜测金店的经营者到底是何人，居然能有如此雄厚的经济实力。

　　众所周知，从事金银珠宝这类生意的人往往都需要投入大量的金钱与人力，不同于普通商品的高流动性。金器生意更像是一种特殊的定投，投资者还要做好资金长时间被套牢的心理准备，但同样金器生意的暴利也是一般买卖难以比肩的存在。

联营金店的规模之大，足以让人看了当场咋舌。有人曾算过一笔账，这十几家的连锁金店，光是人工房租等固定开销，一年就要差不多400万元，更别提其店里那些商品的价值了。

时间刚过6点三刻，按照店铺以往的规矩，再过15分钟就能打烊收铺了。金店中的众人瞬间就忙碌了起来，分别开始归置商品与清点入库，再交接工作日志，郁闷了一天的员工们终于重新焕发了活力。

此时，忙碌的店员们并没有意识到危险正在步步逼近，而且是会致命的惊天大危险。

最靠近店铺门口的女柜员首先发现了店铺外的古怪三人组，他们均是头戴着相同的鸭舌帽，脸颊也被大大的口罩给完全遮盖住。喜爱观看香港警匪片的女店员脑海中第一时间便浮现起了电影中那些打劫金铺的亡命徒或悍匪的形象。但没过多久，她就笑着摇头否定了自己这一无比荒谬的想法。

先不说那只是电影中夸张的情节，就算这几个人真的要打劫金店，只怕他们注定是有命抢没命花。金店中早已与市公安局进行了全天候的联网，只要发生什么意外，店内人员按下一键报警的按钮，附近巡逻的保安就会在两分钟之内赶到现场。同时，最近的警察也会立刻出警，在15分钟内赶到案发现场制伏劫匪。就算是遇上最恶劣的那种情况，店铺中也安装着360度无死角的监控。即便发生意外，监控也会将整个案发过程给拍摄下来。如此仔细一琢磨，女店员志忑的心也安定了许多。此时的店铺门已经半拉了下来，她转头看去另外几位同事，再过几分钟，大伙儿就能一起下班了。

但就在这时，让人感到意外的情况发生了，门外的三人竟然从卷闸下钻进了店内。

女店员听到声响后转过头，被门外三人的这一行为给吓到了，但还是很礼貌地对三人其中的一人开口说道："对不起，先生，我们的店铺要打烊了。您如果有需要的话，可以等明天的营业时间再过来挑选商品。"

女店员的话让店里的所有人都回头看向了门口的那三人。一时之间，别的店员心中涌起一阵不祥之感。店铺中算上女店员，一共也只有6人而已，两男四女。店员们瞬间提了防备之心，柜台中的男店员更是直接快步走到了报警的按钮旁，只待意外发生便直接按下按钮报警求救。

三位男子走进店中之后，似乎并没把刚才女店员的话当回事儿，而是开始四下打量。

女店员虽然很惊慌，仍然再次说道："先生，我们要打烊了。要买东西，请明天再来吧。"

结果，话刚说完，女店员便浑身僵硬地傻站在原地，她正被一个黑洞洞的枪口指着额头。

看到手枪的这个瞬间，店员们纷纷大声尖叫起来，店里的场面一时间极度混乱与失控。

而同行的另一名劫匪见状，也立马摸出腰后的手枪握在手里，直接破口骂道："通通给老子闭嘴，瞎吵吵尖叫个啥？没见过打劫啊！你们都别给老子乱动，谁敢动或者报警，老子就打死谁！要知道，老子枪里的子弹可没长眼睛，赶紧把你们店里的金子都拿出来！"

几个胆小的女店员已经抱头蹲在了地上，险些哭出声来，而两名男店员，其中一名靠近报警按钮的电源，也正按捺着自己心中的恐慌，悄悄将手伸向报警按钮。但出乎他意料之外的事发生了，因为按下报警按钮之后，店铺内并没如期响起刺耳的警铃声。

要知道，与公安系统联网的报警按钮，只要一旦被人按下，店铺中便会响起激烈的警铃声才对，以用于警告歹徒。同时，公安系统也会接收到相应的报警信息，前来支援缉凶。现在，报警按钮按下，却没有丝毫的作用，显然是报警按钮出了问题。

就在男店员慌神的空暇之中，劫匪们先是控制住了两名男店员，又用枪威胁着女店员们，让女店员们纷纷蹲在了店铺的角落里。正值交接班入库的时候，不少金器就放在柜台外。其中一名劫匪抓起大把的金饰，迅速丢到了自己的口袋中。

"一分钟，把你们店里所有的金子都拿出来！"一名身材矮胖的男子恶狠狠地威胁着店里的女员工们，"如果超过一分钟了，我还没拿到值钱的东西，你们一个都别想活，全都去给老子见阎王爷吧！"

听到这话，女店员们早就吓坏了。胖劫匪则用枪抵着男店员的脑袋，将他押着走进了后面的金室中。大约过了两分钟，胖劫匪才心满意足地走出了金室。他向两名同伙示意，率先撤了出去。而留在现场的两人也不忘威胁几人都不准动和报警，这才跟着一并离去。

直到劫匪们全数离开，店里的员工们这才如死里逃生一般，瘫倒的瘫倒，大哭的大哭。其中一名胆子较大的男店员颤抖着连滚带爬到报警按钮前，他依旧不放弃，再次按了好几下按钮，警铃声这才如期响起。

几分钟后，保安与警方同时赶到了案发现场，傅北辰是首批到场的警员。

光天化日之下，在重重监控与安保中，居然有人胆大妄为，持枪抢劫金铺，这一犯罪性质实属极其恶劣了。但同时，这也是现场所有警员心中最大的疑点，是什么让这几名劫匪竟如此的有恃无恐？

当检查过现场所有的监控设备之后，傅北辰才明白了劫匪们为什么会这般嚣张。现场连同店铺外一共10个摄像头，居然尽数遭到了损坏，完全无法查看监控内容。这让傅北辰也觉得有些不可思议，很明显，劫匪之前做足了应对的准备，但他们是如何做到损坏监控，甚至破坏店内的摄像头的呢？

"警察同志，我想起来了，那几个劫匪进店之后好像用什么东西晃了晃摄像头。"一名女店员突然回想起了什么事情一样，"不过，当时我实在是太害怕了，没太看清楚，只看到有一束强光照过来。"

傅北辰听着，不禁直皱眉。没想到这些劫匪还挺聪明，明白摄像头最脆弱的地方就在它的光感零器件，用激光照射摄像头，摄像头中的光感零件被破坏了，也就无法再起到监控作用了。

"警察同志，我摁了好几次报警按钮，但一点儿反应都没有。"男店员也从恐慌中回过神来，他向警方声明了数次自己的报警举动，听着像是为自己洗脱嫌疑，又像是抱怨众警救援的晚来。

傅北辰转身，吩咐张霖去查一下报案记录。不出一会儿，张霖就给出了回答。

张霖先是摇摇头，然后冷着脸，看向傅北辰，回答道："没有，案发时局里没有收到任何报警信息。傅队，你说这到底是怎么回事？"

傅北辰脸色越来越难看，既然劫匪能够想到用激光破坏摄像头，自然也知道用信息屏蔽器干扰网络报警信号。再根据男店员的回忆，三名劫匪之中，一人手中确实拎着一个不明的黑箱子，想必那就是劫匪们用来干扰现场网络信号的工具。

傅北辰揉了揉自己的太阳穴，然后下令道："张霖，立刻给我调取附近所有的监控，立马按照报案人的描述进行周边巡查。若有嫌疑人出没，可当场进行抓捕。另外，全市和周边城市发布相关通缉令，提醒群众歹徒持有枪械凶器，发现嫌疑人时要立马报警。"

傅北辰吩咐完之后，又开始仔细勘查案发现场的痕迹。依照店员的描述，那些劫匪赶来之时，金店已经到了打烊的时间，恰巧卷闸门拉下一半，外面的人无法看清店铺中发生了什么情况，而店内人的呼叫声也会被削弱不少。由此可见，这伙人必然是暗中谋划了很久，了解清楚了金店的营业时间规律，算准了作案时间，肯定事先进行过暗中踩点。

现场留给警方有价值的信息不多，只有几名店员被惊吓后语无伦次的描述和地上的几枚湿脚印而已。傅北辰则俯下身子，凝视片刻后，叫来了负责取证的工作人员，冷声说道："看一下这个型号的鞋子是什么牌子，这是劫匪们留下的线索之一。"

工作人员虽然皱眉，还是按照傅北辰的安排做了。傅北辰明白为什么物证科的人会是这样的表情反应，鞋子这种消耗品产量大，销量也大，调查起来其实很有困难。且不说能不能确定鞋子的生产厂家和型号，就算可以确定，如何调查其销售处也是一大难题。线下零售，线上网购，众多的不确定性就代表着注定会是一场徒劳。

但傅北辰不这么想，他敬仰的一位警界前辈曾告诉过他，破案就是在蛛丝马迹之间寻找最有可能的关联。既然有线索，自然就不能轻易放弃。况且刚才在观察中，傅北辰注意到鞋底上似乎标注着一串数字，虽然模糊不清，但也给调查带来了一丝头绪。

此外，在店铺后的金室之中，工作人员也找到了一条极具价值的线索——保险箱上有一根掉落的毛发。虽然目前还不能确定毛发的主人是谁，但这一线索也成为警方重点调查的方向之一。

在傅北辰一行人调查期间，金店的真正营业者也收到了通知，火速驾车赶到了现场。

半个小时之后，傅北辰抬头看去，只见店门口停着的那台车里，走下来一位神色惊慌的男子，这个男子的样貌瞬间勾起了他记忆中的某些片断。他不禁抬头看着来人，面露惊讶之色，试探性地问道："您是胡先生？"

男子闻声，亦定睛看向了傅北辰，眼里也同样写满了惊讶之色。

第二章　损失百万，疑点重重

男子听傅北辰喊出了自己的姓，脸上的表情明显有些惊讶，又瞧见傅北辰身上穿着藏蓝色的警服，表情突然间不自然起来。傅北辰见状，也是有些奇怪。他组织了一下语言，向男子开口解释道："胡先生，说起来我们之前其实见过，就在你的婚礼上。"

男子听到这话才恍然大悟，他看向傅北辰的眼神也随之松懈了下来，但仍然是充满疑惑之色。看样子，胡先生已经忘记曾经见过傅北辰一面了。

傅北辰好心解释道："胡先生，我是赵佳慧的朋友，你们举办婚礼时我去参加过。"

男子一时间有些不好意思，他的脸上强行挤出了些许笑容，便不再说话了。

傅北辰也觉得现在有些跑题了，急忙把话题重新拉回到金铺劫案上，小声提问道："胡先生，您是这家金店的幕后老板吗？"

"我算老板之一吧。说起来，其实我是金店的合伙人之一，接到你们的通知之后立马就开车赶过来了。"男子的脸色显现出几分焦灼，他转过头想和傅北辰搭话，但一时间也有些尴尬，"警察同志，请问您怎么称呼？"

傅北辰连忙报出自己的名字替男子解了围，男子也急忙自报家门。

"傅警官，我是胡正荣，既然您和佳慧是朋友，我就不多进行自我介绍了。"

"行，我和您说说案情吧。"傅北辰转身和胡正荣仔细说起了金店劫案的详细经过。

"因为临近打烊，加上天气也不太好，店铺的卷闸门半拉了下来，所以现场的目击证人并不多。我们警方正在城中全力寻找，胡先生不要着急。店员都进行过相关的笔录了，接下来就要您配合我们的调查工作，提供一些有用的相关线索以及核查店里损失的金额。"

胡正荣听着，自然连连点头。他额头上豆大的汗水亦不住地往下流淌着，不一会儿便将衣服的领口与胸口完全浸染湿透。傅北辰安抚胡正荣情绪的同时，也回想起自己的老朋友赵佳慧来。

傅北辰上一次见胡正荣，严格来说是在两年前，赵佳慧的婚礼上。赵佳慧是傅北辰的朋友，二人自读书时代就相识了，关系可谓不远不近，毕业之后只偶尔在同学聚会期间吃过几次饭。

赵佳慧结婚时给班里大部分人都发了请柬，其中就包括了傅北辰，因此傅北辰有幸与胡正荣打过一个照面。胡正荣记不住自己，其实也是情理之中。毕竟，一场婚礼下来，宾客少说也有近千人。

回忆起那次的婚礼，傅北辰记忆深刻。当时，全班同学都在惊讶老同学的婚宴规模之大，是市里最高级的餐厅，摆了近百桌的酒席。宾客之中陌生面孔颇多，但亦不乏有头有脸的人物。如果没有殷实的家底和广泛的社会关系网，这样的婚宴基本上很难达成。对于傅北辰来说，他一直都不屑于与权财来往。自赵佳慧婚礼之后，他便没有与她有过啥大交集。没想到阴差阳错之下，居然会以这样的形式与胡正荣重新产生交集。

一旁，胡正荣协助店员一起核实店内丢失的金器金额。时间一分一秒的过去，所有人都在焦灼地等待。过了十几分钟后，胡正荣才在几名警员的陪同下从库房中走出来。他的脸色异常惨白，双腿仿佛早就不听他的使唤了。如果不是旁边有人搀扶，想必下一秒就要双腿软如面条而跌倒在地。

傅北辰见状，自然能猜到丢失的金器金额绝对不小。他上前去将胡正荣扶着走到一旁椅子上坐下，见他双唇惨白，眼下连一句完整的话都没法说出口，只能抬头示意一旁工作人员代为开口。

"一共丢失了大概400万元的金器，包括金块、戒指、项链，还有一些贵重的钻石。"

傅北辰听到这个数目之后，登时也是吃了一惊。再三确认无误，傅北辰心中渐渐浮现起了另外一个可怕的念头——或许这是近30年来龙城涉案金额最大、性质最为恶劣的抢劫案了。

一旁的胡正荣缓了老半天才逐渐恢复情绪，他的双目此刻已是空洞无神，给人一种绝望至极的感觉，无论身旁人如何询问都不接话。傅北辰看着直皱眉，当事人的情绪极其不稳定，这样的情况之下，最容易做出偏激的行为。他安顿好身旁工作人员看紧胡正荣，自己再次走进金库中。

此时，傅北辰的心中疑惑万分。一间这么普通的金店，竟随随便便就有400万元的货物库存。即便是他一个并不参与金器买卖的人看来，也是极度不合理跟不正常的情况。想到这里，傅北辰转身去，问起一位情绪已经基本上平复正常的女店员道："你们店里平时就有这么多的金器库存吗？"

女店员摇头，如实回答道："不是，我们店里平时不会存储这么多的商品。这批货是昨天从另一家店转运过来的货物，本来明天就要送到总店入库了，没想到居然遇上了这种倒霉事。"

"你的意思是平时金器商品都会存储在总店？"

"对，这是大老板定下的规律，所有分店只留少量商品库存以便顾客购买。如果商品售罄，分店需要向总店申请调货。"

"为何这次店铺里会存留这么多的金器？"

听到傅北辰这么问，女店员有些迟疑。她转头看了一眼金库门外依旧失魂落魄的胡正荣，似乎有些难以开口。

"没关系，你知道啥就尽管说，很有可能你觉得不重要的信息会是我们破案的关键。"

听傅北辰这么说，女店员才开口解释道："这批货是从另外几个店收上来的。听胡经理之前说，有几家金店的营业额不达标，总店决定要把它们给关掉。所以，胡经理这阵子都在忙关停分店的事情。昨天，胡经理往返几家分店，收上来店里的库存，明天就要送回总店里了。"

女店员正说着，身后胡正荣已经缓缓走上前来。他脸色极其难看，整个人都苍老了不少。

傅北辰恍惚间以为自己在面对着一个纸扎人，一时间也不知道说点什么好。

"傅警官，金店里有监控，麻烦你们尽快调取出监控，早日抓到这些嚣张的劫匪。"说着，胡正荣就要跪倒在傅北辰的面前。傅北辰顿时大惊，急忙伸手制止，一边安抚胡正荣，一边组织语言向他说明情况，以免再次刺激到他。

"胡先生，您放心，我们一定会尽全力查清案子，这是我们的职责。但眼下摆在我们面前有一个大问题，店铺内和周围的监控都被劫匪们给破坏掉了，我们的技术人员已经在抓紧修复寻找解决办法了。"

听到监控被毁之后，胡正荣的反应更加激烈了不少。女店员有些害怕，往傅北辰身后躲了躲，看向胡正荣的眼神宛如在看洪水猛兽。这一细微变化被傅北辰看在眼里，他将胡正荣带出了金库中，紧接着追问道："胡先生，刚才和店员了解完情况之后，我们得知这一批被劫的金器是昨天才运来金店的货。在这期间，您有没有发现什么异常的地方？"

面对傅北辰的提问，胡正荣并没正面回答，而是纠结于监控和联网报警的设备上。

"不是说装了监控和报警系统就安全了吗？为啥还会发生这事？要你们警察有鬼用！"

傅北辰眉头紧锁，他印象中对胡正荣的好感正在慢慢消磨，唯有一边解释一边问话。

"这起案子里，我们确实有责任。但是，胡先生，现在并不是纠结谁该负责任的时候。我希望你能配合我们工作，尽可能地提供一些有价值的线索，这样才能尽快抓到犯罪嫌疑人，减少你的损失。"

胡正荣此时并不解气，他的话语中充满了阴阳怪气，其中还夹带了几分嘲讽。

"没有任何不对劲的地方，除了监控被破坏没有人及时维修，报警没人及时出警，什么地方都很正常，除了你们不正常。"

一旁的张霖明显有些发怒，他正要开口发飙，却被傅北辰拦了下来。

张霖见傅北辰用眼神示意自己，无奈之下也是愤愤地闭上了嘴，把话吞回了肚子里。

"胡先生，商品从别的店转运到本店的消息，除了你知道以外，还有谁知道？"

"除了我，每个店的店员都知道。"

"那案发前，这些工作人员有什么异常的地方吗？"

胡正荣摇头回答道："没有，都很正常，该上班的上班，该回家的回家。"

"那案发时，胡先生你在哪里？"傅北辰盯着胡正荣，突然发问道。

胡正荣听到这个问题，猛然抬起头来，他看向傅北辰的眼神中多了几分愤怒与不屑。

"傅警官，你查我有什么用？查我能找到金子吗？查我那400万的东西会失而复得？"

傅北辰眼看胡正荣的情绪已经到了失控的边缘，只能继续耐心解释道："胡先生，金店被劫的时间点很微妙，我们怀疑金器转运的消息是相关工作人员透露出去的。劫匪掌握了金器转运的消息和时间点，才专门谋划了此次的劫案。我希望你能仔细想想，配合我们的侦查工作。"

胡正荣听罢，虽然脸上的怒火并没消退的意思，说话的语气却软了一些。

"我不知道，运货的事几个店的店员都知道。我把他们都叫来，你们挨个儿去问吧。"

傅北辰没有接话，只是继续之前的问题问道："案发时，胡先生你人在哪里？在干什么呢？"

胡正荣脸色有些不悦，他迟钝片刻，回答了傅北辰的问题："我在家里，陪佳慧。"

第三章　分析案情，调查内鬼

直到深夜时分，大伙儿才陆续从金店离开。金店门外闪烁的警灯引来了一大批围观的群众。果然不出傅北辰所料，案发还不到两个小时，联营金店被劫之事就传遍了整个龙城的大街小巷。这对于习惯了安宁平静的龙城百姓而言，可以说是一条惊天新闻了。一时间，满城风雨，大家都开始悄悄讨论起这宗抢劫案来。当得知劫匪还持有枪械后，更是人心惶惶。

市局跟省厅的领导们得知这一案件后，连夜召开了案情讨论大会。但会议上说了什么，傅北辰却没有听进去多少，因为他的脑海中一直在回想胡正荣以及店铺中各位店员说过的那些话。

回到办公室，张霖凑过来看着面如土色的傅北辰，不知是该开个玩笑活跃气氛，还是劝慰傅北辰不要有太大的心理负担。想了想，张霖最终还是决定开口问道："傅队，你的肚子饿不饿？要不，咱们点个外卖吃吧？"

傅北辰听张霖这么一提，才感觉到饥肠辘辘。从中午直到现在，已经将近十个小时过去了。傅北辰虽说平时对吃的不讲究，但也不至于饿着肚子。想了想，傅北辰掏出手机，招呼另外几位同事道："现在都这个点儿了，大家应该都饿了吧？你们想吃点啥？我来订，吃完东西后抓紧时间，重新再捋一遍案情。"

如果搁在平日里，但凡傅北辰提出请客，另外几位警员铁定是乐呵呵就凑上来，不把傅北辰半个月工资吃掉誓不罢休。可今天这个闹心的情形，众警此刻完全没什么胃口。几个警员就随便点了炒饭跟面条之类的食物。十几个人总共才点了不到 200 块的外卖。

傅北辰没理会众警，又往订单里加了些大排鸡腿，七零八碎又凑了几百元，才备注下单。

办公室里的气氛很压抑，众警都阴着脸，不仅因为会议上受到的批评，更因案件太棘手。

从案发现场回来之后，技术科的人员已经在马不停蹄地尝试修复监控的录像了。但是，忙活了几个小时，依旧还是没有太大的收获。只在一段录像中调取出了儿帧模糊不已、满是雪花的画面来。这对于侦破案件而言，并不能说一无所获，只能说是帮助不大。

而同时，当事人胡正荣的情绪也极不稳定。面对警方时，他表现出了强烈的不满。由于监控系统和联网报警系统的故障，当事人直接将案件一切的过失责任都归到警方身上。这不仅让局里的警察们感觉到不悦，更给案件调查带来了很大的困扰与阻碍。

约摸又过了半个小时，外卖准时送达。看着深夜灯火通明的警局，外卖小哥也不禁为之咋舌，临走时还不忘悄声给众警打气加油。这也让心情郁闷、疲惫不堪的警察们稍微多了几分慰藉。打开外卖，看着来自傅队的特殊加餐关心，众警终于也有了进食的欲望。

"傅队，你平时自己都不爱订外卖，不是泡面就是面包，今天为了我们终于正式起来了，希望你以后保持这种良好的习惯。"一个同事的声音打破了办公室中的死寂，气氛总算是活跃起来了。众警纷纷端起面前的饭盒，开始狼吞虎咽起来。

傅北辰没接话，笑着端起面前的大排饭，一边吃一边将顺做笔录时他注意到的一些问题。

"还是咱们傅队最会心疼人，果真资本主义的实质就是剥削。"另外一个同事边吃边说。

几个同事听到这句话，都是会心一笑。刚才做过笔录，大家自然都懂得这句话是什么意思。傅北辰听在耳中，联想起方才女店员对胡正荣的异常反应，也插话道："胡正荣看起来和店里的员工关系很一般，他店里的店员对他都是一副敬而远之的模样。关于这一点，你们在做笔录时有没有啥意外收获？"

一位同事举起手中的筷子示意傅北辰，但由于嘴里含着一大口饭，险些喷出来。

"傅队，我这边有消息。"

看着同事们端起饭盒四散而逃，发言者也有些不好意思，囫囵咀嚼了几下就把嘴里的饭吞了下去，看样子并没尝出来是啥滋味儿。发言者调整好呼吸，才说道："店里的店员说，胡正荣最近生意上遇到了些问题。"

傅北辰点了点头道："没错，按照店里员工之前的说法，联营金店最近一段时间一直都处于亏损的情况，有好几家金店因为营业额不达标，已经被总店下了通知要关门了。"

"没错，我刚刚顺手查了一下，联营金店在我们市里一共有 16 家分店。听店员说，胡正荣负责的应该有四家。"

"傅队，联营金店不都是胡正荣一个人开的吗？"一个女同事好奇地看着傅北辰，开口追问，"我去年还在他们店里买过一个手镯呢。"

"不是，从名字上就差不多能猜到了，金店一共由四位合伙人投资开设。"傅北辰一边吃饭一边解释，"目前看来，胡正荣应该是四人之中的二股东或三股东吧。"

众警恍然大悟，自然又是一阵吃惊。胡正荣身为股东之一，就算是营业亏损，手头上的金器也有近百万。可想而知，其家底有多么的殷实。但回头想想，这一次劫案对于胡正荣来说，等同于雪上加霜。想到这里，众警又是一阵唏嘘。

"怪不得他火气那么大，原来是被捅了大动脉。"张霖此时咂了咂嘴，脸上依旧是愤愤的表情。傅北辰见状，拿起手中的筷子就要丢过去。张霖心知自己方才的言语欠妥，不该幸灾乐祸，急忙闭嘴。

"大概是生意亏损的原因吧，这一阵子胡正荣脾气特别差。"同事继续往下说道。

"店员还说，这一阵子胡正荣经常来店里找他们麻烦。前几天，一名员工还因为上班时间接电话被扣了半个月的工资。"

"半个月的工资？"另一名同事有些惊讶。显然，这个惩罚太过严厉了。

"对，就是半个月，这员工也倒霉，平均一秒钟几十块的话费，我听了都觉得肉疼。"

听着话题越扯越远，傅北辰急忙打住，用手指敲了敲桌面道："诸位赶紧说正事，胡正荣和店里员工除了这件事还有没有别的大矛盾？另外的那些店呢？有什么特别的情况没？"

方才那位女警开口回答道："别的店暂时没有，不过店员普遍抱怨，胡正荣最近半年脾气差得很，经常无故找茬发火，还因为一些问题开除过几名员工。不过，我了解过，这些人怀恨在心抢劫报复胡正荣的可能性并不大。"

"那也要继续查下去，不能放过任何一个有嫌疑的人！"傅北辰说完，又将话锋一转，"另外几家分店的消息呢？"

另一名男同事发声示意："傅队，之前就已经安排人去查了，反馈回来的消息都是其他门店一切正常，店内和周围的监控也没异样，当时就把监控给调取出来了。关于其他店的人员，也已安排好要进行逐一核查。"

"那就好，这次的案子很棘手，我们必须打起精神。400万元的金额，可谓是天文数字！"

众警一时间齐齐默认。傅北辰决定不再打扰大家用餐，随便塞了几口饭后，自己走到一旁白板上，拿起油性笔勾画书写起来。众警见状，在一旁也加快了进食速度。还没超过10分钟，众警就将餐后的办公室重新收拾干净，等待傅北辰继续分析案情。

"同志们，这起抢劫案的特殊点很多。首先，劫匪是公然持枪抢劫。这一点，我们必须注意。不管是破案抓捕嫌疑人，还是提醒民众，所有人都要给我打起十二分精神，注意保护群众和自身的安全！"傅北辰此时格外强调了这一点。

"当然，我们目前也无法排除歹徒是不是用了仿真枪支进行威胁恐吓。"傅北辰想了片刻，又将这一点可能性加上，"但这一推测只能是我们最好的打算。其次，案件的另一个特殊点，就是歹徒使用激光破坏监控探头的行为。"

说到这一点，在场参会的众警均是打起了精神来。张霖突然开口提议道："傅队，懂得用激光破坏摄像头的人，应该本身就有一定的电子元器件知识。我觉得，在侦查中，我们可以适当关注有相关经验的人员。"

傅北辰点头，补充道："张霖这一看法没错。激光破坏摄像头，虽然听起来简单，但操作起来还是具有一定困难性。先抛开如何破坏摄像头不被发现这一点，对于激光强度的选择和投射角度的控制也需要一定的实操经验。"

"有这类实操经验的人，平时的工作一定也与电子设备或激光器件打交道，那么他的职业会是什么呢？"张霖捏着下巴喃喃自语道，显然眼下是在筛选犯罪嫌疑人的职业范围。

众警纷纷猜测起来，最终却没定论，焊工、电工等很多职业都会与这些案件元素接触。

"这一点，咱们暂时不做深入探讨。但在破案过程中，我们可以当作是嫌疑人的一项评判标准。我接下来要说的一点，才是案件中最关键的一点，关于胡正荣运送金器到店后第二日被劫的疑点。"傅北辰顿了顿，说出了自己心中的猜测，"我个人认为，这一起抢劫案，不能排除金店有内应配合作案的可能性。胡正荣运送金器到店和抢劫案发生的时间节点太过巧合，这其中很可能不只有巧合，因为太巧合本身就有问题。"

此话一说，在场的警员都很赞同傅北辰的这一看法。若没内应的话，不可能这么巧合。

"接下来，我们调查的重点范围要放到与金店相关的人员身上，寻找有作案动机，符合作案条件的人。同时，调查其周边密切来往的人员，抢劫团体中有社会人员参与的可能性更大一些。"不知为何，说到这里，傅北辰突然想起了胡正荣的妻子，自己的老同学赵佳慧，不知能不能从她的身上获取些许有价值的线索呢？

第四章　老友相见，变故突发

给赵佳慧发出信息之前，傅北辰一直都在犹豫，他不知道该以什么身份与赵佳慧联系。再三思索之后，他决定还是以朋友的身份去联系赵佳慧。对于一个两年没有任何联系的同学，傅北辰着实有些不知如何开口。但抱着能够有所收获的想法，傅北辰还是拿起手机发出了信息。

电话那头很快就有了回信，不同于傅北辰的短信，赵佳慧直接拨通了傅北辰的电话。

"喂？北辰吗？好久不见，怎么突然想起我这个同学了？"赵佳慧笑意盈盈地问道。

面对赵佳慧的直接，傅北辰反而有些不好意思，他不知道该怎么开口说明来意。

但是万幸，赵佳慧并没有继续这个尴尬的话题，而是再度重新开口道："北辰，刚好我这阵子也打算联系联系咱们这帮老同学，没想到你提前了一步。你有空出来跟我一起喝个茶吗？"

傅北辰没有犹豫就答应了下来，突然觉得有些不太合适，又问道："只有你跟我吗？"

电话那头，赵佳慧却有些迟疑了。片刻后，她笑着回答道："对，咱们都多少年的同学了，难道还要避嫌不成？"

"不，不是，只是……定什么时间见面呢？"傅北辰开口追问道。

电话那头，赵佳慧貌似在翻着什么东西，傅北辰只听到轻微的翻纸声。几秒之后，赵佳慧回答道："不如就约明天下午怎么样？地点选咱们学校附近的那家咖啡厅，你以前总和刘蕾去的那一家。"

傅北辰听到这个名字后，顿时身子僵了僵，最终还是答应了下来。这么久过去，他甚至都快忘记"刘蕾"这个名字了。如果不是赵佳慧无意间提起，或许自己已经决定把这个名字掩埋到内心最深处了。

刘蕾是傅北辰的妻子，准确地说是前妻。刘蕾和赵佳慧一样，都是傅北辰的同学。毕业之后，傅北辰向刘蕾求了婚，两人按照之前的计划，迈入了婚姻的殿堂，成功组建了一个幸福温馨的小家庭。那时候，傅北辰还不是现在这副邋遢的模样。每天，他都期待着回家去，看着饭桌上冒着热气的饭菜，还有窗口那盏亮着的灯。但是，很可惜，两年前，傅北辰和刘蕾结束了婚姻生活，二人是和平离婚、好聚好散。其中的原因很多，说不清谁对谁错，也说不出到底是遗憾还是解脱。

傅北辰揉了揉有些发胀的太阳穴，心中甚至有些后悔联系了赵佳慧，揭开了自己心底那一道已经落灰愈合的伤口。躺在床上的傅北辰，逐渐陷入了迷糊之中。他回想起自己和刘蕾最后相处的那个夜晚，阴云密布的天空半边通红，沉闷的空气仿佛不再流动。他和刘蕾相对而坐，谁都没有开口说话。房间之中，时钟秒针走动的声音被无限放大了，似乎一针一针要刺入二人的心房。

最终，还是刘蕾率先打破了沉寂，说出了那句傅北辰一直以来不愿意面对的话。

刘蕾面带忧伤之色，看着对面的男人说道："北辰，我们离婚吧。"

抬起头来，傅北辰双眼通红。他不明白，为什么从前无法割舍的两人会走到现在这一步，除了分开之外，竟再也别无选择。傅北辰抬起头，看着刘蕾很平静地说道："如果你觉得不幸福，我愿意放你走。"

听到这句话的刘蕾整个人如释重负，她站起身来，拉着早已经收拾好的行李箱，头也不回地向门外走去。一阵沉闷的关门声后，房间陷入了一片死寂，只剩坐在桌前沉默不语的男人，还有隐约传来的滴答水声。

再次醒来时，已经是第二天中午。傅北辰看着照射到床边的阳光，心中又是一惊，一个鲤鱼打挺从床上弹起，准备抓起衣服向卫生间冲去。但他冷静两秒钟之后，又喜又气地拍了自己一巴掌，才想起来今儿是周末休假，不用去局里值班。

简单吃过一些东西之后，傅北辰想起自己与赵佳慧的约定，今天下午校门口咖啡厅小聚。看了看时间，已经将近中午 1 点。傅北辰干脆抓起车钥匙，来到地下车场找到自己的车，发动车子朝着目的地驶去。

几年没来而已，学校的变化天翻地覆。但校门口熟悉的店铺却没怎么变，看来生意一直都不错。傅北辰找了个位置把车停好，径直推门走进了约定的咖啡厅中。傅北辰一进咖啡厅，就看到了角落中戴着墨镜独饮咖啡的赵佳慧。抬头看了一眼手表，傅北辰确定自己并没有迟到。显然，赵佳慧早就在这儿等他了。

走上前去，傅北辰站在桌前。但过了许久，赵佳慧貌似都没认出他来。她依旧戴着墨镜，端着咖啡杯看向窗外，有点像是在一个人愣神放空。傅北辰想了想，还是开口叫醒了神游中的赵佳慧："佳慧，你来了很久吗？"

闻声，赵佳慧手一抖，半杯咖啡都洒在了桌子上，不少咖啡溅出来，滴落在了傅北辰的衣服上。这样一来造成的动静可不小，咖啡厅中别的顾客纷纷转头来看，服务生也急忙上前帮忙。

赵佳慧更是不好意思，一个劲儿道歉："对不起，真不好意思，刚才走神儿了，衣服要不要紧，要不要去处理一下？"

傅北辰点头示意没关系，转身走进卫生间，他基本上可以确定赵佳慧已经到了有一阵子时间，因为刚才洒出来的咖啡都凉了，明显超过了半个小时。这么说来，她从12点左右就一直候在咖啡厅里了。

从卫生间出来，傅北辰看向方才的位置。赵佳慧依旧坐在原地，她摘下了自己的墨镜，满脸歉意地看着傅北辰，还没等傅北辰走过来就主动迎上来说道："北辰，真对不起，一见面就让你看笑话了。"

傅北辰听了，不禁连连摆手，微笑着同赵佳慧重新坐回了位置上。他的目光匆匆扫过赵佳慧，心底却一阵诧异。眼前这个女人愁容满面，厚厚的妆容下却是掩盖不住的疲惫，明显是短时间内劳心伤神所致。看样子，胡正荣生意上的事对她造成的影响也不小。

"最近怎么样，工作一定很忙吧？"赵佳慧先开口，并挥手招呼一旁的服务生。

服务生快步走过来，递上菜单。赵佳慧翻阅着菜单问道："北辰，你喝什么？"

傅北辰依照过往回忆，点了一杯从前自己常点的咖啡，又将视线重新落到了赵佳慧的身上。她同两年前一样，依旧是出手阔绰大方，浑身都是各种各样的名牌，搭配一个光看样子就知道价格不菲的包。只不过，相比两年前，她脸上的倦色深了不少。

"还好，我都习惯了。"傅北辰迟疑片刻，缓缓开口，"关于胡先生的事，我很抱歉。"

"不，该说抱歉的是我们。"赵佳慧说着露出微笑，"北辰，真不好意思，我先生前几天脾气不太好，在工作中给你们添麻烦了。他回家之后和我提起你了，说当时自己太急火攻心，说话办事都很欠妥，还请你不要放在心上。"

"没有，遇到这种事，换谁都会心急上火。毕竟，损失的金额实在太过巨大，你老公会这样也是人之常情，我其实非常理解。你回头也转告胡先生，让他不必多虑。有什么事尽管来找我，我能帮上忙的一定竭尽全力。"

赵佳慧又是一番感谢。不过，感谢之后，二人齐齐陷入了沉默之中。

"这几天，你先生怎么样了？"傅北辰试探性地问道。

赵佳慧苦笑，端起面前的咖啡，小抿了一口，回答道："他还是那个老样子，每天像是吃了火药，脾气大得很。就像你说的遇到这种事，心情不好也是可以理解。只是他这个样子我很担心，也很心疼。"

"这种情况，你要多关注他的情绪，以免他冲动之下做出什么偏激的事。"傅北辰叮嘱道。

"谢谢你的关心，我已经让家里的保姆多注意他了。"赵佳慧出言道谢，"他这个人，遇事就这样，平时人还是很不错的。"

傅北辰没有说话，心里开始打算该怎么开口。他又想起金店生意上的事，于是鼓起勇气问赵佳慧道："听说你先生的生意最近遇到了一些麻烦？"

赵佳慧有些意外，她没想到傅北辰会关心自家生意。出于礼貌，她还是简单做了说明。

"他生意上的事，我一般不多过问。他们几个大男人的事，我一个女人家也不懂。只是听说生意是出了些问题，不过做生意，有赚就有赔，都是正常的情况。合股这种事，赢则双赢，损则俱损，谁也没办法控制。"赵佳慧说完后，觉得自己说得太多了，转头将话题引到了傅北辰身上，"你呢？这些年依然是一个人吗？"

傅北辰最不愿提及的话题还是来了，他只囫囵地嗯了嗯，便低头用汤匙搅拌起咖啡来。

赵佳慧这才觉得这么问有些唐突，于是说道："对不起，北辰，又提到你的伤心事了。"

　　正说着，赵佳慧包里的手机突然响了起来。示意之后，赵佳慧从包里取出手机接通了电话。电话那头一阵嘈杂之后，赵佳慧的脸色越来越难看。挂断电话之后，她把手机放回到包里，立马起身向傅北辰辞别。

　　"北辰，家里来电话说我先生出事了。我先走一步，改天有机会再联系。咖啡钱我已经结过了，不好意思。"说完，赵佳慧便抓起包冲了出去。傅北辰还没来得及说点啥，便只看到窗外赵佳慧的背影越来越远。

　　端起桌上的咖啡喝了一口后，傅北辰心中的疑虑越来越重了，因为他清楚地听见刚才的通话中，电话那头分明是个男人的声音。二人聊了什么导致赵佳慧的神色大变，如此匆忙地离开呢？

第五章　大胆推敲，合理怀疑

几天的时光转瞬即逝，可震惊全市的金店被劫案依旧毫无进展，这让市局的全体警员都背负着极大的身心压力。这些压力一方面是来自上级领导的施压，另一方面则是来自群众因为劫匪还没落网而产生的恐慌以及警员们从警的责任感，众警都体会到了那份前所未有的压迫感。

每天晚上，局里都是灯火通明。傅北辰这个平时也不怎么回家的人，更是直接住在了警局的办公室里，一日三餐都是面包跟泡面。整个人蓬头垢面，衣服也不怎么换。不出几天，整个人都快要馊了。就连张霖面对傅北辰时，也忍不住要皱眉闪躲对方。

晚上下班的时候，张霖实在看不下去了，凑到傅北辰面前欲言又止，最后还是下了决心，拎起傅北辰的衣领就往外拽。傅北辰转头狠狠一瞪，满是胡茬子的脸差点让张霖以为面前坐了个原始人。

"老大，算我求你了，快回家换身衣服洗个澡吧。再这样下去，你受得了，我们一屋子的人都快疯了。"张霖满脸苦色，央求一样的口气让傅北辰也有些惊异。不过，仔细嗅嗅，身上这股味儿确实有些呛鼻。

"行了，你小子也别嚎了，我回头会处理掉这股味道。"傅北辰抓起衣服许诺道。

听见傅北辰的亲口许诺，张霖才露出一副欢喜的表情。看那模样，就差跟在傅北辰身后欢送了。但刚走了没几步，傅北辰却停了下来。他回头盯着张霖发问道："你小子吃了没？没吃的话，跟我一块儿去吃一口吧。"

张霖本来打算今天去找女朋友小聚一下，几天接连的加班让他一点儿私人时间都没有。但是，面对傅北辰难得的邀约，他此时也无法拒绝。一番挣扎之后，张霖还是一脸痛苦地跟在了傅北辰身后。毕竟，要是自己不去，这家伙多半就是泡面随意解决了，今天顺带着狠狠宰他一顿，也算补偿自己见不到女朋友的遗憾了。

不过，张霖的算盘可是打错了。出门上了傅北辰的车，一路前行之后，傅北辰在一家包子铺的门口停了下来。看着一脸不可思议的张霖，傅北辰还有些没明白过来，一个劲儿催促他。

傅北辰回头朝张霖吼道："喂，你还傻愣着干吗？想吃啥进来点，这顿我请客。"

张霖赶忙跟上，然后小声问道："傅队，你没跟我开玩笑吧？"

傅北辰抬腿佯装着踢人，然后一本正经地回答道："这家的包子皮薄馅儿大，种类和口味还不少，你今天想吃几个就点几个，都包在我身上。"

张霖勉强挤出来一丝笑容。如果早知是这样，他一定义无反顾坐一个小时公交去找自己的女朋友约会吃大餐。

10分钟之后，在包子铺的小包间里，二人对着面前堆成山的包子开始大吃特吃。为了照顾张霖，傅北辰破天荒地加了一碟子卤肉。他丝毫没有注意到，看着包子山的张霖脸色已经铁青了。香菇馅儿，茴香馅儿，三鲜馅儿，萝卜馅儿，傅北辰果然是很照顾自己。但这和摆着十几种口味的方便面，问一个人今晚选哪款不是一个道理吗？

见张霖不吃，傅北辰还特意抓起一个包子塞到他手里。

"你别小看这家的包子，我刚上班那阵儿成天过来吃，一个两块钱，便宜实惠，味儿还不赖。"

"合着吃顿包子在你这儿就是改善生活了？"

张霖不可思议的眼神越发强烈，虽然他一直都明白为什么好多同事在背后都叫傅北辰怪人，但直到今天他才知道原来傅北辰这么怪。无奈之下，他还是抓起了一个包子，慢条斯理地咀嚼起来。不过，傅北辰倒还真没骗他，包子的味道出乎意料的好，包子馅儿一点儿都不干柴，一口咬下去，汤汁四溢，肉香浓郁。吃了两口之后，张霖也胃口大开，和傅北辰抢夺盘里的包子。

傅北辰看着张霖笑而不语，这一幕真香的戏码似曾相识，自己初次来这时也是如此。

突然间，联想到刘蕾，傅北辰心情有些郁结。他闷闷嚼了两口包子，起身去结账。

这一顿包子吃下来，总计花销还不到50块。如此一算，还真挺实惠，而且还特管饱。

"老大你也快吃，怎么不吃了？"张霖满嘴食物抬起头，看傅北辰盯着自己看，心头一阵发毛，嘴里和手上的动作都慢了下来。傅北辰摇头，端起桌上的粥往嘴里灌，示意张霖也赶紧吃。

解决过晚饭，二人不知不觉又把话题给扯到了案子上，这其实也是一种职业病了。

张霖用纸巾擦完嘴后，很精准地丢到了一旁的垃圾桶里。他压低嗓子，率先开口道："老大，你说这伙人也真够胆肥，光天化日之下就敢打劫金店，不动手则已，一动手就是抢大几百万，也不想想到手了之后有没有命花。"

"说到这个，你小子这几天查得怎么样了？"傅北辰也顺势问起了张霖那边的案情调查进度，"关于可疑人员的排查有没有什么有价值的发现？"

张霖尴尬地摇了摇头，声音低了下来，生怕傅北辰怪罪，小声回答道："老大，暂时还没有啥大发现。技术科那边正没日没夜分析金店周围近半个月的视频资料，最终一致认为这伙人之前就多次进行过事先踩点儿。所以，正在高度排查视频中反复出现的可疑人员。不过，到现在也没啥大收获。"

这一点傅北辰也知道，最近的工作进展实在是甚微，他自己在进行的调查也没太大的进展。但从赵佳慧身上发现的疑点，却越来越多了起来。

"傅队，你说那群劫匪抢了这些东西，下一步会咋办呢？"张霖问出了最核心的问题。

"依照我的看法，劫匪处置那些赃物，不外乎只有两种可能：要么偷偷找一个有实力的大户，把他们打劫回来的东西全部吃下；要不就是分批分次，一点点往外头散货，然后把这些东西给洗白变现呗。"傅北辰说着，还擤了擤鼻子，继续给张霖解释。他没注意到张霖嫌弃的眼神来回飘荡在自己脸上，只是一五一十陈述着自己的观点。

"这伙人抢了这么多的金子、钻石是不假，但要知道，这些玩意儿可都不是能轻易流通的货币，想要变成钱就要有老板敢接手。不过，接手这些东西的人可一定不简单，普通人压根儿不可能一次性就盘下几百万的货，除非确实是家里有矿。这种人最难找，毕竟涉及几百万的生意，谁也不敢轻易动手。况且这宗案子已经全市皆知了，那些富豪心里自然都有所警惕。一点儿一点儿分批次变现对劫匪来说虽然安全，但变现的速度又太慢，他们只能是一次带着几万块的东西出去变现。但这种费力不讨好的事儿，很有可能几次后就会被人看出其中的端倪。"

傅北辰的脸上有些痒，他用手挠了挠脸，继续往下展开分析："但是，通过之前给店员们做的笔录，基本上能看出来，那些人抢走的东西大部分价值都在三五万元以上，脱手这些商品也不是那么简单的事儿。毕竟，一没正规发票，二没购买凭证，一般人自然不敢轻易入手，除非是一些暗地里就有黑色交易的店铺。"

"不过，还有一种最可怕跟最糟糕的可能。"突然之间，傅北辰的脸色严肃了起来，他盯着张霖一字一句地说，"那就是早在这群劫匪动手抢劫之前，就已经提前找好了赃物的买家！"

张霖觉得有些不太可能，开口反问道："这种可能性比较小吧，毕竟谁愿接这种买卖？"

傅北辰听着也点了点头，接过话茬往下说道："没错，按照你的说法，这种可能性最小。不过，如果这种可能性成真，反而对我们来说是破案难度最小的。到时候，赃物的追讨也会简单很多。"

张霖点了点头，正要插嘴，结果又被傅北辰打断了，让他的心情相当郁闷。

只见傅北辰继续自顾自地说道："另外，最近这一段时间，我们也可以适当去关注和打听一下市场上，有没有关于这批货物的消息。万一这帮劫匪急疯了，现在就忙着出手，或许咱们就能顺藤摸瓜，把他们通通抓回来！"

"傅队，你能先停一下不？"张霖的表情有些复杂，看着傅北辰喊道。

"还有，我们也要去查查联营金店有没生意上的对头，说不定能得到一些有用的消息。"

"傅队，你能先让我说一句不？"张霖再次强行打断傅北辰道。

"怎么？"傅北辰有些不乐意，他瞪着张霖，显然很不爽被打断了思路和案情推理。

"傅队，你先把脸上的包子馅儿擦一擦，不然待会儿你脸上就要生油疮了。"张霖有些尴尬地指着傅北辰的左脸。傅北辰听了后伸手摸去，果真摸了一手黏糊糊的包子馅儿。傅北辰虽然说平日里不拘小节，但好歹也是要面子的人。这么一来，傅北辰也有些在包子店里待不住了，起身拉着张霖就向外走去。

傅北辰坐上车去，却把张霖给丢在了车外，只探出一颗脑袋来，虚情假意地关切道："要不我送送你？不过，现在天儿也不晚，我也不打扰你了，咱们明儿见。"

看着傅北辰驾车扬长而去，张霖额头立刻"青筋暴起"。他在心中默默发誓，以后再也不跟这个"两面三刀"的虚伪上级出来吃任何一顿饭。张霖走了一阵子，好不容易拦了一辆出租车，给司机大叔报了家里的地址后，系好安全带就开始在车上闭眼小憩。

傅北辰回到家的时候刚过9点。他看着有些陌生的家，疲惫感瞬间涌遍了全身。他跟跟跄跄走到沙发旁，整个人直接瘫到了上面，将车钥匙和手机随意丢到了一旁的饭桌上。其实，一个人的生活很好。但有时候，他确实也会怀念起从前的婚姻生活。

傅北辰脑海中闪过这个念头后，忍不住暗骂自己还是太闲。他从沙发上爬起来，准备换掉衣服去洗个澡。但就在这时，丢在饭桌上的手机却突然响了起来。这铃声让其心中顿时一紧，还以为是局里又出了什么突发事件。但电话屏幕上却意外闪烁着"赵佳慧"三个字。

正因如此，傅北辰又莫名联想到几天前与赵佳慧在咖啡厅中见面时，接到那通电话的情景。当时电话那头隐约传出了胡正荣的声音，但赵佳慧却说胡正荣在家里出事了。傅北辰的手机响了一阵，他才抄起饭桌上的手机，怀着强烈的好奇心，接通了赵佳慧的电话。

第六章　提供线索，特聘专家

"喂？北辰，你现在应该还没休息吧？"傅北辰听着电话那头传来赵佳慧的问候声。

傅北辰如实回答道："刚下班。这段时间一直没能抽空打电话问你，胡先生现在咋样了？"

电话那头，赵佳慧声音中多了几分无奈，长叹一口气道："唉，说到他，我就头疼，他还是那个老样子呗，脾气是一天比一天大。前几天家里没人，他自己心不在焉，打破了那个茶几，胳膊被划伤了一道大口子。幸亏我回家及时，送他上医院包扎了伤口。以他现在这个精神状态，我实在是担心，真怕万一有一天他会出啥意外。"

傅北辰沉思片刻，随即将这个问题抛之脑后，接着发问道："这么晚了，你还专门打电话过来，有啥事需要我帮忙吗？"

赵佳慧顿了顿，似乎有些不好意思开口，但最终还是说了出来："北辰，其实上次那事挺不好意思，约你见面半途中我就先离场了。北辰，你后边有时间吗？过几天，我打算组织咱们同学聚会一次，顺便有些事我想和你说说，不知道对破案会不会有所帮助。"

听到和案子有关，傅北辰顿时也打起了精神，他继续道："没关系，如果很重要的话，你就在电话里和我说也行。"

"我也还没想好怎么说。"赵佳慧这时有些为难，片刻后，她还是把话题转移到了同学聚会上，"要不这样吧，北辰，周五晚上我联系了几个老同学，我们一起聚聚。到时候，我再和你说吧。真不好意思，这么晚打扰你了。我待会儿把地址发你，你到时如果没什么事，就来赴约吧，也趁这个机会大伙好好聚聚。"

说完之后，赵佳慧挂断了电话。傅北辰只觉得满头雾水，他不明白赵佳慧为何会想组织同学聚会。先抛开大家已经许久没有联系，突然之间热切起来的那种突兀，光是当下她家中的这个情况，是否有心情举办这种活动，傅北辰一时间都有些怀疑。

不过，刚才电话中赵佳慧提到和案子有关的事，傅北辰倒是相当好奇。因为就现下的案情进展来看，傅北辰这边几乎是一筹莫展。如果是有价值的线索，对警方来说无异于雪中送炭。看了一眼日历，傅北辰见今天是周三，周五也就是后天晚上，不到两天的时间间隔，赵佳慧就要去联系到众多的老同学，想来也没那么轻松。

但傅北辰同样也有预感，赵佳慧给自己打电话来，像是突然间的想法，不管是从同学聚会的时间，还是举办聚会的动机而言，都不是那样的充分跟合理。不过，如今傅北辰已经没有精力去想太多了，他的大脑早就陷入了混沌跟疲惫之中，趴在沙发上就不知不觉地睡了过去，连澡都不想去洗了。

当傅北辰再次睁开眼，窗外天色已经蒙蒙亮了。傅北辰从沙发上坐起身来，拿起自己的手机，时间显示现在是早上 5 点 49 分。傅北辰自然没有睡回笼觉的习惯，他强行重新坐起来，才发觉自己昨晚睡得匆忙，连衣服没有换，澡也没有洗。经过一晚上的发酵，现在整个人都散发着难闻的酸臭味。

傅北辰冲进浴室里洗漱完毕，又赶紧换了两件干净衣服，因为身上的警服已经皱巴巴的了。傅北辰只觉得看着头大如斗，这样的形象不仅是对自己外貌的不尊重，更是对警察这个职业的不负责。

一阵收拾之后，干净利索的傅北辰出现到了镜子里，除了脸色有些疲倦外，别的都还算看得过去。傅北辰约摸着现在去局里也差不多了，于是到楼下的早餐店买了一套煎饼，坐在车里狼吞虎咽起来。

大清早，局里就已经开始忙碌了起来，桌上的电话一直响个不停，早高峰时间也是各类民事冲突高发的时间段。傅北辰走进办公室，见自己的办公桌被收拾得一干二净，还有些不太习惯，抬起头一脸好奇地看着办公室里的众警，他想问是谁整理了自己的办公桌。

不过很快，傅北辰就注意到了，每一张办公桌今天都比往常干净了不少。办公室里一改往日忙碌凌乱的模样，简直是从整体上焕然一新了。这种情况确实古怪，以傅北辰的经验来看，今天局里应该是要来重要人物。

见张霖走过来，傅北辰一把就抓住了他，想问一下他现在到底是什么情况。

张霖明显有些不悦，被傅北辰抓住之后略带几分不耐烦，特想挣脱他的魔爪。

"怎么着？你小子还跟我恼火昨天吃包子的事儿呢？你一个堂堂男子汉，咋就这么小肚鸡肠呢？下次我请你吃更好的就是了，不过先跟我说说，这又是闹哪一出？我这看了半天都没看明白。"傅北辰压低声音发问道。

张霖万分哀怨地看了一眼傅北辰，随后便没好气地解释道："傅队，你居然还有脸问我啥情况？昨天上头不是特意告诉过你吗？今天局里要来一名从外省调过来的专家协助咱们办案。"

傅北辰听了这话直接就愣住了，脑子里努力回想着张霖提到的那位外省专家。半晌之后，他才想起来，昨天中午吃饭时，局长好像还真提了这么一句，中途局长还专门叮嘱了他，要注意一下办公室内外的环境和大家的个人形象，以免给第一次合作的专家留下一些不好的印象。

想到这里，傅北辰才一拍大腿，吆喝起来道："嗨，你看我这破记性，我就说你昨天着急忙慌要拉着我搞一下个人卫生，看样子我那桌子也是你帮忙收拾整理的吧？谢谢你了，小霖霖。"

张霖听到这个称呼，顿时露出一副作呕的表情，丝毫不领傅北辰的情。

"老大，我说咱下次养宠物能换换吗？你每次都在办公桌下养小强，我都快受不了了。"

傅北辰有些不好意思，捶了张霖肩膀一下，佯装着紧张地吼道："糟糕！你把小强怎么了？我养了好几天的小强哪儿去了？"

张霖不理会傅北辰浮夸的表演，他抬手指了指门外，提醒傅北辰道："老大，还有十几分钟，那位专家就要来了。你甭在这里耍宝了，赶紧准备准备材料，待会儿和人家汇报一下工作。这次你要是再把事情搞砸了，我估计局长能把你给活剥了。"

傅北辰听了这话，没有应声，只是坐回办公桌前开始翻阅文件。

张霖口中说的"再搞砸"，也不是毫无根据。几年前，傅北辰就硬生生气跑过一位专家。由于时间过得太久了，张霖也记不清那件事的来龙去脉，只依稀记得那个中年谢顶的矮胖专家被傅北辰当众调侃了几句后，那张老脸涨得通红，转身就进了局长的办公室，好一阵子诉苦。从局长办公室出来之后，专家更是愤然离场，而后傅北辰也经历了相同的遭遇，因为他被局长骂了个狗血喷头。

张霖当时还问过傅北辰，为什么非要和那位专家对着干，甚至出言当众驳人的面子。

当时，傅北辰说的话他还没忘，原话大意是——那些什么所谓的专家，不过就是学历镀金之后的空想主义者，他们有几个进过案发现场？他连尸体都不敢碰，就开口跟我说靠着书本上一句话断定一件案子，我看连夸夸其谈都算不上，只能说是纸上谈兵而已。

后面的那些词语太过难听，张霖已经选择性忘记了，因为实在说不出口。

但从那天起，张霖也明白了傅北辰这个人的性格。至于如何评价，暂时就不好明说了。

一旁的傅北辰观察着自己的办公桌，好像发现新大陆一样，丝毫都没有紧迫感。

说句实话，傅北辰打从心底里想会会这个所谓的专家。

这几年里，傅北辰已经成功和许多专家成了死对头，每个和傅北辰合作过的专家对他的评价都只有一个——不可理喻。这次的抢劫案很是棘手，但不承想上级又给自己增派了一个专家。看样子，这个所谓的专家应该是新来的，之前并没听过傅北辰的恶名，要不然怎么会答应领导来协助他破案呢？

傅北辰抬起手表看了看，现在已经超过上班时间五分钟了。他摇摇头，忍不住笑了笑。

果真，看来这位专家也是一个很不靠谱的家伙，也太没时间观念了吧。

不过，这一次傅北辰还真猜对了。整整一个上午，办公室里众警都没有等来这个所谓的专家。原本为了专家打扫得干干净净的办公室，又重新恢复了昔日的凌乱。就连张霖都觉得有些不屑，便和傅北辰一起抱怨这位专家不靠谱。

张霖在傅北辰身边小声说道："老大，看样子这次你判断对了。说好的今天来，到现在都没瞧见人影。这是不拿我们当回事儿还是要大牌要咱们一起去请他呢？"

傅北辰忙活着手头的活儿，十分戏谑地打趣张霖道："怎么？你小子这就迫不及待了？人家是专家，咋可能那么轻易就能请过来？现在的三流明星露面都要出场费，你咋这么看不起专家呢？"

张霖听着也直皱眉，没有接话，只是自顾自地说道："傅队，实不相瞒，打一开始我看资料，就觉得这个人不靠谱，年纪轻轻怎么就成了专家？这年头，当专家的门槛也太低了吧？"

傅北辰突然有些好奇，他追问张霖道："多大年纪？"

"不到30岁，看照片模样很白净，很瘦弱，反而像个发育不良的高中生。"

傅北辰越发觉得可笑起来，他跟张霖要来了资料，随意翻看着念道："省厅信息技术科特聘的专家兼高级顾问，龙城大学计算机系博士毕业，还真是年少有为，看样子刚毕业不久，应该是个好孩子。"

龙城大学是龙城人眼中最高学府，况且这位专家年纪轻轻，就已经获得了博士学位。

"让我看看，这位优等生叫什么名字？"有警员问道。

"丁法章。"

突然传出一个陌生的声音。大家齐齐抬起头来，差不多是同时看到了那个清瘦的男子。他此刻逆光站着，看不清脸，但通过模糊的面部轮廓，他们还是认出了眼前的这个人。此人正是那位迟到的专家——丁法章。

第七章　天生冤家，重看监控

只见丁法章身材挺拔，脸颊略微清瘦，但腰杆笔直。他的脸色虽然过于苍白，看起来似乎有一丝病态之感，但不得不承认，他非常英俊帅气，让人想起了许多年前那部名叫《暮光之城》的电影、他与电影中的吸血鬼男主甚至还有几分神似。张霖看着突然出现的陌生男子，当场呆住了。虽然这样是有些不礼貌，但他从来没看过这样具有病态美的男子。

注意到大家像看怪物一样盯着自己的脸看，丁法章有些不满地挑了挑眉，开口冷声质问道："喂，我们可以正式开始谈谈后续的工作了吗？"

张霖顿时从惊讶中回过神来，像机械人一样点了点头，又回头去看傅北辰，却发现傅北辰脸上充满了嫌弃。他看向丁法章的眼神，就跟看什么天外特殊生物那般。这种无理的行为，很快引起了丁法章内心的极度反感。他快步走上前去，同样用眼睛死死盯着傅北辰不放。

其实，要真算起来，傅北辰和丁法章的身高差不太多，但二人在身形上的差距颇大。就他那细胳膊细腿儿好像折起来扭一把就会立马断掉，压根没有丝毫的威胁感跟力量。傅北辰看着丁法章的眼神又多了几分不屑。

一旁的张霖看着面前这剑拔弩张的场面，二话不说，急忙挡在了傅、丁二人的中间。

"两位，咱们是不是该谈谈工作了？已经耽误一上午了，再耽搁下去可就要坏事了！"

"既然如此，那咱们就先和丁专家聊聊工作吧。"傅北辰说着，脸上还露出了戏谑的笑容。随后，他径直转身走进了会议室，留下背后一脸尴尬之色的张霖和内心非常不悦的丁法章。

投入到工作中后，几个人眼下的精神状态都稍微收敛了一些。可就算如此，众警的目光还是齐刷刷盯着丁法章不放，这让他的内心瞬间别扭到了极点。那种已经很久都没有过的恐惧感再次涌上了心头，他现在只想逃离这间房子。

不出片刻，参会警察们的眼神可毒辣了，均相继察觉出了丁法章此时的那份异样之感。

众警也开始小声窃窃私语起来，因为这个脸色惨白的男子站在办公桌面前一动不动，嘴巴也是一言不发，跟个没有生命的提线木偶毫无差别。眼下唯一能够证明他是个大活人的东西，就只剩其额角上面那些密密麻麻的豆大汗珠。

见到此情此景，傅北辰对这个新来的专家更加嗤之以鼻了。他直接站起身来，拉着丁法章走到众警面前，还主动带头鼓起了掌来。一阵稀稀拉拉的掌声在会议室中响了起来，原本脸色窘迫的丁法章逐渐开始愠怒起来。他转过头，用眼睛恶狠狠地盯着罪魁祸首傅北辰，仿佛要用眼神将这个人给当场射杀。

傅北辰却是一脸的满不在乎之色，慢条斯理地向众警介绍丁法章道："来来来，你们几个把手里头的活儿都暂时停一下。上头特聘的丁专家来了，大家赶紧鼓掌热烈欢迎啊！"

会议室中的气氛仿佛热络了起来，但丁法章的脸色丝毫没有改变。

他此刻依旧是满脸怒容，看向傅北辰的眼神中甚至还多了几分杀意。这也是傅北辰眼下最直观的感受，入职多年之后，他自然能判断出什么人在何种情况下，会有什么样的反应。而如今这个丁法章却让他感觉到了一丝不对劲，这种感觉非常怪异和让人不舒服。

意识到闹剧差不多了，不能太过火，傅北辰赶忙摆手叫停，并微笑着说道："从现在这一刻起，丁法章先生就是我们局里的一员了。当然，仅限在破案之前哈。"

站在傅北辰身旁的丁法章努力压抑着自己超不爽的情绪，强行平复着心中的怒火，竭力摆脱着脑海中曾经痛苦的那些回忆。过了许久，丁法章才脸色惨白，抬起头来与在场的警察打招呼道："大家好，我叫丁法章。接下来，我们就要一起工作了，希望大家多多包涵。"

话音刚落，这次换张霖主动鼓起掌来，会议室中的气氛其实并不怎么好，需要他来活跃一下。只不过，张霖无意间发现这个丁法章，貌似很害怕别人过度关注他。每当众警注视着他或者为他鼓掌的时候，丁法章的面部神情总会表现出一丝不安之色，甚至还会下意识进行后退。

估摸着是时候停止欢迎了，张霖也忙站起身来，强行打了个圆场，拍了拍手说道："好了，好了，时候也不早了，各位都快各自去忙吧。丁老师和我们以后相处的日子很久，以后慢慢了解，慢慢熟悉，这样大家才能更好地完成工作。"

众警陆续散去，很快会议室中只剩下了三个人，为首的是傅北辰，其次是张霖和丁法章。

"丁老师，你的状态还好吗？要我倒杯水给你喝吗？"张霖面露关心之色，问道。

丁法章听罢，轻轻摇了摇头，勉强冲张霖挤出了一个微笑。他自然能看得出来，眼前这个男子是出于好心，真的很关心自己，完全不同于一旁那个令他生厌的男人，总费尽心思想让自己出丑。

张霖这时看了看傅北辰，又看了看丁法章，才淡笑着说道："那好，丁老师，我先给你介绍一下，这位是我们的傅队长，也是这次你要接手案件的负责人。有什么问题，你可以去找他了解。"

傅北辰破天荒没有冷嘲热讽，他朝着丁法章缓缓点了点头，却没有得到后者的回应，心中不禁又是一阵闷气，暗想这个新来的家伙未免也太不给我面子了吧？

"傅队，金店劫案现场的监控还有吗？"丁法章深呼吸一口气，才对着眼前这个令人讨厌的男人说出了第一句话。

"有，不过，你想看什么时段的监控呢？"傅北辰皱眉反问丁法章道。

傅北辰说这话的时候，神情相当不屑。这个所谓的专家难道就这水平吗？监控自己和手下早已经看了不知有多少遍了，如果能从里面挖掘出有价值的线索，还需要费神找这个所谓的专家过来吗？不过，现在看来，完全就是多此一举，装样子走个过场罢了。

"我要所有与案子相关的监控。"丁法章用非常坚定的口吻回答道。

听到丁法章这么说，张霖一时间也有些惊讶，他好意提醒了一句："丁老师，全部的监控视频加起来可是有近万小时。这么多的监控，您一个人怎么能看得过来呢？这个工作量也太大了啊！"

傅北辰看了一会儿，只见丁法章信心十足的模样。他挥了挥手，示意张霖帮忙去调监控。

傅北辰都开口下令了，张霖也只能依令行事，主动退了出去，赶到技术科去调取监控。

此时，张霖的内心也对这个所谓的专家有了些顾虑。或许这一次，傅队的偏见还真没错。

一刻钟之后，张霖带着监控资料回到了会议室之中。就在张霖离开去取监控的这一段时间里，会议室里的两个男人完全没进行过任何交流，不仅是言语上，就连眼神上的交流都没有。

　　傅北辰萌发了一种预感，自己和眼前这个古怪的男人根本不可能产生默契。和这样的人共同工作，不要说效率了，估计就连心情都会变差。就在傅北辰愣神之际，丁法章已经接过张霖递过来的那些资料，然后十分熟练地打开了电脑。

　　会议室中时不时传出噼里啪啦的键盘声。看着对方这熟练的动作，张霖莫名心安了不少。

　　只不过，这样的键盘声一直持续在会议室之中，根本就没有要停下来的意思。

　　傅北辰和张霖二人等了半个多小时，也没有得到任何来自丁法章的反馈。时间一分一秒过去，丁法章仿佛已经置身于电脑世界之中，完全察觉不到身旁人的存在。他按动键盘的手指快速闪电，双眼聚精会神地盯住电脑屏幕，连眼睛都不眨一下。

　　起初的时候，张霖还有些耐心。他坐在丁法章的身边，眼神中充满了好奇与崇拜。只见屏幕上的代码开始不断滚动，甚至让张霖有了一种现场观看《黑客帝国》的既视感。

　　但是，还没过多久，黑白屏幕上的代码就让张霖开始头昏眼花了。他努力让自己的精神聚集在电脑前，但无奈他完全看不懂那些密密麻麻的代码。不出一会儿，他就对这些花里胡哨的东西失去了兴趣。而一旁的傅北辰则不同于张霖，他从一开始就没对这个丁法章抱有什么大希望。终于，又是十几分钟过去了。傅北辰丢下一句话之后，便转身离去。

　　"张霖，给这位丁专家换一把舒服一点儿的椅子，时间长了，当心长痔疮。"

原本正在忙碌的丁法章听到这话，抬起头狠狠地瞪了傅北辰一眼，心里骂道："闭上你的臭嘴！"

傅北辰则微笑着回了一个表情，然后快速离开了会议室，心情非常愉快。

"丁老师，那你要不要换把椅子呢？"张霖小声提议道。

张霖的提议让丁法章有些无语。他摇了摇头，便叫张霖去忙别的事，别干扰他工作。

张霖一出会议室，就被一旁躲着的傅北辰拉到了另外一间办公室里。

这一次，张霖什么都没说，皆因他也默许了傅北辰的看法。

"傅队，这次来的这个专家好像真有些不太靠谱。"张霖看着傅北辰说道。

傅北辰坐在椅子上慢悠悠转了一圈，端起手边的茶大喝一口，不承想喝了一嘴的茶叶片子，到头来又把叶子给吐了出来，才开口说道："小霖子，要我说这些个专家就没有靠谱的时候，你也甭对丁法章抱什么希望了，该干啥就去干啥吧。"

"唉，行吧。"张霖此时也是叹了一口气，转身走出办公室，开始去忙活自己的事儿了。

其实，没有人理解为什么傅北辰会对所谓的专家怀有如此大的敌意，但真正的原因只有他自己知道。说起来，这件事和之前的经历脱不开关系。刚入局里的时候，傅北辰参与了一宗要案的侦破。在那宗案子里，一位从外省来的支援专家给傅北辰留下了难以磨灭的印象。用不学无术、徒有其表、自大狂妄这些语汇都不够形容那个让傅北辰厌恶的人。

这还不是傅北辰讨厌专家的最大原因，那一次行动最终以失败告终，而最大的问题就来自那位专家的身上。如果不是他的错误指导和自大狂妄，行动就不会走向错误的道路，最终导致任务失败。无数人的心血都在那一天破碎，这种代价是傅北辰遇到过的最无形也最让他心痛的那种。

从此之后，傅北辰就养成了面对专家嗤之以鼻的坏习惯。即便是局里别的警员三番五次进行劝解，甚至连局长都一次又一次开口警告，也没能让傅北辰改掉这个坏习惯。想到这里，傅北辰的脑袋又大了一圈。如果说所谓的专家也不能帮忙侦破这一宗惊天大劫案，警方又该如何才能打破眼前的这个死局呢？

第八章　紧急会议，发现疑犯

时间匆匆而过，不知不觉已经到了吃晚饭的时间。丁法章还是没有动静。就连张霖也放弃了，徘徊在会议室的门口许久，只是隔着门喊了一声，问他要不要帮忙带个饭。丁法章连头都没抬一下，直接就给摇头否决了。张霖知道自讨了个没趣，于是也只能自顾自地离开了。

"新来的这个丁专家还真是个怪人，眼看这都几个小时过去了，他不说话就算了，居然连动都不动一下，真是一个十足十的工作狂人啊！"一名年轻的同事暗中瞄着丁法章的那个工位，悄悄和身旁的人小声说着话。

身旁的人回答道："我刚路过他身边，看见他眼珠子都不动。你觉得他会不会是个假人？"

"不知道，反正那家伙不是一个正常人。咱们局里怎么就找了这个怪人来当专家顾问呢？这也难怪咱们队长不待见他。"正说着，傅北辰从二人的身后路过，虽说他们说的都是事实，但自己也多少要开口辩解一下。

傅北辰盯着二人，故作严肃地说道："我说你们叽叽咕咕八卦啥呢？我啥时候不待见丁专家了？我看你们一个个都还是太闲了，手头上的工作都搞完了吗？要不，我过来检查检查？"

这两个人很不好意思地笑了笑，然后又投入到了觅食的人群之中。

傅北辰的内心其实有些诧异，或许他之前真的太过分了，以至于现在局里人都知道自己和新来的丁专家不对路子。说起来，他好像真有些小肚鸡肠了。

傅北辰的心中一阵酸，心想自己居然也要臭名昭著了。如果现在不做些补救措施的话，这个恶名多半是摆脱不掉了。一念至此，又联想到刚才丁法章还忙于工作没有时间吃饭，傅北辰难得做了一次大好人，去食堂买了两个包子揣在了兜里。

一旁的张霖看傅北辰又买了两个包子，胃里又是一阵翻江倒海，上次的包子可算是把他彻底吃腻了。现在，不要说是包子、饺子这类带馅儿的，只要是长得白白胖胖，热气腾腾，都差不多要被他拉进黑名单了，其中就不乏躺枪的豆包跟馒头。

"老大，按照您的这个吃法，不怕自己有一天生个包子出来吗？"张霖跟在傅北辰身后小声絮叨，却被傅北辰转过身一个包子直接塞到了嘴里。他嘴里叼着那个包子，吃也不是，吐也不是，一时间进退两难。更要命的是，他注意到刚才傅北辰拿包子之前，手似乎刚从胳肢窝底下拿出来。

"傅队，咱们的关系不至于吧，我就吐槽一句，你的心也太狠了！"

看着傅北辰独自远去的背影，张霖一声怒吼，可惜傅北辰压根不理会。

傅北辰背着张霖很随意地挥了挥手，本着不能浪费粮食的优良精神，张霖最后还是含着泪把那个包子给吞进了自己的肚子里。至此之后，张霖暗中给自己定了一条铁律——不吃傅北辰递过来的任何食物。

傅北辰回到会议室之中，发现丁法章依旧是他离开时的那副模样，正聚精会神地盯着电脑的屏幕，好像完全没有察觉到傅北辰的到来。只是当傅北辰把包子放在丁法章面前时，他用几乎察觉不到的频率停顿了片刻，然后低声说了声"谢谢"。

傅北辰很惊讶能从这样冰冷的人口中听到"谢谢"二字，有些不太适应。

但很快，傅北辰还是恢复了原本的模样，拉过椅子坐在丁法章身边，饶有趣味地观察了起来。可这一行为着实让丁法章觉得很不舒服，他抬头看了一眼傅北辰，用眼神示意他可以离开了。不过，傅北辰压根没有理会，他依然自顾自地靠在椅背上，而且还故意抖着腿，一副你奈我何的模样。

无奈之下，丁法章唯有开口说道："不好意思，我工作的时候不太喜欢旁边有人一直看着，能麻烦你尽量离我远一些吗？"

傅北辰听着，先是为之一愣，然后很快就开口回答道："没关系，我不觉得别扭就行，况且下午的时候，张霖不也在你旁边儿看了老半天吗？你那时候咋不让他走呢？"

丁法章一边看着电脑的屏幕，一边冷声回答道："因为他没有你这么让人讨厌。"

听完这句评价之后，傅北辰整个人直接石化在了原地。他想过丁法章会说得很难听，但是怎么都没想到他会如此的直截了当，丝毫不给自己留情面。一时间，傅北辰笑也不是，恼也不是，跟一个小丑一样不知所措，直到丁法章拉着椅子离开了原来的位置。

看着原本位子上放着的包子，傅北辰心中只有一个想法：狗咬吕洞宾，肉包子打狗。

这种自作多情的事情，以后就算打死他，都绝不会再做了。

恰逢此时，张霖也从外面走了进来。看着会议室里两人的气氛不太对劲，他嗅到了一丝淡淡的火药味。思索之后，张霖还是决定主动离开这个是非之地，以免到时引火烧身。

不过，当他退出会议室的那一刻，桌上的东西让他突然有些异样。

因为那个桌子上放着一个包子，那是刚才傅北辰买的包子？抛开自己不待见包子，傅北辰竟然会为一位刚来局里不久的专家买食物？这简直就是一个天大的新闻。张霖一时间恨不得冲上前去对傅北辰进行一番深入的访问，好搞明白他到底中了什么邪，居然给丁专家买了包子？

而会议室中，丁法章的动作也有了变化。他的双手离开键盘，转移到了鼠标上，一直盯着屏幕某处不放的眼睛也开始渐渐移动，看起来像在寻找什么东西。不一会儿，他的眼中就放出了兴奋之光，看起来应该是找到了自己想要的东西。

丁法章起身并顺势合上了电脑，开始朝会议室的门外走去。傅北辰还没从刚才的尴尬中回过神儿来，如今见丁法章要走，也是不知为何，抬手就要拦住对方，开口问道："这个点了你要到哪儿去？手头的工作都忙完了？"

丁法章没理会傅北辰，回头看了一眼他，只丢下了两个字："吃饭。"

傅北辰突然有些委屈，指着桌上的包子表示这是自己为他带的饭。

不过，这一次傅北辰被丁法章给无情嘲讽了，只见他冷声道："包子不吃了，我怕你下毒。"

有苦说不出的傅北辰只能是打掉了牙往肚子里咽，他很气愤地抓起包子，狠狠塞到了自己的嘴里。傅北辰将包子吞下去后，依然口齿不清地抱怨着："怎么着？你这个大专家瞧不起包子？你爱吃不吃，你不吃我自己吃！"

没想到这时走了一半的丁法章突然折返回来，看着嘴里满是食物的傅北辰有些愣神。

于是，傅北辰人生中最尴尬的一幕就此诞生了，他的脸颊鼓囊囊，仿佛一只囤积食物过多的仓鼠，两颗眼珠瞪大，惊恐而又慌乱，面对丁法章时无辜极了。丁法章估计也没想到，眼前这让他非常讨厌的男人，也会表现出如此呆萌的一面。他实在没忍住，直接"扑哧"一声笑了出来。这是丁法章和所有人见面之后，第一次表现出来喜悦的表情。傅北辰则开始急忙调整自己的形象，恶狠狠地冲丁法章吼道："你干什么呢？知不知道啥叫吓人一跳啊？"

丁法章没搭话茬，而是直接丢下一句话："20分钟之后，你通知所有人来开紧急会议。"

丁法章说完，就离开去吃饭了，他的笔记本电脑还在办公桌上放着。这下子轮到傅北辰一头雾水了。刚才，丁法章好像也没有完成什么重要的工作，只是说要去吃个饭而已，怎么20分钟后就要开会了？

傅北辰看着桌子上丁法章的那台笔记本电脑，突然有点儿想打开来一看究竟。

见四下无人，傅北辰快步走到桌前，将笔记本的屏幕抬起来。原本想着桌面上应该是刚才丁法章工作的进度，但完全没想到，此时的屏幕上竟赫然显示的是傅北辰。他的脸被摄像头拍到了，然后拼接到了桌面上一头驴的脸上，看起来滑稽无比，伴随着动画的变化，驴头还不断扭动着发出咿呀呀的怪叫声。

傅北辰顿时气不打一处来，等会儿一定要找丁法章问个明白。

15分钟之后，丁法章吃完饭，重新回到了会议室中，见一旁开着的电脑屏幕和面如黑炭的傅北辰，瞬间明白了是啥原因，忍不住开口调侃道："算起来，咱们也就15分钟没见，傅队长你就变脸了？怎么我看着还有点儿变长了？"

听着丁法章故意打趣自己，傅北辰觉得满脸通红，额头的青筋也部爆起了。

"我看你是故意的吧？"傅北辰厉声质问道。

丁法章一脸无辜，此时装起了小绵羊，十分平静地说道："傅队长，你这话是几个意思呀？我怎么就成了故意的了？不过就是一张电脑屏保而已，只要面部识别不通过自然就会被拼接到驴头上。"

说着，丁法章还凑到电脑屏幕前。屏幕闪烁之后，桌面恢复了之前他离开时的状态。

"对了，傅队，你刚刚说什么我是故意的？"丁法章佯装惊讶，继续发问，"难道你刚刚偷开我电脑了？"

此时，死要面子活受罪就淋漓尽致地体现到了傅北辰身上，他梗了梗脖子，义正词严地否认了自己之前的偷窥行为。但丁法章这次并不打算就此放过他，只见他熟练地打开"我的电脑"，在其中的一个文件夹里找到了刚才傅北辰留下的罪证——那是一张驴的照片。

"你看你，傅队有什么想问的事儿，你直接问我就好了，怎么还悄悄自己动手呢？"

傅北辰自觉颜面扫地，不知道该怎么回答，脸色涨得通红，只能把问题又重新拉到工作上去，强行给自己找回颜面道："我是关心你的工作进展，提前观察一下工作进度而已。你不是说要开会吗？难道你有了啥新发现？"

丁法章没有说话，环视周围，众警貌似并没有前来。他皱了皱眉，对此很不满意。

丁法章开口问道："不是让你通知大伙儿接下来开会吗？怎么那些人都还没到？"

傅北辰摊了摊手，颇为无奈地说："大家伙儿都不知道开会说什么，来了干啥事儿呢？"

傅北辰这个阴阳怪气的态度，成功惹怒了丁法章。他走上前，用眼睛怒视着傅北辰，然后一字一句地说道："傅大队长，如果我告诉你，劫案的犯罪嫌疑人已经找到了，这个会你开还是不开？"

第九章　面容修复，追踪疑犯

丁法章的话音刚落，这间会议室就挤满了密密麻麻的警察。

所有警察都是听说金店抢劫案的犯罪嫌疑人有眉目了，才纷纷放下手里的工作赶了过来，难以言表的兴奋之情洋溢在每个人的脸上。这次的丁专家好像还真挺靠谱，这句话是在场的警察们口中多次重复着的话。

面对着台下密密麻麻的警察，丁法章还是有些小紧张。他的思绪飘忽不定，仿佛又回到了多年前的夜晚以及那个让他久久无法忘记的仓库。平复片刻之后，丁法章开始汇报自己的工作进展。

丁法章先打开了多媒体，屏幕上赫然出现了一个男人的照片。此男子的体型微胖，年龄目测 30 到 40 岁。众警期待着丁法章继续往下说，但丁法章却就此突然打住了。他站在台上，没有继续说话。台下的警官们也逐渐开始躁动起来，一边窃窃私语，一边向台上的丁法章投去疑惑的目光。

"不是说嫌疑人已经找到了吗？"

"这照片就是嫌疑人吧？不过，光靠这一张照片有什么用？"

"就靠这一张照片，可信度高吗？再说了，这照片是从啥地方得到的呢？"

"搞什么鬼名堂啊，弄了半天就整出来个这玩意儿？真是害我白高兴一场。"

"你们先别急，等等看台上这位怎么说吧。"

在众警的窃窃私语之中，傅北辰迈步走到了展示台前。但是，傅北辰也不知道此时该如何开口。他定睛看向一旁的丁法章，确定丁法章依然没有开口的意思，于是便替台下的众警问了起来。

傅北辰轻声发问道："丁老师，这张照片是什么意思？你可以给我们解释一下吗？"

丁法章深吸一口气，然后用无比坚定的口吻回答道："这个人具有很大的作案嫌疑。"

此言一出，台下顿时就是一片哗然，自然说什么的都有。有人觉得，丁法章就是信口雌黄胡说八道。也有人觉得，丁法章语出惊人见解独到。但更多人却依然在等丁法章开口给出一个合理的解释。

"丁老师，你说这话有什么证据吗？"傅北辰再度开口反问道。

结果，丁法章却摇摇头。这个动作让下方的议论之声更凶了，都快压过台上两人的声音了。

"果然，这次又来了个狗屁专家。"

"一张照片就能确定他是嫌疑人，我还真有点好奇。不过，没证据瞎猜就有点儿说不过去了吧？这不就犯了我们办案时的大忌吗？"

越来越多的警员开始质疑丁法章，可他此刻一点儿都不感到焦灼，只是面对台下众警犀利的眼神时有些闪躲。这一个微反应，傅北辰自然看在眼中。他突然也有些好奇，为什么面前这个男子会是如此反常的反应？

"丁老师，如果说没有证据的话，你怎么就能证明这个人就是我们要找的嫌疑人呢？"

听到这话，丁法章重新走回到自己的电脑前，坐下之后，开始切换着文件夹中众多的照片。

不一会儿，丁法章就成功打开了另外一张照片，照片上依旧是先前那个矮胖男人。不同于上一张，这张照片中的男人戴了一顶黑色的鸭舌帽。这张照片看起来有些滑稽，因为鸭舌帽本身并不大，但戴在男人的头顶上仿佛顶了一个大金菇。男人硕大的脸盘布满了油光，那双眼睛中又多了几分狡黠之色，看起来活脱就像一个刚偷完油的大胖耗子。

"现在我们看到的这两张照片，还有文件夹中数十张的照片，其实都与这个男人有莫大的关联。此人在案发前频繁出入案发地的周围，很明显是带有目的性和有计划地进行了提前踩点儿。"说话间，丁法章又从怀中拿出了另外一样东西，那是一张龙城市的地图，地图上此时已经用红点密密麻麻地标注了出来。

丁法章随手拿起身边桌上的油性笔，在照片上仔细勾勒着。不出一会儿，众警就看出了其中的端倪，这些点连起来竟然都围绕着被劫的联营金店，并且点与联营金店之间的距离都完全相同。等丁法章彻底把这些点连接在一起的时候，展现在所有人面前的已经是一个圆形的点阵圈。

丁法章突然开口说道："这张图片，诸位警官应该都能看懂吧？这是我在调取案发前半个月，案发地附近以及龙城市所有监控所获得的信息。此名男子在短时间内以联营金店为中心，向四周进行发散性踩点儿。他的行为目的很明确，就是在进行作案前的踩点儿，而且同时还对周围的监控进行了踩点儿。联系到联营金店的案情，诸位现在会想到什么呢？"

"还能想到啥？自然是被毁坏的摄像头啊！"很快便有人给出了回应，这是最基本的常识了。

丁法章点头，认可了发言人的想法，顺势接着道："没错，犯罪嫌疑人对周围监控走访清楚之后，他自然就可以轻而易举地知道什么地方有监控，什么地方是真正的监控死角，哪一处的监控最容易被破坏，什么地方的监控最为密集。提前掌握了这些关键情报，嫌疑人作案时就会轻松很多，以至于我们现在完全没有其作案前破坏摄像头的证据以及作案后劫匪们可能逃离的路线。"

听到这里，台下的众警顿时恍然大悟，对台上那个看似瘦弱的男子也多了几分信任。

"但不是说本次劫案的是三个人联手作案吗？现在怎么才只有一个？"有人突然发问道。

面对这个问题，丁法章也进行了回答："各有分工吧，因为他们三个人分工不同，所以现在监控中出现的只是他们负责踩点儿的一人。至于另外那些人的具体分工，现在还不是很明确，但有一个嫌疑人的身份信息，已经足够我们去顺藤摸瓜揪出其同伙的信息了。"

对于这一点，傅北辰很认可。之前案件的难点在于没有突破口，而现在这个突破口已经显而易见了。只要根据男子的体貌信息进行排查，相信不会有太大的差错，抓到人也只是时间问题了。

"但我还要说一点，我们目前所掌握的犯罪嫌疑人照片中，并没有他完整的正脸照和全身照。由于我使用了大数据检索功能，所以人像在一定程度上也存在着误差。我只能说现在的照片是最接近嫌疑人的真实模样，但在实地抓捕过程中可能还会存在略微的差异。"丁法章的这一番话又让众警又有些不解，既然已经找到了嫌疑人，又为什么会有差异呢？难不成丁法章只是对嫌疑人做了一个简单的外貌侧写画像，然后用相关的P图软件合成了眼前这个男子？

台下的声音又逐渐大了起来，丁法章这次却没有开口进行解释。他径直走下台去，坐回到了自己的座位上。傅北辰此时有些无奈，这个丁法章果真是个脾气古怪，难以捉摸的怪家伙。他只好强行接过话茬，继续主持接下来的会议。

傅北辰清了清嗓子，继续道："现在，我们已经有了嫌疑人的初步画像，那么下一步工作也算有了头绪和调查的方向。之前分配下去的任务，大家都还没忘记吧？在之前的任务的基础上加上这一条线索进行调查，只要一有线索，就立马报告。"

此时，突然有人开口问道："可是，傅队，这照片不是不准确吗？咱们如果按照片去找，抓错了人怎么办？到时候岂不是打草惊蛇了？"

很快，有一些警察也开始附和这句话。实际调查过程中，确实会发生这种可能。无奈之下，傅北辰也不知道丁法章究竟是怎么打算的，便转过脸看向他求助。结果，丁法章这时直接无视了傅北辰。

傅北辰没办法了，唯有强行开口道："丁老师，你不继续多说几句吗？"

至此，丁法章才缓缓起身开始讲述所谓的原理。他深吸一口气，解释道："我利用大数据功能检索过龙城全市 15 天内各路口的监控录像内容，照片上的可疑人物是我在检索过程中发现的。此人是一个经常出没于案发现场的可疑人员。但是，由于该人员每次出镜时都会做一定的遮掩装扮，比如帽子、口罩之类，所以至今我都没能得到他的正面照。但是，凭借人工智能修复技术，我对该男子的容貌进行了最大程度的还原，并且通过对其他残缺照片的分析跟对比，修补了可能存在问题的部分。现在我们看到的嫌疑人画像是通过电脑技术后期还原的照片，所以准确性上可能存在一定的误差。"

之前很少人听过这种破案手法，初听时只觉得很新奇，虽然有不少人觉得不太靠谱，但是见丁法章如此镇定自若，自然也就相信了。毕竟，好歹也是从别处调来的技术专家，自然有其过人的长处。

然后，一大群警察又对案情进行了一番分析，才渐渐地散会了。散会之后，张霖紧跟在傅北辰的身后，还是一脸不可思议的表情。傅北辰看着张霖那没出息的模样，内心只觉恨铁不成钢。

"傅队，这个丁法章还真有几把刷子哈，看着和之前的那些专家确实是有些不一样。"

傅北辰听着张霖对丁法章的称赞，更加不服气了，冷哼一声道："旁门左道的雕虫小技而已，到头来还不是不能百分之百确定对错？到时候，如果真出了问题，抓错了人，可有他哭的时候！"

见傅北辰满脸的酸色，张霖只觉得面前这个男人越来越小心眼儿了。但出于自保，张霖没有开口说傅北辰。张霖面对着这么一个小心眼儿的上级，自己可是要学聪明一点儿了。要不然，到时候城门失火，殃及他这条池鱼，可就有些不值得了。

傅北辰虽然嘴上这么说，心中却早已经翻涌起来了。他不知道自己是在期待，还是在畏惧些别的东西。可能那个能让自己改变对专家看法的人已经出现了，只不过这样的情况下，傅北辰还是不愿承认。

傅北辰抬手看了看手表，已经是晚上 9 点 35 分了，今天的工作也算颇有进展，疑犯的面容已经被丁法章修复了，自然也能展开暗中的追踪调查工作。只要能成功抓到犯罪嫌疑人，这个案子就不会变成一宗无法侦破的悬案。

傅北辰光是想想都很兴奋，整个人一点儿都不觉得疲惫，内心反而信心十足。他甚至萌生了一种预感，金铺大劫案背后的谜团很快就会被警方给一点点解开，幕后黑手注定难逃法网，因为无论多么狡猾的狐狸，都会有露出尾巴的那一天！

第十章　梦魇缠身，孤僻怪物

丁法章从黑暗之中悠悠醒来，只觉得身上疼痛不已，仿佛被人用木棍敲打了许多次。从地板上摸索着强行爬起来，感觉一阵寒意袭来。这里究竟是何处？自己为什么会出现在这个地方？

刺骨的寒冷逐渐加深，丁法章只觉自己就快要支撑不住了。他强忍住身体上的疼痛，站起身来，想要探寻周围的环境。而就在此时，他的手臂触碰到了一件冰冷的物体，突如其来的异物感让丁法章一时间有些惊慌失措。他不禁向后退了两步，想要闪躲。结果，身体反而撞到了一处更冰凉的物体上。

丁法章下意识地惊叫了出来，强忍住内心的恐惧，重新站直了身体。

方才从手上传来的那种触感，基本上能让丁法章断定，他接触到的是一具尸体。但究竟是人的尸体还是动物的尸体，他暂时还无法确定。如果没猜错的话，他自己此时应该身处在一个冷库之中。身边还悬挂着各式各样的尸体，或是牛，或是羊，抑或者是猪，甚至于可能还有自己的同类。

一阵毛骨悚然之后，丁法章忍不住大声呼救起来。冷库之中，丁法章的声音回荡又重新传回，长长的回响让他觉得更加恐惧了。他停止了无谓的呼喊求救，开始尝试寻找光源，因为即便是冷库，也应该有应急灯源或照明设施。

一路向墙壁展开摸索，丁法章终于靠在了墙边。墙壁比冷库别的地方都要寒冷，厚厚的冰霜挂在墙上，仿佛一层又一层的玻璃碴子。丁法章的手心被刺得生疼，但他眼下没有更好的办法了，只能硬着头皮摸索着向前走去。

不多时，掌心就传来了剧烈的刺痛感，应该是被墙壁上的冰碴割破了。但因为冷冻的原因，伤口很快便凝固止血了。丁法章甚至听不到血滴掉落到地板上的声音，不知是地面上的霜花太厚，还是自己的手掌已经被冻麻痹了。此刻，他的身体已经僵硬到快失去知觉了。

而这时，丁法章手上也摸索到了一个十分熟悉的物件，那很像是一个东西的开关。

丁法章心中大喜，毫不犹豫按亮了开关，一阵强烈的白光刺向其双眼。长久处于黑暗中的人突遇强光，会出现短暂失明或无法睁开双眼的症状。丁法章自然也不例外，他的双眼被强光刺痛，泪水瞬间顺着脸颊流淌下来。二十几秒之后，丁法章才勉强睁开了眼睛，小心翼翼地打量着周围的环境。

还好四周并没有所谓的尸体，只不过是些残缺的动物而已。虽然说没有想象中的那般恐怖，但眼前的场景还是让他有些毛骨悚然。惨白色的灯光，充满血色的冷冻肉，还有无数倒挂着的铁钩。这一切很难不让人联想到是某个变态杀手所布置的陷阱，以用来折磨自己的玩物，供他们消磨无聊的时间。

有了亮光之后，丁法章的胆子瞬间也大了许多，他开始重新呼喊着企图对外求救。但偌大的冷库中好像只有他一个大活人，因为不管怎么呼救，都只听到回音一阵一阵传来，这也让丁法章越发心寒和失望。

那道该死的门呢？冷库的出口到底在啥地方？随着时间的推移，丁法章的意识也逐渐开始模糊了。丁法章明白自己已经没时间了，如果不抓紧出去，即便被人发现，也会变成一具浑身僵硬的冰尸了。

强烈的求生欲激发了人体内无穷的潜能，丁法章奋力向冷库尽头跑去。他期待着能在不远处找到一扇半开着的门，或者是一部求救电话也行，哪怕是一个警铃按钮也可以。但最终还是让他失望了，尽头的墙上什么东西都没有，四周墙壁贴合得严丝合缝，而且还特别坚固，注定让里边的人永远无法逃出。

而不知什么时候，冷库中逐渐发出了嘈杂的电波声，一阵又一阵的嗡鸣击打着丁法章的耳膜。他万分痛苦地蹲在地上，捂住了自己的耳朵。不出一会儿，冷库中的某一处传来了广播的声音。

"告诉我，你还想活命吗？如果想活命，你就按照我说的去做。"

丁法章丝毫没有防备，听到这个声音后，他甚至还在脑海中回想着声音的主人究竟是谁。

可惜，这个声音的主人完全不给他这个时间，只见对方继续说道："5秒之后，如果你还不按我说的做，那么我就加大电波的频率，加大冷库的冷气度数，让你尝尝被活活冻死是什么滋味儿！"

此时的丁法章已经到了崩溃的边缘。他整个人跪倒在地上，怒吼着质问声音的主人为什么要这样做？但这个声音的主人并不在乎丁法章提出的问题。5秒之后，一阵又一阵的白雾从头顶的冷气口吹出。与此同时，那尖锐到能刮破人耳膜的声音也更加剧烈了。丁法章只觉得眼前一黑，整个人险些当场晕死过去。

"再给你最后5秒钟的时间考虑，要么按我说的去做，要么被活活冻死！"广播中那人的声音充满了邪恶之感，一边怪笑着开始进行死亡倒计时，"5，4，3……"

恐惧让丁法章不得不低头，他哭吼着从地面上爬起来，朝着屋顶挥手，妄图让广播那头的人看到自己。

"哈哈哈，丁先生居然也会听别人指挥？那么，现在走到你身边的钩子处，把上面的生肉取下来。"

丁法章站起身来，双腿颤抖地走到了钩子旁，将上面挂着的那一大扇生肉取了下来。

丁法章看了一下，那扇肉应该是猪肉，猪皮上打着的防疫标显示时间是 2015 年 3 月。

广播里再次发出新的命令道："接下来，你用嘴撕一块肉，然后吃到肚子里去。"

丁法章听了，只觉得极为反胃跟恶心。刚才取下这扇肉时，他就注意到这扇猪肉不同于别的冻肉。因为这块肉还很新鲜，只不过略微有些冰而已。此时，广播那头的人居然要自己生吞下一块肉。如此令人作呕的行为，这么做到底是为了什么呢？

"丁先生，你吃还是不吃？5，4，3，2，1。"广播那头的人又开始倒数了。

这一次，丁法章选择了反抗。他将猪肉丢在一旁，奋力捂住了自己的耳朵。

但很快，丁法章就放弃了这种抵抗，因为越发尖锐的音波让他头晕目眩，展开双手后发现耳膜已经有些出血了。如果再继续这样下去的话，自己很可能会耳聋，甚至会当场死亡。

看着地板上的猪肉，丁法章终于闭上了眼睛。他像野兽一样趴在地板上，一边流眼泪，一边啃食着那块生肉。空荡荡的冷库之中，丁法章咀嚼的声音与时不时传来的干呕声充斥着整个空间。很快，头顶上又传出一阵狂妄的笑声。

受到如此欺辱的丁法章崩溃了，他像猛兽一样怒吼着："为什么？

为什么要这么做？"

广播那头根本没有人回应他，只是之前的声波也逐渐消失，冷气也相继消退了不少。

丁法章早已泪流满面，他从地板上爬起来，奋力地呕吐着，要把肠胃里的东西给吐出来。而就在此时，他突然发现有些异样，方才冷库的墙壁上空无一物，此时却出现了一块液晶电视屏。

丁法章愣住了，他仿佛想到了什么，扑到电视屏幕前，电视旁边的摄像头正在不断闪烁着。

正在这时，电视突然自动开启，屏幕上出现的人正是丁法章。他亲眼看着屏幕中的自己重复着刚才野兽一般的行径。霎时间，丁法章便明白了先前那个人为什么要这样做——他要让自己在所有人的面前都抬不起头来，让所有人都能通过电视看到自己这副可悲的嘴脸。然而，最令人讽刺的是，此时冷库中竟然响起了一阵美妙的轻音乐。伴随着音乐的结束，另一扇墙壁上一道铁门缓缓打开了。

能够逃出生天的出口终于出现了，丁法章不知道自己是怎么支撑着身体，从冷库中一直走到门外，他的脑海中一直回荡着那道声音：

"5，4，3，2……"

一阵眩晕之后，丁法章直接倒在了距离冷库门口不到一米的地方，视线逐渐变得模糊。

随后，丁法章又重新陷入了黑暗之中，而这段黑暗维持的时间很短暂。当他再次睁开眼睛之时，已经回到了现实世界中。他伸手摸了摸自己的额头，满手都是汗水，身下的睡衣和床单也被汗水给浸透了。他想起身，却因体力不支，一个趔趄又倒在了床上。

距离那件事其实已经过去三年了，但那个噩梦时常还是会在午夜时分悄悄潜入丁法章的梦境中，如同附骨之疽一般，根本无法摆脱。丁法章强撑着身体，走进了卫生间。他需要用凉水清醒清醒，让自己分清现在是现实还是梦境。

镜子中，丁法章的脸上毫无血色，而且充满了病态。看着自己这副模样，他心中很是厌恶。

发生那件事情之前，丁法章并不是现在这个模样。曾经的他样貌高大帅气，身材英俊挺拔，是无数人眼中的超级帅哥。可自那件事之后，丁法章就失去了信心。他不敢出现在人太多的地方，也不太愿与外人交流，更不想被人太过关注。曾经无数人眼中超级优秀的天才，变成了一个害怕社交和见人的孤僻怪物。

丁法章觉得自己就是阴暗角落中的一个大怪物，既然都吃过生肉了，还有什么颜面出现在旁人面前？丁法章越想越愤怒，他抬起手狠狠砸在了卫生间镜子的玻璃上。镜子瞬间绽开了一道裂纹，丁法章的手也被划伤，流出了殷红的鲜血。

那个人究竟为什么要这样做？毁掉自己对他来说到底有什么意义呢？当年那个神秘人究竟是谁呢？丁法章的脑中混乱无比，他已经没精力再去多想别的事了，只能拖着孱弱的身体走了出去，给自己的手进行了简单包扎。随意吃过一些东西之后，又换上了一身干净的衣服。出了房门之后，下楼到路边随意拦了一台红色的出租车，车子便朝公安局的方向疾驶而去。丁法章这一路上都在思考一个问题，自己该如何才能摆脱掉那个可怕的梦魇呢？

第十一章 哑巴小偷，盗窃团伙

傅北辰一大早就如期赶到警局开始工作，可他此时有些心不在焉，因为他一直惦记着即将到来的同学聚会以及不久前赵佳慧说过的话，能提供对案件有帮助的线索。这种心不在焉明显到连张霖都瞧出来了。

张霖带着好奇之色，凑到傅北辰身边，神秘兮兮地发问道："老大，我说你今天这是咋了？看样子，怎么像动了春心？"

傅北辰抬手一巴掌狠狠拍到了张霖的头上，要说这一巴掌的力气可真不小。

张霖被傅北辰给拍了个眼冒金星，急忙龇牙咧嘴起来，一边求饶一边追问道："老大，怎么说着说着还着急上手呢？我也就开个玩笑。不过你自己可要注意了，一大早我都能看出你不在状态。照这样下去，今天基本上可以说是报废了。昨天刚重组成功的嫌疑人还没查出下文，你可不能在关键时刻掉链子。要不然，谁领头带着大伙儿一起拼呢？"

傅北辰点了点头，也明白张霖说的问题，又长叹了一口气，扭头寻找昨天刚来的丁专家。不过，他找了半天也没发现对方的人影，便开口问张霖道："对了，丁专家呢？今天人哪儿去了？"

傅北辰努力回想了一下，又发问道："话说他叫啥名字来着？他是叫丁章法？"

"丁法章。"张霖无奈地纠正着傅北辰，"今天还没来，听说是找领导请假了，身体不太舒服要休养。"

"我看着也是，他确实身体不怎么样，整天一副病怏怏的模样。"傅北辰皱眉吐槽了一句，随后又把话锋一转，"不过，一码归一码，他这个人的实力不错，但体力和承受能力都非常不行。"

张霖听了这话顿时有些无语，人家丁法章一个搞技术的人，要那么好的体力去抓犯人？

当然，这根本就是傅北辰个人的思维，完全是从刑警角度想，自然让人无法理解。

不过，张霖和傅北辰也没时间纠结这些事了，因为手头上的工作还有一大堆待完成，重新回到座位上，二人逐渐忙碌起来。傅北辰也渐渐回过神，不再纠结晚上的同学聚会之事，反正该来的总会来，即便现在期待又有什么用？倒不如完全顺其自然好了。

这时，办公室的门外突然传来了激烈的打斗声，办公室里众警顿时面面相觑。要知道，这地方可是公安局，居然有人胆大包天在公安局里公然干架？

张霖耐不住自己的好奇心，站起身来向外张望，可惜完全看不清楚。于是，他干脆钻出了办公室，直接于楼道里窥探了起来。傅北辰也是直皱眉头，在公安局打架也太不像话了。于是，他也跟着走了出去。

映入傅北辰眼帘的场景很是奇葩，只见楼道里几个人正合力押着一个男子向前走。

被合力押送的男子身材瘦弱，身上的皮肤黝黑，但脸上却长着一副贼眉鼠眼。傅北辰一眼便能看穿他从事什么职业，而身后的几个壮汉个个膘肥体壮，有两个人脖子上还挂着一条大金链子，双臂上也文着文身。眼前这情形，不知道的还以为是社会不良人士到公安局聚众斗殴。如果换个场景，差不多就能直接拍香港黑帮片了。

"喂，你们几个都给我安静点儿，这地方是公安局，不是街边的菜市场！"张霖这一嗓子吼出去，那几个人顿时老实不少，而先前被押着的那位男子却越发惊慌起来，生怕会面临什么处罚一样。

"赶紧说说吧，你们这帮人什么情况？"傅北辰快步走上前，向一个大汉询问道。

其中为首的一个大汉走上前去，主动同傅北辰说明了事情的来龙去脉。他指着被押着的那个男人说："警察同志，你好，我们都是送外卖的外卖员，这个人是近期经常偷我们电动车和外卖的小偷。之前，这种事发生过好多次了，我们都没有逮住人。今天他偷东西的时候，刚好被我们几个给联手抓住了，所以就直接把他扭送到公安局来了。"

被外卖员押送着的小偷瞬间没了声音，反抗的动作也停了下来，这次他是真栽了。

"偷外卖和电动车？"张霖立刻反问道，"你小子还挺会选，老实交代吧，干过几次了？"

男子一开始并不作声，只是一个劲儿地拼命摇头，一副死猪不怕开水烫的模样。

张霖有些不耐烦，再问了一次："我问你总共偷过几次？你摇头干什么？怎么着？眼下都人赃俱获了，你难道还想强行抵赖吗？"

那名男子依旧摇头不语，他嘴里发出"咿咿呀呀"的声音。张霖跟傅北辰这才明白，原来这个小偷是一个哑人。这下可苦了张霖了，他明白，想从小偷口里问出来什么是绝不可能了，于是回头看向傅北辰求救，但傅北辰此刻也是束手无策。

"人咱们姑且留下吧，我们警方还要进行一番案情核实。后期有需要你们的地方，还要麻烦你们随时过来一趟，这些都是不可避免的重要流程。"傅北辰跟外卖员说道。为首的外卖小哥点点头表示明白，留下相关的联系电话后，才与傅北辰跟张霖道别，最终带着一干外卖员离开了公安局。

"傅队，你说这都叫啥事儿呀？咱们眼下金店大劫案还没破，结果又赶上一个哑巴小偷案。"张霖此时莫名的有些心累，他不禁摇头叹气，"唉，我看这几天还真是一事接一事，完全没有个平静的时候。"

"张霖，你这思想很有问题，啥叫小案子？"傅北辰开口对张霖解释了一番，"你可别觉得这是小案子。最近，报警说被偷电动车的人可不在少数，上一个月加起来就能有几十起了。我估计这个哑巴小偷就是那伙人里的同类，不会说话其实也没关系，咱到时候放长线钓大鱼就行！"

"老大，你一天到晚说的这些话，我怎么一句都听不懂呢？"张霖也相当无奈，他确实不太清楚傅北辰口中所说的"小案子为什么不小"，更理解不了傅北辰所说的那个"放长线钓大鱼"。

"没事儿，反正到时候你就知道了。"傅北辰故意卖了个关子，丢下这句话转身离开了。

张霖一头雾水，虽然想问个清楚，但无奈他手里还押着小偷。

其实，这一段时间以来，全龙城确实接连发生了多起电动车被偷案件。在龙城，电动车一直都是普通百姓外出的不二选择。如果没有什么必要的事情，大多数人都会穿着一双黑色的人字凉拖、白色的背心，骑一辆电动车在街上风驰电掣，这样的行为和装扮在龙城人眼中无疑格外拉风。也正因如此，龙城的电动车经销商每年都能赚不少钱。

因为巨大的销量，小偷们自然也盯上了电动车。

局里的同事做过一个粗略的统计，从4月到6月之间，龙城东南片区就已经发生了46起电动车失窃案。

一时间，在群众中引起了不小的震荡，有关民生的问题总是传播得很快。随着越来越多的电动车失窃，也有越来越多的人开始关注这类案件。但是，说来也十分奇怪，小偷们依然毫无忌惮地顶风作案。即便上头紧抓，要求增援警力解决相关问题，依然无法解决接二连三有电动车失踪的情况。

那一段时间，民众的怨声很大，连带着让市局的警察们也受到了舆论的质疑，还因此闹出过不少的笑话和麻烦。许久之前，有一名40岁的中年妇女丢失了电动车，她前来公安局报案，却相当质疑负责案件警员的办事效率。为了让自己的电动车更快被找到，女子竟然想出了一个绝妙的馊主意。

如果报警时向负责案件的警员说，自己电动车被偷了，这样最后一定会和其他被偷电动车案件归于一类，到时候落灰尘封，不知何时才会有消息。于是，女子便在自己的描述中添油加醋起来。

经过一番加工之后，女子当时说的案情如下："警察同志，我丢了一辆电动车。电动车座下有一包花生，是我用老鼠药泡过的。麻烦警察同志快点帮我联系一下偷走电动车的人，我怕小偷如果不知情吃下花生，到时候会有生命危险，我可不想因此背上谋杀罪。"

得知这一消息后，市局第一时间出动了大半的警力，开始寻找这个小偷。在长达10个小时不懈的努力追查下，警方最终成功找到了女子失窃的电动车，还有她那包所谓的毒花生。

当小偷面对一大群警察时，基本还处于震惊状态。他万分惊讶警方对盗窃案件的监管力度，也为自己的倒霉而连连叹息，更为被盗电动车女子的小聪明而感叹，因为车座下明明是一块破抹布，居然被她活生生说成了是泡过老鼠药的花生。

当然，丢失的东西虽然追回来了，小偷被警方成功抓捕归案，报案女子也如愿找回了自己的电动车，但同时也因为她谎报案情，她本人也受到了严厉的处罚，被依法拘留了三日。

这个案子很长一段时间都成为龙城市民茶余饭后的笑谈，其中不只是笑话女子的诡计。因此，局里的领导还下了死命令，必须重视防盗案件，要尽量保证每位群众私人财产的安全。当时，傅北辰还是防盗大队的负责人。只可惜防盗大队成立没多久，金店大劫案就接踵而至。经过一番权衡之后，更多的警力被调配到了金店大劫案的调查之中。但是，对于盗窃与防盗方面，局里领导从来都没有松懈过。然而，今天最大的意外收获，竟然是一群外卖小哥联手抓到了电动车大盗之中的一员，这事儿让傅北辰也高兴了许久。虽然金店劫案还没破，但好歹也有点东西能跟上级领导说说，回头开会挨批的时候也不会特别惨了。

第十二章　同学聚会，提供线索

没有人知道丁法章此时其实就在市局楼下的咖啡厅，他根本没有请假，而是单独在跟穿着警服的人汇报工作。当丁法章汇报完之后，又独自离开了咖啡厅，根本没上市局去见傅北辰那个让人讨厌的家伙。他还要赶紧去见另外一个重要的人物，因为那个梦魇又开始缠绕他了。

时间的巨轮开始飞速转动，总算如愿下班了。傅北辰终于能如期去参加同学聚会了，当然最关键的还是拿到线索。上车时，傅北辰还有些许犹豫。说实话，他今天的重心并不在和同学们叙旧。但既然是同学聚会，就难免要互相寒暄。而最要命的是，傅北辰最害怕这些无用的交际。

在傅北辰看来，那些虚伪的寒暄就好像是沾了白糖的羊粪，看似外表洁白无瑕，甚至还有几分甜美之感，但剥开表面的伪装之后，就能发现其实没有想象中那么美味，而且还会令人反胃。

众所周知，男性同学的聚会不外乎三大晒，分别是——晒大房子，晒限量车，晒名表。

而女同学聚会三大赛，赛年轻，赛老公，赛孩子。只可惜这六样中不管哪一样，傅北辰都拿不出手来。即便勉强能拿出手，傅北辰也不屑与别人去赛。在他看来，一个人越缺什么，自然就会越炫耀什么。

因此，这两年的同学聚会，傅北辰就没去过。如果今天不是赵佳慧的原因，傅北辰可能也不会出现到这个地方。同学聚会是在一处大酒店之中。关于这家酒店，傅北辰其实有所耳闻。传说如果不是有头有脸的大人物，压根儿就订不到位子，里面的食材和厨师都很有名，就连服务员都经过了严格培训。能在这地方吃饭，自然是象征着一个人的地位与身份。

傅北辰抬眼看着门口金光闪闪的那几个大字，只觉得内心一阵反感。他快步走进酒店大堂中，按照赵佳慧给的短信找到了包厢位置。那是一个位置绝佳的中包，能容纳15到20人。看来，今天同学聚会来的同学不少。

想到这里，傅北辰突然有些紧张，他不知道自己是害怕还是期待，心头害怕那个人出现，但同时又期盼那个人能出现。正因如此，站在包厢门口的傅北辰犹豫了，他不知道该不该推开面前的这扇门。

就在这时候，门突然从里面打开了，只见几个女人挽着手臂走了出来。抬头看向傅北辰的时候，这些女人自然都明显怔了一怔，而后脸上才又挂上了一丝若有若无的笑容，用来欢迎傅北辰。

从这些人的表情中，傅北辰已经猜到了自己刚才问题的答案。他期盼又害怕出现的那个人，此时应该就在包厢中坐着。深吸一口气，傅北辰直接推开了包厢的门。包厢中熟悉的面孔层出不穷，即便略有陌生，但仔细看去也还是能看出当年读书时代的模样来。

进到包厢中后，出于职业习惯，傅北辰环顾了一圈四周。在包厢的角落里，他看到了那张无比熟悉的面孔。而面孔的主人应该也注意到了他，但她没有打招呼，只是默默低下了头，似乎是在故意躲避傅北辰。傅北辰见状，心底某块地方突然开始隐隐发痛，他勉强对周围的人挤出了一个微笑，顺势往比较熟悉的朋友身边坐了过去。

同学聚会的发起者此时还没有到，于是这些人讨论起了赵佳慧最近的情况。

"你们听说佳慧最近家里面遇到的事儿没？也不知道现在怎么样了？"

"这还用问吗？佳慧家里家大业大，一点儿小问题而已，根本不用挂在心上。"

"但话也不能这么说，我听说这次佳慧家里好像损失了几百万。"

"是啊，不过瘦死的骆驼比马大，就算是家里出了问题，佳慧现在也还是照常该吃吃，该喝喝，真羡慕她找个好老公呀。"

"其实，要我看，家家都有本难念的经，没什么好羡慕，也没什么好后悔。"

"话说佳慧怎么还没来，都已经快7点了。"

"可能路上堵车吧？"

这些人你一言我一语，将气氛给带动了起来。而就在这时，赵佳慧也从门外走了进来。相比于上次见面，这回赵佳慧的气色看起来好了不少，虽然还是有些憔悴，但脸上浓重的粉，已经成功掩盖住她憔悴的气色了。

"真不好意思，我刚处理完一些事，所以来晚了。"赵佳慧非常抱歉地开口说道。

主人如今已经到场了，聚会自然也就正式开始了。在热切的交谈中，在场者的感情迅速升温，仿佛又回到了无忧无虑的学生时代。傅北辰和身边的朋友有一搭没一搭地聊着，可心思却早已经飞到了另一边。

桌子对面，她这些年看起来都没有怎么改变，留着一样的短发，一样干净利落的职业套装，还有笑起来嘴边甜甜的酒窝。不知她近来过得怎么样？光从外表上看，或许要比和自己在一起的时候更幸福吧，毕竟自己没能给她想要的生活。

想到这里，傅北辰的心情有些落寞，他甚至萌生了要离场的念头。

但思来想去，此行还有更重要的事情要办，傅北辰最终还是按捺下了想要离场的念头。

聚会之中，赵佳慧的状态很是活跃。她一会儿给大家敬酒，一会儿又和身边几个同学聊得欢天喜地。身旁同学都在悄悄讨论，赵佳慧看起来没有受到丝毫的影响，但只有傅北辰最清楚，现在的赵佳慧只是刻意伪装罢了。

同学聚会结束时，已经将近晚上10点了。大家道别之后，纷纷坐上了回家的车。有的人是出租车，有的人是网约车，而有的人却是名贵的私家车，宝马，悍马，路虎。所有人都以为同学会结束了，但恰恰相反，现在才是同学会真正的重头戏。

乘坐不同交通工具的人脸上表情各异。从前一同坐在班级中，每个人看起来都没有什么差别，而现在各自发展都不同，人和人的距离瞬间就体现了出来。几个没开车的男同学甚至不好意思站在人群中，他们选择远远地躲着，互相轻声交谈。表面上云淡风轻，实则内心中早已翻涌不已。

身为众人中的最强清流，傅北辰此时的注意力还在人群中的那个她上。

聚会结束之后，她和几个朋友一起出来，身边没有其他人的陪伴，也没有人等待。

想到这里，傅北辰突然有些释怀了。明知道不该，但还是有些庆幸。原来，这几年她也一直还是单身。犹豫之间，赵佳慧走到了傅北辰身旁。见傅北辰盯着不远处愣神，赵佳慧立马猜到了他的想法。

"你不借这个机会去打个招呼吗？"赵佳慧笑了笑，"你别怪我邀请了刘蕾来参加同学会。你们两个人虽然分开了，但大家说到底还是同学。这几年，刘蕾在外面一个人过得很辛苦。我想你也应该很久没见过她了，还是去打个招呼吧。下一次见面，又不知道是什么时候了。"

傅北辰听完赵佳慧的那番话，并没有过多犹豫。他快步向前走去，直到距离刘蕾不远的地方才停下来。刘蕾其实早已经注意到了不远处的傅北辰，她没有躲开，也许就是用默认的态度接受了吧。

　　"你最近还好吗？"傅北辰的开口很土气，很中规中矩，但这也确实是发自内心。

　　"还是老样子呗，你过得如何？"刘蕾不禁笑了笑，晚风轻轻吹散了她的头发。她用手指撩了撩自己的发梢，别在耳朵后面的碎发好像有魔力一样，一直在悄悄拨动着傅北辰的心扉。

　　"我，我过得还好，还好。"不知为何，傅北辰突然有些结巴，他恨不得现在就抽自己一巴掌。就算是当年在一起的时候，他都没有如此害羞跟窘迫过。这才不过分开几年而已，他居然就变成这样的大怂人。

　　刘蕾听了，"扑哧"一笑。她那张脸如同绽开的花朵，阳光而又灿烂，在夜色中刺激着傅北辰的双眼。不知不觉中，傅北辰只觉得眼睛有些刺痛，不由自主想要流出泪水来。他强行别过头去，不想让自己这副模样展现在刘蕾面前。

　　随后，刘蕾也陷入了短暂的沉默。两人相对无言，十几秒钟后，刘蕾主动开口道别。

　　"很晚了，我先回去了，你要照顾好自己。"刘蕾其实还想多说几句，但最终还是选择了匆匆告别，挥手钻进了路旁的出租车中。傅北辰没有开口挽留，也没有告别。他只是默默记住了出租车的车牌号，心中又回想了一遍那个熟记于心的号码。待会儿回到家，他会给那个号码发一条信息，问她是否安全到家。至于别的，就再无所求了。

　　目送出租车走远之后，傅北辰才渐渐回过神来，他身后的赵佳慧已经等候多时了。

　　"北辰，你容我先说句局外话。其实，我能看得出，她其实舍不得你。"赵佳慧的话就像一颗炸弹，彻底将傅北辰内心的情绪轰炸开了。

傅北辰努力按捺住自己的情绪，试图不被任何人发觉，强行发问题："这段时间没来得及联系你，你最近怎么样？"

听傅北辰这么问，赵佳慧无奈地笑了笑，故作轻松地说道："还能咋样呢？我就跟同学们嘴里说的一样呗，整个人都变憔悴不堪了，一夜之间老了十几岁。"

明知道赵家慧是玩笑话，傅北辰还是有些同情她。家生变故，没有人能够做到丝毫不在意。

"对了，你上次和我说，有些事要对我说，到底是什么事儿呀？"傅北辰又回想起赵佳慧之前和自己说的话，猛然想起今晚自己此行的目的。听傅北辰这么一问，赵佳慧也摆正了神色，异常严肃地说道："走吧，我们去大厅里坐一坐，顺便我把我知道的那些事都告诉你。"

说话间，二人一起走进了大厅之中，特意找了一个比较清静和隐秘的位置坐下。

"你想吃些什么？"赵佳慧开口问道。

"你想喝些什么？"傅北辰也是刚说出口。

于是，这二人不约而同地笑了，也不知道为什么发笑，气氛也因此轻松了不少。

"差点忘了，咱们也才刚吃完饭。"赵佳慧这时说了个冷笑话。

"说说吧，把你知道的都告诉我。"傅北辰直入正题，他想从赵佳慧口中得知更多有价值的线索。

"北辰，我最近发现一件很古怪的事，正荣金店的合伙人好像有些不对劲儿。"赵佳慧说这话时，脸上的表情也严肃了不少，"因为之前我和正荣都不在意那些小事。自从金店劫案发生之后，我们俩从很多小事之中，发觉出了诡异的地方。"

第十三章　生意亏损，怀疑郑译

傅北辰看着脸色严肃的赵佳慧，一时间也紧张了起来，出言追问道："出什么问题了？"

"本来正荣的生意我是不插手的，也不会过问。但是，最近发生了这么大的事，我也隐约觉得有些意外，于是就私下里联系了一些他的生意伙伴和朋友了解情况。"赵佳慧说着满脸忧色，"但是从他们的嘴里，我听到了一些不太好的消息。"

傅北辰见赵佳慧表情很着急，自然也是一阵安慰，让她慢慢把事情给讲清楚。

"我不知道，正荣的生意竟然赔了这么多钱。以前，我只以为他是合伙做生意，稍微有些亏损罢了。现在看来，差不多要把整个家底都贴进去了。"说话间，赵佳慧的眼泪已经从脸颊上流淌下来。这一下，傅北辰也有些不知所措了。面对强者，他知道该如何应付。但面对弱者时，着实是无处下手。

"你也知道，他那个金店是跟人合伙经营，股东算上他一共有四个。但里边最大的股东也不是他，他充其量就是一个二把手，甚至连二把手都算不上。"赵佳慧用手擦了擦眼泪，继续讲述。

"当初开金店的时候，我就有些不乐意。但是，男人的生意我不好插手，只能全听他的安排了。刚开始的时候还小赚了一笔钱，家里人当时都挺高兴。但是，从去年开始，生意就一天不如一天了。"

傅北辰耐心听着，时不时点头，开口问道："然后呢？"

"今年春天的时候，正荣就和我说过，生意上遇到了些麻烦。但那时候我以为只是普通问题，自然也没当回事。再加上我其实也帮不了他什么，干着急也没用，就只从家里要了些钱补贴，没做什么别的事。"

"但是，到了入夏的时候，正荣有一天和我说起一个季度后，他的生意已经赔了将近 100 万元。要知道，100 万对我们来说也不是个小数字了。我当时追问他，他只是说国际市场行情不好，引发了国内市场的变动。过一阵子经济稳定，就又能赚钱了。"

赵佳慧又抬手擦了擦眼泪，继续一边回想一边讲述道："结果，没过几个月就发生了这一宗抢劫案，我真的感觉太意外了。接二连三的事在我家发生，连半点征兆都没有。而且听正荣说，这次的案子有蹊跷，很明显是有内鬼在从中里应外合。否则，外人不会对金店的工作时间以及运送商品的节点那么清楚。"

这是傅北辰之前对胡正荣说过，看来胡正荣也发现了问题的诡异之处。

"目前，我们有这个怀疑，但是还在调查之中。如果有消息了，我就第一时间通知你。"

傅北辰插话安慰赵佳慧，但赵佳慧却摇了摇头道："不，你不用证明了，因为我也认为是这种情况。前几天，因为觉得事情不对劲，我背着正荣去查了金店的底子和另外几位合伙人。"

说到这里，赵佳慧的情绪突然变激动起来。她咬牙切齿地说道："肯定是那个叫郑译的家伙，一定是他在背后悄悄搞鬼。不管是金店的生意，还是这次的抢劫案，一定都和他有关系！"

突如其来的情绪变化让傅北辰有些意外，他接过话茬反问道："为什么这样说？"

"我查到这个郑译已经失踪很多天了，尤其是在抢劫案发生之前，他就销声匿迹了。"

傅北辰有些无奈，赵佳慧或许是关心则乱。这两件事从表面上看并没有太大的关联，除非有证据能证明这个所谓的郑译有动机策划作案。不过，下一秒，赵佳慧的话就让傅北辰彻底清醒了过来。

"另外几个合伙人都说这个郑译在外面赌博，已经欠下一屁股的债，还有两个股东私下里和我说，生意亏损也是郑译的原因。如果不是他暗自挪动款项，擅自更改合作商，原本蒸蒸日上的生意是绝不可能走下坡路的！"

傅北辰听了，沉思片刻，抓住了赵佳慧话中最重要的一个关键点：郑译很有可能参与了网络赌博。要知道，这个黄赌毒确实沾不得。这三样无论哪一样，都足够让一家人家破人亡。如果真相确实如此，郑译因为赌博而身负巨债，不得已动了打劫金店的心思，联手外人策划了一起抢劫案。

想到这里，傅北辰突然觉得事情有些不可思议。他忍不住反问道："如果按照你的想法，是郑译告诉了外人金店的内部消息，那他这么做是为什么呢？即便是金店被抢了，损失的也会是他自己呀，到头来还不是要承受损失？"

赵佳慧摇了摇头，很沮丧地回答道："我不清楚，但现在他已经失踪了，我怀疑这也是他计划中的一环。或许是因为背负的债务太多了，他才想起去抢劫自己的金店，得手之后再隐姓埋名，拿着那些钱去过他想过的日子。"

赵佳慧还没说完，就被傅北辰给打断了。傅北辰摇摇头，分析道："不，你的这个推断有大问题。在赌债和失踪之间，我觉得必然有一定联系。但说抢劫这回事，他未免有些多此一举了。如果说他想要卷款潜逃，那为什么不神不知鬼不觉地将金子偷走，然后再消失，反而非要搞到满城风雨，人尽皆知呢？"

傅北辰此话一出，赵佳慧顿时也有些语塞了。因为她好半晌都没有想清楚其中的关系，也没有搞明白自己先前那番话的问题所在。可她依旧坚持自己的那个想法，继续开口道："但我还是觉得郑译有嫌疑，北辰，这个消息我不知道对你破案有没有帮助，但在我看来确实是充满了疑点。你要不要考虑从这个点下手？想办法先找到郑译，然后从他口中看看能不能得知新的线索。或许找到他，案子就能迎刃而解了？"

赵佳慧越说越急，言语之间也有些语无伦次，只是她自己没察觉到而已。

傅北辰明白她现在其实很焦灼，一番安抚之后，傅北辰同意了帮忙多留意郑译。

傅北辰给赵佳慧打了一剂强心针："你放心吧，案子本来就是我负责调查。即便你不来同我说这些，我也要去查个水落石出。如果有啥消息了，我肯定第一时间通知你。"

赵佳慧听傅北辰这么说，万分感激。片刻之后，赵佳慧又无声哭泣了起来。

"北辰，我真的不知道现在能找谁了，大概只有你能帮我了。家里的钱已经都被金店给套牢了，这一次几百万的损失如果找不回来，我和正荣就要露宿街头了。当初做生意的时候，我们两个手头有些拮据，用房产贷了大量的钱款。现在如果出了意外，贷款还不上，房子也要被银行收回去了。"

听着赵佳慧的凄惨讲述，傅北辰内心中也是一阵长吁短叹。果真外人羡慕的生活背后，不一定都是美好。家家有本难念的经，这句话确实精辟。无奈之下，他对赵佳慧又是一阵安慰。傅北辰抬起手表，见时间已经快 11 点了，于是便主动提出送赵佳慧回家。

"北辰，没关系，我自己打车就可以。今天晚上，实在不好意思打扰你了，希望你不要介意。"很快，赵佳慧恢复了原本的状态。她擦了擦眼泪，拿起手机准备叫车。见状，傅北辰也没有坚持下去。他目送赵佳慧上了网约车，自己穿过马路来到了对面的停车场。

因为自己要开车，所以傅北辰晚上特意没有饮酒。坐进车里之后，他开始仔细回想着刚才赵佳慧所讲述的那些事情。一时间，他对这个郑译也萌生了好奇心。虽然说赵佳慧提供的线索不一定都正确，但起码还算有些价值。等明天有空，就去查一查这个郑译吧。

回到家时，已经将近 12 点了。傅北辰有些疲倦，他强撑着洗漱完，然后躺在床上回想起了今晚的同学聚会。突然，他想起自己还没有问刘蕾安全到家没有，便拿起手机。编辑好了信息后，傅北辰却又犹豫了。片刻后，他删除信息，放下手机闭上了眼睛。

抛开心中的杂念，傅北辰整个人置身于一片宁静之中。有时，人的烦恼不过是来源于自己牵挂得太多，心中的执念太多，思索的事情太多，苦闷与劳累自然会疯狂叠加。人要学会放手，学会放过自己，这样人生才能过得舒服。一夜无梦，傅北辰睡了个好觉。清早闹钟的铃声叫醒他时，窗外的阳光也正好洒在他的脸庞上。经过一番修整之后，傅北辰驾车赶到了市局。

今天上班比较早，局里大部分人都还没有来。傅北辰手里拎着油条跟豆浆，悠哉游哉走进办公室。意外发现了一个人。昨天失踪了一天的丁法章竟然也早早就到了办公室。

"哟，丁老师，今天的状态咋样？"一句好话从傅北辰口中说出来，却多了几分让人嫌弃的意味。丁法章没有理会傅北辰，只是微微点了点头，继续看着面前的电脑屏幕，显然已经工作了有一段时间。看样子，丁法章是早上天不亮就到了办公室。傅北辰心中一阵暗讽，坐到办公桌前，就着豆浆吃起了油条。

不一会儿，油条酥脆的声音就引起了丁法章的注意。办公室中充斥着食物被油炸之后散发出的味道，这一大清早闻起来，有几分腻人。傅北辰注意到丁法章盯着自己看，抖了抖手里的油条，露出微笑问道："怎么着？早上是没吃东西吧？刚炸出来的油条，还脆着呢，要不要来一根？"

这回丁法章没有犹豫，他走上前去，从傅北辰手里接过袋子，毫不客气地吃了起来。

傅北辰在一旁目瞪口呆，眼睁睁看着丁法章把剩下的三根油条全吞了下去，那里面可是有他买给张霖的早点，又想起先前的包子事件，忍不住吐槽道："丁大专家，你不是怕我往食物里下毒吗？怎么这会儿如此放心了？"

第十四章　聋哑窃贼，大献殷勤

面对傅北辰的冷嘲热讽，丁法章完全没有理会。他拉过纸盒轻轻擦了擦手，重新坐回了之前的位置上，而且还有些意犹未尽之感，张望片刻后，又拉一杯豆浆灌下肚中。傅北辰从警以来，还是头一次遇到在自己面前如此二皮脸的人。他很无奈地咂了咂嘴，一屁股坐到一张椅子上，此时的心情可谓相当不愉快。

几分钟之后，从外面火急火燎赶入办公室的张霖看着这气氛微妙的两人，一时间不知道该怎么开口，刚到嘴边的话都硬生生地忘了一大半。

见到张霖的傅北辰可算找到了倾诉对象，可怜巴巴地指着桌上的东西诉苦道："小霖子，你自己看看吧，这事儿还真不怪我，是丁专家吃掉了你的早餐。"

张霖看傅北辰此时的模样，亦哭笑不得。他与面前之人共事多年，自问全市局最懂傅北辰的人非他莫属。能把傅北辰逼到这种模样的人，要么比他更无赖，要么比他更加厚脸皮。看样子，这回傅北辰遇上丁专家也正应了那句老话——不是冤家不聚头。

"哎哟喂，老大，没时间想这些了。赶紧的老大，又抓了一个偷车贼，正等我们出警呢！"

"小霖子，你说啥玩意儿？偷车贼又开始犯案了？"

傅北辰听到这里，眉头也是跟着一紧。原本想着过几天才收拾这些坏家伙，没想到这伙人居然又自己送上门儿了。不久前才进来一个，今儿个就又不安分了。看样子，还真是不把警察给放在眼里。

　　傅北辰越想越气不打一处来，一把抓起自己的衣服，便如闪电一般冲出了办公室。

　　张霖也来不及想太多，只和丁法章简单点头打了个招呼，便跟着转身要去追傅北辰。不过，丁法章貌似也有意要跟上去一探究竟，他也站起身来，并没有开口问话，只是静静跟在张霖的后面。直到出了市局，张霖才发现自己的身后多了这位丁专家。

　　"小霖子，他怎么也跟上来了？你带他过来干啥？"傅北辰显然很不满意这位外来人员突然插手。他横眉看着丁法章，说不上是嫌弃还是挑衅。可怜张霖此时有口难辩，平白无故又成了受气包。最关键的是这两边他都不敢轻易得罪，权衡之后唯有捡外来的软柿子捏。

　　"丁老师，您看抓贼这种小事儿，就不劳烦您费心跟着了吧？今儿个天气不太好，外边的太阳可毒了，况且您要忙的事儿可比这要重要多了。"张霖面带愁色，冲身后的丁法章十分委婉地说道。

　　丁法章没看张霖一眼，却只盯着傅北辰，摇了摇头说道："没事儿，对我来说，案子不分大小。无论是大案小案，只要发生了就都一样重要。刚好我也要查些事，到时顺手一起处理了就行。"

　　张霖听见这个回答后，就用祈求的目光看向傅北辰，生怕傅北辰的犟脾气又上来，到时搞到两边都下不来台。不过，好在傅北辰最后除了多嘴几句外，还是默许了丁法章的存在。于是，一干人才坐上警车往报案人的所在地赶过去。

　　众人抵达案发地后，几个人在派出所里找到了已经被逮捕的犯罪嫌疑人。这家伙的长相也是一副贼眉鼠眼，正抱着头蹲在地上。派出所的民警见傅北辰等人前来，热切地迎了上来，开始说明相关的案情。

"这个家伙是我们早上在市场里头逮到的。当时，他正扛了电瓶要跑，恰巧被所里一个同志发现了，看他行为古怪，于是就拦下来要问话。当时他就丢下电瓶跑了，于是我们就追。然后把人抓回来之后，这到现在都没开口说半个字儿。"

傅北辰听后走上前去，也问了几个问题，面前的人还是没有半点反应。联想到前两日抓到的那个哑巴小偷，傅北辰瞬间明白了过来，或许这个家伙和之前那个哑巴小偷一样，也是一个残疾人？

派出所的民警听到傅北辰这么说，才明白了其中的原因，但同时也感到有些惊讶。

民警忍不住暗想，为何接连两个落网的偷车贼都是残疾人？难不成这也是一种新特色？

"傅队，这下案子就更加难搞了。两个犯罪嫌疑人，一个听不到，另外一个不会说，想问没法问，想答的也答不了，真是让人头秃啊！"张霖单手捂着自己的脑袋，脸上露出格外烦躁的表情。不过，站在张霖身旁的丁法章并没怎么表现出什么，因为对他来说只有画面才是最可靠的如山铁证。

"那这个人接下来咋处理？直接把人带回局里吗？"丁法章侧过脸看向傅北辰问道。

傅北辰则非常无情地反问道："不然呢？难不成把犯人寄宿在你家里吗？"

丁法章也不生气，回头继续问张霖道："回局里方便把他的身份信息调一份给我吗？"

张霖听罢，很木然地点了点头。这位丁专家的行为，他着实有些理解不了。不是说好了查金店抢劫案吗？怎么又转头管起来盗窃案了？不过，既然人家专家开口了，他自然也不好一口拒绝。瞧见傅北辰没什么表示，张霖也微微颔首应下。

傅北辰一行人重新回到局里时已经快中午了。丁法章坐在电脑前，丝毫没有要动弹的样子。

张霖见状，帮忙调取了他之前要的信息，还特意问起丁法章中午如何解决吃饭问题。不过，丁法章对吃东西没太大的兴趣。他轻轻摇了摇头，继续把目光聚集在了屏幕上。张霖见状，也只能和傅北辰一起走出市局，朝着马路的对面走去。原本张霖打算中午就在食堂凑合吃一顿，但傅北辰非要外出用餐。他拗不过自己的上司，只好答应下来。

"老大，你很反常啊，平时你不是怎么都不愿多走两步吗？咋今儿提议到外边吃？"

傅北辰无语，一时间也不知该怎么回答，抓起桌上的馒头塞到张霖的嘴里。

"有东西吃还不给老子闭嘴，要不今天这顿你请。"傅北辰恶狠狠地丢下这句话。

张霖只好赶紧闭嘴，但心里还是有几万个问号。饱餐一顿之后，傅北辰起身去前台结了账。回来之后，张霖刚要提议一起回办公室去，看傅北辰根本没有动弹的意思，一杯又一杯的茶喝个不停。又过了十几分钟后，老板娘拎着两盒饭菜从后厨走了出来，送到两人面前的桌上。

"您二位打包的菜都齐了，欢迎下次再来光临本店。"老板娘面带笑意，冲二人说道。

"老板娘，我们没要这些菜，我刚才都吃饱了，你是不是搞错了？"张霖开口反问道。

"小霖子，老板娘没搞错，因为这菜是我特意点的。"傅北辰说着，拎起桌上已经打好包的菜，不管身后瞠目结舌的张霖，径直朝着局里的方向走了过去。这种情形，张霖可是前所未见。放眼全局，现在没吃饭的只有丁法章了，难不成这些要给丁法章吃？但问题是傅北辰这脾气，张霖最了解不过，让他跟丁专家和平共处已经难如登天，难道二人背着他发生了一些事儿，导致他们的关系又亲密不少？其实，情况不然，饭菜确实是傅北辰特意为丁法章所买。但要说关系亲密，还真不至于。若不是傅北辰有求于人，也不至于如此大献殷勤。

早上从派出所带回来犯人，傅北辰就猜到了丁法章的意图。他估计又想用那一套技术去排查与嫌疑人有关的人员信息。这样一来，盗窃案确实更容易解决。即便嫌疑人无法提供有价值的信息与线索，警方也还是有办法继续往下展开调查。

同时，傅北辰还联想到了赵佳慧说过有关郑译的事儿。自金店抢劫案发生之后，郑译已经许久没有在人前露过面了。即便是没有啥证据，傅北辰也不得不将郑译列为主要怀疑对象之一。傅北辰也尝试着去追查郑译的下落，可结局还是跟赵佳慧一样未果。至于调取郑译的相关个人资料，眼下也只起到了微小的作用。但不论是其消失的时间节点，还是赵佳慧所说赌博负债的情况，现下都将这个未曾露面的男子给推向案子的核心地带。

如果能够让丁法章协助自己，调查郑译这段时间的动向，或许事情会有新的转机。

联想到这一切，傅北辰不得不开始要拉拢丁法章。关于郑译的推测和猜想只是基于他的判断而已，说难听一点儿，即便是开口请求丁法章帮忙，真正算起来也只能是倾向于傅北辰个人的私事。这样一来，注定要欠下人情债。无奈人在屋檐下，不得不低头，傅北辰也唯有尽可能改变丁法章对他的看法，端茶送饭，自然就是一种新的开端了。

不过，傅北辰的算盘彻底打错了。他回到局里之后，丁法章早已不知去了何处。

电脑屏幕虽然还亮着，但上面的工作进程已经被关了。傅北辰把饭放在丁法章的办公桌上，装出一副漫不经心的模样，重新回到了自己座位前。一整个中午，傅北辰的目光就没离开过丁法章的办公桌。他不由开始暗自吐槽了起来，这个家伙平时不是都寸步不离办公室的吗？怎么到今天有求于他了，人反而就不见了呢？难不成这家伙未卜先知，故意躲着我吗？

傅北辰此时很是懊恼，暗自嘲讽自己真是自作多情。如此一恼，便一直持续到了下午。

不过，下午刚上班，丁法章就重回到了办公桌前。此时，他的脸色也不是很好看。

傅北辰见状，也是心中一紧。他想开口却不知道怎么说，反正是特别的难为情。

丁法章刚拉开办公椅坐下，就看到了办公桌上放着的两大盒饭菜，饭盒里的菜已经凉了。虽然只有一荤一素，但明显是特意搭配过的食物。张霖给自己带饭最多不过是炒面、盖饭，根本没这么细心。丁法章忍不住蹙眉，自然猜到了送饭者是何许人。他徐徐回过头去，却见傅北辰装出一副事不关己的表情。

这下轮到丁法章被逗笑了，一个30多岁的大男人，做事居然如此幼稚，真是不可理喻。

"谢了，傅队。"丁法章丢下这一句话之后，便直接打开面前的电脑，继续工作了起来。

丁法章完全没注意到自己的身后，傅北辰早就准备伺机而动，想着如何开口提要求了。

第十五章　限时查案，出警抓人

"丁专家，这些饭菜不合你的胃口吗？咋不见你动筷开吃？"傅北辰很纳闷地发问道。

丁法章此时正聚精会神地看着电脑屏幕，压根没注意到他身后的傅北辰已经如鬼魅一般凑了过来。突然听见声音，他一回头刚好凑上傅北辰那张沧桑的大脸，当场被吓了一大跳，先前的那点好感瞬间消失不见。他没好气地回答道："傅队，你这是习惯成自然了吗？我瞧着你怎么跟今天刚逮回来的那小子不相上下？"

傅北辰一听这话，心里其实特不爽。但眼下有求于人又不能发飙，唯有面带微笑，替丁法章打开桌上的饭盒道："丁专家，你说什么就是什么。要是没吃，再凑合两口呗？特地道的溜肉段儿和清炒西蓝花，保管你吃了这回，还想吃第二回。"

傅北辰完全没注意到，就在他打开饭盒盖儿时，丁法章的脸色突然剧变，他那模样隐隐有要呕吐的势头，喉咙也蠕动了好几次，险些发出干呕之声来。丁法章的眼神开始闪躲，并没有看向桌上的饭盒，仿佛像在逃避什么恐怖的东西那样。因为对于丁法章而言，饭桌上放着的不是什么美味佳肴，而是一种能致命的毒药。

"丁专家，东西我都买回来了，您好歹也给个面子尝尝吧？"傅北辰把筷子递给丁法章。

就在傅北辰递筷子的一瞬间，丁法章用手一把大力推开了他，单手捂着嘴巴朝办公室外疯狂跑去。丁法章的这一古怪举动，让办公室中的警员均纷纷侧目，都很好奇到底发生了什么事儿。只瞧见傅北辰手中拿着一双筷子，满脸的尴尬之色，显然也不明白刚才是咋回事儿。

过了一会儿，丁法章才极为虚弱地从外边回来，脸色相比起刚到办公室时更苍白了几分。从他嘴角挂着的那些小水滴，傅北辰自然能判断出他之前肯定是去厕所吐了。傅北辰此时特别想知道为啥丁法章会突然呕吐，最终他为了不让丁法章继续呕吐，唯有把桌上的饭菜重新盖上，重新放到一旁去了。

但真相并非如此，丁法章也是无心之举。这件事儿不怪傅北辰，也不能怪丁法章。

经历过三年前那次离奇的被绑案之后，丁法章已经许久都无法正常进食了。从前的他在学校读书时，是所有人公认的大帅哥，修长高大的身形，英俊帅气的外表，加上优异的学习成绩。那时，他是所有人眼中的校草级风云人物，被老师喜爱的同时，也被不少女同学所追捧，追求者自然络绎不绝。

在经历过那宗绑架案之后，丁法章就彻底变成了另外一个人，他开始害怕出现在陌生人的面前，也无法再正常地进食。尤其是各种肉类，但凡带有腥气的食物，都会让他反胃跟作呕。

亦正因如此，还不到两年的时间，丁法章整个人的气质就发生了巨大变化。他没有原来那么阳光帅气了，身体也瘦成了纸片人那样，而且警惕心特别强。这导致他身边的朋友纷纷远离。时间一久，他就成了一个孤僻的独行侠。

丁法章将自己的这段经历埋藏于内心最深处，不愿对任何人提起。自然，傅北辰也无从得知。所以，今天的外卖事件，怪不到任何人的头上，只能说是傅北辰好心做坏事，才引发了眼下这场误会。

看着黑脸坐在办公桌前的傅北辰，丁法章心里其实亦有些愧疚，又联系到刚才傅北辰的反常举动，他料到傅北辰肯定另有所求，于是也放下架子，主动开口说道："实在不好意思，傅队，我这几天肠胃特别糟糕，你带回来的饭菜很好，劳你费心了，我下班带回家吃。"

听完丁法章的解释，傅北辰虽然还有些不悦，但嘴上却道："别客气，咱们现在是同事。"

"傅队，咱们明人不说暗话了，你找我是有啥事吗？"丁法章很直接地发问道。

傅北辰望着面前的人，很干脆地反问道："丁专家，你能帮我查一个人吗？"

"什么人？"听到这话，丁法章暗自警觉了起来，他皱眉再度反问，"这人和案件有关？"

傅北辰打算随意糊弄过去，笑着回答道："算有点关联吧，只是不能在明面上查。"

"什么叫不能明面上查？如果傅队是想查什么开房记录或者私家监控，这种事就不要找我了。一来，我丁法章没这个能耐。二来，我也不是狗仔记者。您要真有空就花点钱，雇一个私家侦探，想必服务体验和办事效率都比我好。"

傅北辰一听这话，整个人脸都气绿了，直接开口怒怼道："丁法章，我说你这人的内心咋如此阴暗？我好歹也是一个人民警察，能做这种事儿吗？我看你说起来倒是轻车熟路，之前没少帮人干这种事吧？别不是做多了亏心，现在装起好人来了！"

两人这么一吵，火药味瞬间爆表。张霖闻声，赶忙从外面闯进来，打断了二人的针锋相对。

张霖赶忙喊道："傅队，先别跟丁专家吵嘴了。刘局那边找你有事，你先过去一趟吧！"

听到上级领导找自己，傅北辰果断快步走出办公室。丁法章也重回办公桌前忙活起来。

傅北辰到了刘局的办公室之后，就直接被狠狠地批评了一顿，指出了他近期工作中的问题和不足之处，又被要求对手头上的案子进行报告，末了又是一顿批评。接二连三的狗血喷头，让傅北辰的心情万分郁闷。然而，这些还不够，离开办公室之前，刘局亲自给傅北辰下了一个死命令。刘局只给傅北辰半个月的时间，这些案子怎么都要查出些眉目来，不然就直接卷铺盖滚蛋吧。

这下让傅北辰彻底蔫儿了，他苦着一张脸回到办公室。张霖自然知道自己的上司挨批了，赶忙凑了过去。傅北辰此刻有苦没处说，只好和张霖吐槽起来。听到有关郑译的事时，张霖也不知如何评价。

张霖忍不住叹气道："唉，老大，真不是我说你，这都啥时候了？你还不能放下自己的偏见？你总不能一朝被蛇咬就十年怕井绳吧？别说是这位新来的丁专家了，这些年到咱局里的专家其实都挺认真负责，你要学会放下心中的成见，大伙互相配合才能破案啊！"

很快，傅北辰便开口说道："臭小子，你这胳膊肘就会往外拐，下次别想我给你带早点。"

张霖最明白傅北辰的脾气，他能这么说已经很不容易了，于是又小声提议道："老大，要不这样，既然你拉不下脸跟丁老师说这件事，那让我帮你去说吧。我看人家丁老师已经够负责敬业了，早上还跟咱们一起出了警。他要是知道这事和正在调查的案子有关，一定不会坐视不管。"

"你小子爱怎么弄甭和我说，我现在看见他就心烦。"傅北辰一边往外推着张霖，一边顺势把有关郑译的资料都塞到了他手里。张霖接过资料后，先是摇了摇头，心中暗自掂量着该怎么开口，不知不觉便来到了丁法章的身旁。

事情正如张霖先前所料，当丁法章听过张霖的详细描述后，随即应下了帮忙调查郑译的行踪。原本就这么简单的事，结果傅北辰处理起来却那么难。张霖也不知是该夸傅北辰还是该骂他好。不过，好在此事已经解决，因为丁法章爽快应允了。

原本张霖以为这件事要过好久才会有眉目，却不料他第二天上班的时候，自己的桌子上就多了一叠资料和一个小优盘。张霖拿起这些东西翻看了几眼之后，心情立马喜出望外，当即拎着东西去找了傅北辰。

张霖把手里的资料放到傅北辰的办公桌上，脸上带着笑意说道："老大，你看我之前说什么来着？人家丁老师这办事效率也忒高了点儿，这事儿还不到两天的时间，你要的东西就都在这里了。"

傅北辰也有些意外，但他脸上并没表现出来，拿起桌上的资料翻看道："小霖子，这有什么好夸赞的吗？其实，这里头的大部分我也查到了，你看这基本信息，人员来往，社会关系……"

说着说着，傅北辰的声音低了下来。张霖还真没说错，丁法章这次调查的结果确实很详细。连傅北辰最关心的案发行程轨迹，也有了结果。只不过，在这些结果中，他看到了一个颇为熟悉的身影——赵佳慧。

"老大，你别不说话呀，这些资料有用吗？"张霖此刻也是急切地想知道答案，因为他瞧见傅北辰脸色严肃不少，明显那些资料中确实含有某些有价值的线索，不然傅北辰也不会脸色突变。

正巧这时，丁法章也从外面走了进来。他看着面前的两人，直奔主题道："既然你们都在，我就长话短说了。这份关于郑译的资料，是我在傅队的调查结果上进行二次调查所获，里面需要注意的点不多。首先，他的人际关系网很复杂，我不做评价，也不多做分析，你们根据需要自行调查。其次，在案发前后，他和我们之前确定的嫌疑人并无明显来往，这和我们的推测有一定出入，但也无法完全否认他的嫌疑。最后一点，也是最重要的一点……"

丁法章顿了顿，又极为慎重地继续道："算起来，这个郑译已经有近一周没有过外出的迹象了。我查到他最近一次出现在监控中的时间还是六天前，位于他的小区监控中，往后调查就没收获了，而且他的小区监控也出现了被破坏的迹象。我觉得，这不是一个好兆头。"

傅北辰结合丁法章的推论，脑海中开始浮现出各种可能性。他突然间想到了最大的那种可能性，直接厉声大喝道："快！张霖你赶紧给我组织队伍，我们要火速出警抓人，因为他很可能已经畏罪潜逃了！"

第十六章　疑犯遇害，重建现场

　　警车拉响警笛，呼啸着驶出市局。张霖当司机载着傅北辰，二人一路朝着丁法章提供的地址狂奔而去。

　　在前往的途中，傅北辰心中一直忐忑。他总感觉有什么地方不对劲儿，可又说不上来具体的原因，心底隐隐泛起了不祥之感。傅北辰侧目看着车窗外逐渐又变暗的天空，他的心情也随之波动了起来。

　　30多分钟后，警车在一处高档小区的门前停了下来。这个小区的名字，全市百姓几乎都听说过，它的名字就如同外表一样豪华霸气——皇舍丽宫。小区门前装潢得像顶级豪宅，虽然看起来确实很夸张，但这个形容却与眼下之景十分贴切。

　　"傅队，你别说，这地方还真挺带劲儿，咱们今天也算是大开眼界了。"张霖坐在警车上，一边仔细打量着面前的豪华小区，一边忍不住发出感慨，"这年月，能住这地方的人多半非富即贵。咱今天要找的这位，看来不是个简单人物。"

　　傅北辰听了这话，瞪了主驾驶位上的张霖一眼。此刻，他也没心情开口进行说教。本想着能按部就班开展相关的调查工作，但谁知警车却没能进入小区大门。小区那位正在值班的年轻保安冷着一张脸，用公事公办的口吻说道："对不起，非本小区住户不可入内。若是拜访住户，还请配合登记。"

张霖听到如此官方的回答，一时间也是张大了嘴，他还是头一回见到如此嚣张的保安。他不禁下意识侧头，看了看傅北辰。傅北辰此时同样感到有些意外，他与张霖一起推开车门，走下车之后，向年轻保安亮了一下自己的证件。那保安见了傅北辰的警官证，这才打开了小区的路障，并一个劲儿道歉："不好意思，警察同志，我这也是公事公办，您别和我计较。"

"没事，不知者无罪，你也是尽你的本分而已。我们这次来，主要是想查一宗案子。"傅北辰看向年轻保安笑道。很明显，那保安是个刚入社会没多久的年轻人，听傅北辰这么一说，整个人才安心了不少。其实，傅北辰本身就没心思计较此事。他又摆了摆手，让保安负责给他跟张霖带路，按地址前去郑译所在的住处。

就在此时，一个大腹便便的中年男子走了进来，他身上也穿着一套保安制服。这位中年男子的眼力很毒辣，而且比较会看人下菜碟。一瞧见傅北辰一行人身穿警服，立马主动开口发问道："警察同志，什么风把你们给吹来了？难道是小区里有业主报警吗？"

傅北辰抬头看去，中年男子此刻也十分紧张，多次用眼睛暗瞟那位年轻的保安，好像要怪罪对方没眼力见儿。而他本身也是眼神飘忽，明显心中有鬼。傅北辰一心只想着找犯罪嫌疑人，根本没心思管别的事儿，便把这次的来意与中年男子说了。

中年男子一听警察主要是来找人，这才松了一口气，忙不迭带着傅北辰等人往里走。

"其实，算算日子，那位神秘的郑先生，我已经有好一阵没见过他了。您找他是有什么事儿吗？"中年男子开始小声搭话，不知是什么原因要这么问。傅北辰没有过多透露，只是以很官方的口吻说，想找郑译了解一些情况。可中年男子还是喋喋不休，就这样有一搭没一搭地闲聊着。傅北辰从中年男子口中，也了解了不少关于这个小区和住户的信息。

在龙城这个地方，均价每平方米达到 6 万元以上的住宅没几个，眼前这个小区就是其中之一。

但这价钱并不是皇舍丽宫最大的特点，它的特点在于它的购买门槛，动辄几百平方米的复式户型，购买人资产千万元级的资格审核，都直接成功劝退了不少有意购买的买房者。所以，能住在这个小区中的人，均是社会上有头有脸的富人阶级。

傅北辰对这个消息一点儿都不惊讶，再怎么说郑译也是联营金店里的股东，他手中的那些资产和相应的现金流，只怕早已经超过了皇舍丽宫的购房门槛不知多少倍。然而，最让傅北辰惊讶之事，还是中年保安所说的另外一件事儿。

中年保安一脸歉意地冲傅北辰和张霖说道："说起来，我们这小区还是头一次有警察找上门来。刚刚那个小伙子才刚入职不久，人也没啥眼力见儿，所以，先前对您两位多有怠慢，还希望你们不要放在心上哈。"

张霖听了这话，心里有点不高兴，直接回了一句："保安大哥，您看您说的这是啥话？我们警察也是人民的公仆，一向都是全心全意为人民服务，怎么经您这么一说，我们都不像啥好人了？"

中年保安先是不好意思地笑了笑，然后接过话茬继续道："这位同志所言不假，刚才是我想多了。只不过一直以来，小区里出什么事都是找我们保安队出面解决，还真没要闹到报警这一说。这也是当时入住的各位业主主动要求的条件。至于出于什么原因，我就不知道了。"

傅北辰听着，也开始在心中暗叹，有钱人果真连思维都和正常人不太一样。不过，他转念仔细一想，很快就释然了。这些所谓的有钱人之所以这么要求，或许也是出于一种无奈……

不出十分钟，傅北辰一行人在保安的带领下，成功抵达了郑译所在的那栋楼下。

傅北辰抬头看向郑译的房间，发现屋内并没传出光亮。他盯着那扇黑暗的窗口，心中那股不祥之感更加强烈。随后，一行人又快步走到单元门口。傅北辰用手随意拉了拉门，结果发现门上安着指纹刷卡双门禁系统。身后的中年保安见状，立刻走上前去，主动替傅北辰打开了单元门。一行人一同走进单元之中，坐上了直达电梯。

保安主动按下了电梯数字键，郑译家住在九楼。几秒后，电梯门打开，正对着郑译家的入口处。

当电梯门打开的那一瞬间，所有人都闻到了一股奇怪的味道，那味道就像肉制品高度腐败的气味儿。这股味道让傅北辰察觉到了事情的严重性，他二话不说，立马加速走上前去，用手敲了敲郑译家的房门。几声之后，根本没人回应。傅北辰怀疑郑译可能已经遇害了，于是示意张霖动手破门。

中年保安见状，心头大乱，急忙上前阻拦道："警察同志，你们这是要做什么？怎能未经郑先生同意就强闯私人住所呢？"

傅北辰这时候根本没心思搭理保安，随即行动起来。万幸房门是智能密码式，并没费太多的工夫就成功破开了房门。房门被推开之后，迎面袭来一股刺鼻的臭味儿。这下子，傅北辰更加确信郑译遇害了。他先是摆了摆手，让张霖把中年保安拦在门外，自己从裤袋中摸出一副手套戴上，徐徐踏入了郑译的家中。

郑译的家特别大，上下两层加起来有 300 平方米左右，而那股臭味隐约是从楼上传来的。傅北辰顺着气味朝二楼走去，果不其然，一到二楼之后，他就在楼梯口发现了郑译的尸体。郑译身上正穿着一套睡衣，地上还有大摊的血迹染红了他的睡衣。

这个场景虽然不算多么血腥残忍，但也足以让人触目惊心。傅北辰打电话联系了局里的法医赶来验尸检查。过了半个小时左右，大批人马连同法医一起赶到了案发现场，与傅北辰开启了相应的勘查工作。法医仔细检查过尸体的情况后，才慎重地下了判断，确定郑译死于失血性休克，致命的伤口就在额头上，而尸体一旁的角柜上，那尊铜像表面还沾染着斑驳的血迹。

"不对吧？你说郑译在自己家里不小心摔倒了，然后头撞到了铜像上，因此失血过多，最终导致不治身亡，过了好多天才被我们发现？"即便是张霖听了这个结果，也发现了此案的蹊跷之处，他抬起头看向傅北辰。

傅北辰亦是面带疑惑之色，反问法医道："郑译的具体死亡时间大概是啥时候？"

听到这个问题，法医却苦笑了起来，抬手指了几个地方说道："死亡时间这个暂时真不好确定。不知道你们有没有注意到，他家里开了很大的冷气，那边还有一大台加湿器。我刚才也特意看了下，加湿器水箱里的水还有一小半。也就是说，死者死亡的这段时间，家里一直处于室温较低、湿度较高的环境。想判断出他的具体死亡时间，我回头还要仔细研究研究才行。"

听完法医的这一番话，傅北辰反而更加认为案子不对劲儿，郑译的死远没有表面上看起来那么简单。当视线再次落到一旁的那尊铜像时，傅北辰再度陷入了沉思之中。因为那是一座鹿角铜像，50厘米左右的高度，铜色明亮耀眼，两根鹿角栩栩如生，而血迹就残留到了鹿角上。傅北辰走上前去，用手拎了一下铜像。那铜像表面上看起来很重，但其实一个成年人完全能拿动。

这个意外发现让傅北辰产生了疑惑，又回头看向地上躺着的郑译。死者的体型整体并不瘦弱，甚至能算做健硕一类的群体，平日里应该没少锻炼身体。

"不对，如果他是撞上了铜像，那姿势不应该会是这样。"傅北辰开始与张霖分析着案情的细节，"一个成年男子，撞到这尊铜像上，即便不会把铜像撞到地上，也多少会让铜像有些移位。可是，你看这尊铜像位置还是方方正正，根本没有被撞过的痕迹。"

经傅北辰这么一提醒，张霖也才恍然大悟。他开口道："那这样看，铜像确实有问题。"

法医的目光也落到了铜像上，他继续补充说明道："傅队的案情分析很合理，死者的死因虽然是失血性休克，但并不一定是因为撞击导致。按目前的情况来看，被人用硬物砸击所致的可能性会更大一些。我刚才注意到铜像上的血迹实则为喷射状，如果我没判断错误的话，铜像附近应该还会留下血痕。不过，这还要靠检验才能确定。"

第十七章　还原细节，恶性竞争

深夜 3 点多，傅北辰依旧没能成功入睡。即使他早已困到睁不开眼睛，可脑中的案情思路却始终无比清晰，他今晚怕是会彻夜难眠了。傅北辰又长叹了口气，从床上坐起来，左右张望之后，不知该干什么。他看向窗户外，发现连路灯都熄灭了。突然，他感觉有些饿了，肚子发出一阵阵响声，他给自己点了份外卖。

最近接二连三的事儿，让傅北辰焦头烂额，一波未平一波又起。金店劫案的谜团目前还没破解，又一名案件当事人突然陷入离奇死亡的迷局之中。这些事堆积到一起，让本来就模糊不清的案子更加诡谲了。

屋里没有开灯，傅北辰于黑暗中观察屋子里的摆设，将自己的房间给假想成了案发现场。他渐渐闭上了双眼，试图高度模拟还原现场的各种细节。

空旷的房间之中，窗口洒下皎洁的月光。屋中空调时不时向外吹送着冷气，与加湿器的水雾碰撞到一起，形成了特有的白色雾气。位于楼梯口上，一个男人仰卧倒在地面上，身体不断抽搐着，他的后脑处源源不断地向外疯狂喷涌着鲜血，不一会儿便在地板上形成了一小片血泊。

时间一分一秒过去，男人的身体渐渐停止了抽搐，脸色也从刚才的惨白变成了那种灰白色，而地板上的血泊已经凝固，身体跟四肢亦缓缓变僵硬了起来。当然，这个情况注定没人会知道，位于这座偌大的豪宅中，有一条生命正无声地流逝。

突然间，傅北辰的重建思绪中断了。他敏锐地察觉到了一丝异样，眼前的场景与郑译家不断互相转换。他回想起一个被所有人都下意识忽略了的东西——那一尊沾了死者血液的古怪铜像！

案发现场从某个角度而言，其实就是一台变相的大冰箱，不管是死者的生活习惯，还是另有人刻意为之，这都让现场自动形成了一种低温高湿的特殊环境。在这种环境下，金属注定极容易生锈，加之铜像上沾有死者的血液，这更加会让铜像加速生锈。

在郑译家中的茶几上，傅北辰还注意到了早已腐烂的水果。铜像的铁锈加上水果的霉菌菌落，这两种天然的微量物证，能为判断死者的死亡时间提供帮助。只要想办法高度模拟案发现场的环境条件，自然极有可能推断出郑译相对准确的死亡时间。

想到这里，傅北辰抓起手机打算联系局里的法医和自己的下属张霖。但他转念一想，现在刚过凌晨4点，几位同事应该刚下班没多久，这就又贸然去打扰，未免有些不太合适。

静待外卖到了解决温饱问题后，傅北辰干脆抓起衣服，下楼驾车赶回了局里。这几天，局里的工作重点已经转向了郑译家附近监控的盘查与尸体的检验上。所以，不少人每天都会忙到很晚，甚至通宵。特别是傅北辰所在的科室，灯永远都处于亮着的状态，办公室里早有人把简易睡袋铺到了办公桌旁。

走进办公室之后，傅北辰见张霖红着眼睛，正趴在电脑的屏幕前，显然又是一夜未睡的状态。他聚精会神地在对比资料，连傅北辰走入办公室都没注意到。傅北辰不免又想到自己没在局里和大家一起并肩作战，心中不禁有些内疚。

"你也辛苦了，先把手头的工作放一放，去躺一会儿吧。待会儿早饭到了，我叫你。"

张霖听到傅北辰的声音在头顶响起，转头看向傅北辰，脸上却是一番不满之色。

"傅队，你怎么这么早就来了？不是让你回家好好休息下，整理整理精神吗？"

"你们几个都在局里加班拼命，让我自己一个人回家睡大觉？这我可睡不安稳。"傅北辰皱眉说道，还顺带着把张霖从椅子上给直接拉了起来，强行推到了一旁值班室里，"你小子给我乖乖听话，该睡的时候就要好好睡。现在还不用你这么拼命，但需要你的时候，你也甭想偷懒。"

张霖看着傅北辰，一脸无奈，坐在床上和傅北辰大眼儿瞪小眼儿好久，终于才有了困意。他一边打着哈欠揉眼睛，一边跟傅北辰讲自己的发现："头儿，这次的案子真古怪，我总感觉啥地方不太对劲儿。"

傅北辰本想把张霖嘴堵上，让他安心睡觉，听到这话却又来了兴趣，反问道："有什么发现吗？"

张霖果断地点了点头，把被子披在身上打了个哈欠，闭目养神的同时，与傅北辰说起了新发现："依我看，郑译估计是被人算计了。现在，所有证据都指向他是遭人谋杀，意外致死的可能性很小，而且几乎不可能。"

傅北辰依然眉头紧锁。张霖的话虽然没错，不过眼下也是空口无凭。干警察这一行，最怕的就是太过主观臆断。有时候，连证据指向都不一定准确，更别提是靠所谓的警察直觉了。

傅北辰想了想，说道："我觉得，还是等法医尸检出了结果再说。眼下说什么都还为时过早。"

张霖听了，却连连摇头。他直接开口说道："不用等了，老大。之前我调查郑译的社会背景和小区监控时，发现了些不太对劲的地方。"

说到这里，张霖甚至还故意卖起了关子。傅北辰早就习惯他这说话欠揍的模样，不过此时还是忍不了，扬起巴掌就要拍他的后脑勺。张霖见状，赶忙开口告饶："老大，工作这么紧张，我调节下气氛还不行？"

傅北辰听了，气不打一处来，没好气地低吼道："你这叫调节气氛？照你这个调节法，能把人给活活急疯了。"

张霖一边抱怨傅北辰不懂情调，一边把自己的发现给讲了出来。他开口说道："老大，我发现这些有钱人都一个德行，其实都是驴粪蛋子——表面光。"

张霖的这个比喻不怎么优雅，却格外恰当。傅北辰立刻明白了他的言外之意。

"怎么？你查到与郑译有关的不良信息了吗？"傅北辰接着追问道。

"郑译的家里有矿。"张霖说完之后，又看了傅北辰一眼，急忙解释，"老大，他是真的有矿，而且是一整座。他家整户都是从河西迁过来的，家里头有点家底，父母之前也算是河西那边有头有脸的大人物。但是几年前，郑译的父母在一次外出旅游途中遭遇车祸，两位老人当时去世了。"

"之后他家的矿就交到了他手上，不过没多久，他就把矿败光了。"张霖说着，一脸惋惜之色，仿佛被败掉的是他家的产业，"可能是经验不足，郑译接手矿产之后没过多久，就接连发生各种糟糕情况。先是断了生意链，又被相关部门查出违规经营。最后一次，矿上发生了矿灾，有几十名工人被埋到了下面。这事情出了之后，郑家的矿就直接被查封了。郑译虽然没因为这件事进去蹲号子，但也赔了好大一笔钱，导致大半个矿都亏没了。"

说到这里，张霖便又掏出了自己的手机，搜出了多年前的几则新闻给傅北辰看。

傅北辰看过之后，隐约有记忆。他一边看一边点点头，用眼神示意张霖继续说下去。

"有人说，郑译早些年这些事是因为得罪了某些人，所以才被摆了这么多道。出事之后，郑译就从这一行主动退了出来，带着剩下的那些资金，跟人合伙开了联营金店。"说到这里，张霖脸上又多了几分不屑，"不过，关于金店，自然也是众说纷纭。郑译这个人口碑其实不怎么样，有不少人对他有看法。尤其是金店行业的同行，对郑译的痛恨可谓到了极致。"

"这难道和他做生意的方法有关？"傅北辰低声追问道。

"没错，联营金店能在咱们市开这么多家分店，其中很大的原因就是郑译采取的营销手段。他为了能占据大份额市场，不惜压低自身利润，甚至赔本销售。这种做法短期内着实有效，但对于行业生态环境却影响巨大。小店铺撑不住对家这么折腾，有不少都被直接压垮。大店的顾客也被分了不少，营业额同样相当惨淡。"

"呵呵，他这不就是在非法垄断市场吗？"傅北辰冷笑着反问道。

"对，就是这个意思。"张霖点了点头，继续往下说，"他们就是想垄断市场，先把招牌给亮出去，打开知名度，然后将同行排挤出去，最后等自己的市场份额稳固了，就可以为所欲为割韭菜了。"

听到这儿，傅北辰也明白了过来，心想果真是商场如战场，做买卖若没个好脑子果真不行。但又转念一想，郑译用这种自杀式的恶性竞争方法做生意，一定明里暗里都得罪了不少人，那么他突然离奇死于家中，这背后的原因自然又变复杂不少。

第十八章 缩小范围，意外发现

张霖此时越说越兴奋，将他最近几天的发现全讲给了傅北辰听，两人也是越聊越精神。

"老大，这次的案子果真是不简单。自我入行到现在，还没接触过如此复杂的案子。"

傅北辰看着张霖异常兴奋的样子，很无奈地摇摇头道："小霖子，要我说这种案子还是越少越好。做咱们这行，有两个忌讳：一不能盼事来；二不能嫌清净。你要是动了不该动的念头，那些事儿分分钟就找到你头上。"

张霖也不好意思笑了笑，他抬手看了看表，居然已经快7点了，便从床上坐了起来。

"还休息啥，都7点了，忙活忙活该开始工作了。刚刚咱这一通聊，把我给聊精神了。"

傅北辰此刻也点了点头，待会儿局里的同事也要来了。到时，大伙还能一起吃个早饭才开工。想到这里，傅北辰招呼着张霖，问想吃什么东西，他出去买回来。

"按老规矩，不过你别买包子哈。"张霖面带微笑说着，明显为之前的事儿埋怨傅北辰。

傅北辰听罢，也做了个恐吓的动作，转身走出了办公室，开始去外头买早餐。

其实，连傅北辰也不知道自己是啥时候养成了喜欢吃包子的习惯。或许是因为工作太过繁忙，平日里吃什么都觉得太麻烦。又或许是和之前的生活有点关系，总之包子已经成了傅北辰生活中的一个烙印，连带着身边人也慢慢开始适应了。

想到这里，傅北辰又想起了丁法章。这个人古怪得很，平时自己对他主动示好，他却总爱摆臭脸。但他这臭脸也不是一臭到底，有时候丁法章也会和他开小玩笑。比如说，前几天的油条豆浆事件。

傅北辰有些好奇，丁法章看起来那么瘦弱的一个人，怎么吃起东西来胃口那么大？一个人吃三人份儿早餐都绰绰有余，真不知道他是不是个正常人。但说他饭量大吧，他有时候还不怎么吃东西，就像自己上次好心给他带饭，他却丢在一旁，也不怎么感兴趣，难不成是太挑食了？

傅北辰一边想，一边走到早餐店门口。早餐店老板已经和傅北辰混熟了，每次看到傅北辰过来，都会满脸笑容。今天也不例外，老板一见到傅北辰便乐开了花，把手上的活儿也扔下了，直接凑到傅北辰面前等待招呼。

"老板，你们今天生意不错呀，早餐是不是都快卖光了？"

听傅北辰这么说，老板也打趣道："傅队，你看你这话说的，我这早点不都是要等你来才能卖光？你要是不来光顾我的生意，早点就只能留到中午我自己吃了。怎么，昨天又加班啦？"

傅北辰笑着点了点头，一边和老板攀谈，一边点东西："给我来30根油条，30个茶叶蛋。老板，你这豆腐脑瞧着不错，给我来15碗吧。对了，我婶子这几天怎么不见人？她是不是忙着开分店去了？"

老板一边给傅北辰装着那些早点，一边笑骂道："你说啥呢，就你这张嘴会埋汰人，我们这都是小本生意，咋可能开得起什么连锁分店？

你婶子这几天把腿给摔坏了，窝在家里头静养呢。"

傅北辰吃了一惊，追问道："什么时候的事儿？她的情况严重吗？"

"没事儿，问题不是很大。其实就前几天，你婶子电动车让人给偷了。那群王八羔子胆儿也真够大，当着人的面儿就敢偷车。你婶子自然气不过去追那伙人，一不小心被路过的车蹭了一下。不过还好，医生说只是伤了筋没动骨，养个几天就好了。"

一听是电动车被偷，傅北辰也来了劲儿。他继续追问道："咋又是这伙偷车贼？看来这情况不太对呀，老叔，你们怎么没报警呢？我看局里头都没有你们的报警记录。"

老板笑着叹了口气，摇摇头道："多大点儿事儿，报警也是给你们添麻烦。那个事儿我都听说了，这几天市里头又不太平，你们都忙得够呛，每天都加班加点。我这电动车和那些案子比起来根本不值一提，丢就丢了吧，不能啥事儿都找你们，让你们给帮忙解决呀。"

傅北辰此刻心中一暖，不禁也有些内疚起来。因为偷车贼的事已经过去了许久，还是没能依法处理，算起来也是他的失职。想到这里，傅北辰又往早点里加了些东西，坐在一旁静等老板给他打包。老板把东西左一包右一包打包好才交给傅北辰，算账时还特意给抹了个零头。

傅北辰笑着谢了老板的好意，拿起手机扫码付款，悄悄多付了一倍的价钱。想必后边老板也察觉到了不对，从店里小跑着追出来，傅北辰也不甘示弱，撒腿就朝局里跑去。

等傅北辰回到局里后，发现大部分同事已经到齐了。大伙见傅北辰拎着东西满载而归，自然也是毫不客气，上前去一窝蜂分了早餐。

这群人堆里，傅北辰没看见丁法章的身影。他心头有些疑惑，想起已经有两天没见到丁法章，不禁满头黑线。这位丁专家未免也太过随性了，虽说总归是有些真本事，但好歹面子上也要装装吧？

于是他开口吐槽丁法章道："呵，专家又怎么样？还不是没福气吃我买的早餐。"

话刚说完，傅北辰身后便传来了一个很熟悉的声音："没福气？我看未必。"

傅北辰的嘴角一抽，气氛瞬间尴尬了起来。他转身，只见丁法章站在文件柜前，手里捧着一堆资料，正满脸戏谑地看着他。傅北辰的脸瞬间升温，他没想到这种社死场面竟然会真的发生了，一时间也找不到更好的话题，只能拎起一份早餐对丁法章说道："你还是吃吧。"

话毕，丁法章便毫不客气地接过早餐，坐在傅北辰面前大快朵颐起来。

傅北辰看着吃相难看的丁法章，心中终于平衡了些许，小声吐槽道："这家伙是有多久没吃饭了？怎么跟逃荒归来一样？"

不过，丁法章完全不在乎别人的眼光，他一个人解决了三根油条和一杯豆浆，之后又将手伸向了袋子里的食物。傅北辰无奈地摇了摇头，转身走向椅子旁。但出乎意料，刚转身没多久，傅北辰就听见身后传来了一阵干呕声。他转身只见丁法章捂着嘴跑出了办公室。办公桌上，刚刚的早餐敞开着，正无辜至极。

"这人又怎么了？说变就变，这也太突然了点儿吧？"傅北辰皱眉看向桌上的早餐，甚至怀疑是不是早餐里有啥不干净的东西，让丁法章感到反胃。但看来看去，早餐并没什么问题，豆浆，油条，还有一碗脑花，难道是因为这碗脑花？

傅北辰认为，丁法章未免太小题大做，又不是啥恶心的东西，怎会有这么强烈的反应？

傅北辰扒在办公室门口张望。直到10分钟后，丁法章才脸色苍白地从厕所里走出来。

傅北辰把头快速收回了，不禁撇了撇嘴，心中暗想，这丁法章还真是个怪人。

回到办公室里的丁法章，此时连心情都变了。傅北辰明显能感觉到他散发出的那股阴翳与古怪。一向口无遮拦的傅北辰也不太敢开口说话了，只能静静地观察着丁法章。不过，还好丁法章并没说什么，他只是静静地坐下，将文件中的资料抽出，整理好之后递给了傅北辰。

"这是什么东西？"

"这是有关郑译的一些资料信息，包括他家附近的监控。"

傅北辰点头，开始专心查看资料。才刚开始，他就被丁法章的话打乱了思路。

"同样的情况又出现了，郑译家附近的监控，也被人给破坏了。"

傅北辰猛然抬起头来，脸上充满了不可思议之色，反问道："完全一样吗？"

丁法章点了点头，回答道："对，我进行过分析对比，发现和之前金店抢劫案的手法一样。如果没错的话，应该是同一批人作案。但动机是什么，我暂时不清楚。这个问题只能留给你去解决了。"

监控再次被破坏，傅北辰无法理解为何会出现这种情况。但有一点他能确定，郑译一定与金店抢劫案有关。

"我尝试过修复他家附近的监控，但修复没有完全成功。我有一个调查方向，你要不要听？"

听丁法章这么说，傅北辰也点了点头，示意他继续说下去。

丁法章顿了顿，接着往下说道："主要集中调查能够同时接近金店和郑译家小区的相关人员。你应该知道，郑译所居住的小区是很特殊的。能够进入小区内部的人，一定和郑译有密切的关系来往，同样就具备了作案嫌疑。"

"没错，但也有另外一种情况你忘了，或许这个人本身就是郑译找来的呢？"

傅北辰说出了自己的看法，二人一时间都陷入了沉默，不知该如何取舍调查的方向。

"你之前调取录像时发现的那个可疑人物呢？这次有没出现到监控里？"

傅北辰想起之前丁法章圈出来的那个可疑人员，丁法章听后直接摇了摇头。

"暂时没发现，但监控里我有了个意外发现，有个频繁出入郑译家小区的人，我想你一定不陌生。"

丁法章说完，将手中的资料翻开一页，然后递给了傅北辰。

当傅北辰看到照片上的人，当场愣住了。他知道，是时候找她出来谈谈了。

第十九章 表面光鲜，另有内情

傅北辰的运气很不好，他约赵佳慧吃饭的那天是个阴雨天。虽说提前做好了准备，傅北辰还是被淋成了落汤鸡。外面风雨交加，顶着雨伞根本没用。除了需要时不时顾忌雨伞是否会被吹翻以外，就再无任何意义。

为了节约时间，傅北辰把吃饭地点定到了赵佳慧家附近。那是一家中档餐厅，既然是他开口说请吃饭，自然不能选太差的地方。当然，傅北辰也要量力而行。像之前同学聚会的那种级别的餐厅，吃上一顿肯定会肉疼上大半个月。

自嘲了一番之后，傅北辰走入卫生间，随意擦了擦被雨水淋湿的头发。

突然，身后的服务生打断了他，给了他一块方巾。傅北辰接过方巾道谢，抹干净头上的水。

当傅北辰走出卫生间，发现他预定的位置上，已经出现了赵佳慧的身影。

傅北辰走上前去，非常抱歉地说道："真不好意思，都怪我没看好天气预报。"

赵佳慧急忙摆手，也跟着说道："没关系，倒是我没打扰到你的工作吧？"

傅北辰摇了摇头，拉开椅子坐下，叫来服务生，一边点菜一边与赵佳慧谈了起来。

"佳慧，你和你先生两人最近怎么样？"傅北辰随口发问道。

赵佳慧端起茶来喝了一口，貌似之前在外面受了寒，打了个哆嗦后才回答道："已经好多了，谢谢你关心。都已经过去这么久了，我先生也学会接受现实了。除了心情偶尔低落些之外，基本上和之前没什么两样了。"

傅北辰听着连连点头，将菜单还给服务生，继续跟赵佳慧往下沟通。

"最近，我确实有些忙。本来想前几天就约你出来吃饭，一直都没找到合适的时间。今天好不容易有空，结果又碰到天气这么差。"傅北辰说完，无奈一笑。赵佳慧见状，也跟着笑了。她扭头看向餐厅外边，发现暴雨中人影已经寥寥无几，不禁感慨道："这种天气还出来的人，恐怕只有我们了吧。"

傅北辰环视四周，偌大的餐厅中只有一桌客人。看来，误打误撞还享受了一次贵宾级待遇。

或许是顾客少的缘故，菜上得也特别快。不出一会儿，两人点的餐前菜便端了上来。

傅北辰示意赵佳慧边吃边聊。两人一起拿起了刀叉，开始吃着小菜。

傅北辰也不拐弯抹角，直接开口道："今天我找你出来，主要跟你谈谈有关郑译的事。"

听到"郑译"这两个字，赵佳慧整个人有点异样，肩膀轻轻颤抖了一下。

傅北辰心生疑惑，便直接停了下来问道："怎么了？"

"没事，刚才在外边淋雨受了寒。你刚说要和我聊什么？"

"有关郑译的事。"

"怎么样？你们抓到他了吗？"

"没抓到，他死了。"

听到这个结果，赵佳慧的身体颤抖得更加厉害了。因为她的双手抖动，连刀叉碰撞到餐碟上，发出难听的声音都没有发觉。

傅北辰脸色凝重，看着赵佳慧问道："难道有什么问题吗？"

"他怎么能死呢？他虽然死了，可那些丢了的金子管谁要？"

"你先冷静一点儿，我今天来找你，除了想告诉你这件事外，还想问你一些问题。"

赵佳慧强行平复好自己的情绪道："你想问啥尽管问，只要我知道就会告诉你。"

傅北辰斟酌了一下用词，才开口道："你和郑译熟吗？"

赵佳慧摇了摇头，回答道："他跟我老公是合作伙伴，我和他不太熟，只能说认识吧。"

"你和他私下有过往来吗？"

"没有。"

赵佳慧说完后，蓦然抬起头，眼神古怪地看着傅北辰。

傅北辰并没有理会赵佳慧的注视，他再次问道："你和他之间的来往是因为什么事？"

"北辰，你为什么要问这些东西？"赵佳慧此刻有些激动，重复了一遍问题。

傅北辰见赵佳慧情绪处于失控的边缘，急忙出言安慰，表明立场道："佳慧，你不要多想，我只是例行公事，问一些可能对案子有帮助的问题罢了。"说完之后，傅北辰沉思了一番，从包中掏出一份资料，递给了对面的赵佳慧。

赵佳慧接过资料后，一头雾水。傅北辰再次开口说道："这是我们最近调查郑译死亡案时从他家附近监控里调取出的录像截图。监控里，好几次都拍到了你出现在郑译家附近。我觉得有必要找你问清其中的原因。"

赵佳慧看到这些截图，脸上掠过了一丝震惊，但很快又变成了不解与迷惑。她开始努力回想着与监控有关的时间点。过了许久，赵佳慧才想起来一些，她边组织语言边跟傅北辰解释。

"我想起来了，我是去过他家附近几次，那是因为……"说到这里，赵佳慧面露难色，明显有难言之隐。

傅北辰见状，也继续开导赵佳慧："佳慧，我没有怀疑你的意思，只是想要了解更多些而已。现在，郑译已经死了，案子的性质更加复杂了。只有我们都配合好，案子才能尽快侦破，早日弥补你们的损失。"

赵佳慧沉默许久，才开口继续说："我先生从来不在外人面前显露出半点落魄。说好听一点儿，这叫做要强。但说得难听点儿，这就是死要面子活受罪。他跟郑译的合作，我一开始就不看好，曾经劝过他许多次，但他根本就不愿意听。在他眼里，我就是一个无知的庸俗妇人，心胸狭窄且眼光短浅。

"后来，做生意时，他也因性格问题吃了好多亏。郑译拿准了我先生的性子，不断给他戴高帽儿，还疯狂地画饼，和他以死党相称，但背地里却一直给他挖坑。我先生就在这种迷魂阵里，一直徘徊走不出去。所以，前前后后赔进去近百万元。但他却依旧执迷不悟，毫不思索背后的原因。"

赵佳慧说到这儿，不禁把双手插进了自己的头发里，将脸颊深深地掩埋于掌心间。

"后来，我私下去找过几次郑译，不求能让他包赔我们的损失，只求他能高抬贵手放过我先生。可他根本不愿意，还三番五次搪塞和哄骗我，把我当作无知的蠢货看，甚至有几次他还想对我动手动脚。"赵佳慧说这话时，声音中隐约出现了哭音。

傅北辰有些后悔揭开赵佳慧这个伤疤，他递纸巾给对面的人，结果对方却完全没接。

"印象最深的是那一次，我瞒着先生去找他，想求他不要再坑我先生了。当时，他从南部搞回来的那一批货，成色并不怎么好，而且还有些质量问题。可他拿准了我先生的性子，吹捧他能力高，业务能力强，决定把货分销给我先生的店去卖。"赵佳慧没搭理傅北辰，依然自顾自往后说着，"北辰，要知道那批货总金额将近二百万，而我先生一向爱面子，如果把货接下来，一旦出了问题，我们就等于要自己搭进去二百万！"

傅北辰虽然不知这一行的深浅，但好歹也算有点头脑。金银珠宝这类生意，往往是门外人不知门里人哭，只知门里人笑。明显这次郑译才是门里人，他就是想拉着门外人来垫背，减少他自己的损失。

"我去找他的时候，他说自己不在店里，让我去他家找他聊。我想着，光天化日之下，应该不会有什么问题。于是，我就放心去了。可谁知到他家之后，他就开始对我动手动脚，嘴里还污言秽语说个不断。我怒气冲冲地从他家出来，原想打电话报警。可一想到孤男寡女共处一室根本是有嘴说不清，又怕我先生会多想，最终只能忍了下来。"赵佳慧此刻已是泪眼婆娑，她抬手擦了擦眼泪，不继续往下说了，只留下傅北辰一人万分尴尬。

"对不起，让你回想起那些不好的事了。"

"没关系，北辰，我相信你，所以我愿意把这些事告诉你。"赵佳慧说着，脸上露出了苦笑，冲傅北辰苦苦哀求，"北辰，只是有一个请求，不要把我的事告诉别人，尤其是我的丈夫，我怕他又会胡思乱想。"

傅北辰急忙表示会保密。见菜已全上齐，他又招呼赵佳慧赶紧吃。二人全程沉默无言。

用餐过后，窗外的雨也渐渐停了。傅北辰说要送赵佳慧回家，却被赵佳慧婉言拒绝了。

"没关系，只不过十几分钟的路，我走回去就好。倒是北辰你比较远，回家路上要小心。"

傅北辰点头，赵佳慧收拾好自己的包同他道别，便走出了餐厅。其实，这一餐吃得并不愉快。不要说赵佳慧了，就连傅北辰都能感觉到。他不禁叹了口气，或许是因为自己太直男了，又或许是他将公私事混到了一起。不管怎么样，反正这次的事确实欠妥。傅北辰起身付过账单之后，也走出了餐厅。夜色此时浓重了不少，夏夜独有的微凉盘旋于身体周围，让傅北辰有些不适。而这时，只见街角处突然闪过一个身影，精准地映入了傅北辰的眼中，那道身影竟是赵佳慧的老公——胡正荣。

第二十章　放贼归巢，两案合并

次日一早，傅北辰刚从家中驾车赶回局里，就被局里领导叫过去训了好一阵的话。

"北辰，是谁让你这么做事的？"刘局站在傅北辰的面前，脸色也是铁青无比。他不断用手敲着桌子，来来往往的人均朝着办公室中的人投去异样目光。傅北辰只觉得脸上无比发烫，面子上有些挂不住。他小声央求刘局，却又遭到了训斥。

"你知不知道群众怎么评价？傅北辰，我看你是太久不挨批，有点不知天高地厚了！"

傅北辰唯有不停说着好话，本想端一杯茶水去让刘局消消气，不想反而是火上浇油。

刘局一手直接将茶水拍翻，怒气冲天地吼道："你小子，别给我来这一套。我问你话呢？你当时到底想啥呢？为什么把人给放走了？结果呢？交代呢？放人的理由呢？连个说法都没有，你就胆敢把人给我放走了！"

"刘局，您先别生气，那就是一个小蟊贼，问来问去都问不出啥东西来。我看他又是初犯，而且还是一个聋哑人，就把他先放回去了。这本就是想着坦白从宽，初犯从教的原则。"

"你说得容易，那我问你，群众那边你给解释了吗？大伙儿费了好大劲儿，把偷车贼给你抓过来。结果，你倒好，一声不吭就把人给放了。你知不知道现在群众口中怎么评价我们？说我们是吃空饷，毫无作为的饭桶啊！"

傅北辰默默接受着刘局的狂风暴雨，丝毫不敢顶嘴，嘴上一个劲儿道歉："对不起，刘局。这次是我考虑不周，我应该先和群众解释清楚。这次全都是我一个人的错，我保证将功补过，一举把这个偷盗电动车团伙拿下，给您和群众一个满意的答复。"

刘局气了个七窍生烟，见傅北辰表了态，也顺势说道："好，你今天给我立下了这军令状，到时可别怪我拿你问责。案子交到你手上已经多久了？现在都没有一个准确答复。我警告你，再这样继续下去，我不相信你是小事，群众不相信你才是大问题！"

傅北辰急忙承诺，又和刘局解释了好一阵，这才把刘局给稳住了。

不过，风暴还没结束。刚翻篇了这事，刘局提起了另一件更让傅北辰头疼的事。

"另外，那宗震惊全市的金店大劫案呢？眼下你们调查的进展如何？"

傅北辰不知如何开口，照实说肯定又要挨批，不照实说又对不起领导与群众的信任。

傅北辰一时间不知如何回答，只能低头默不作声，以这种方式应对刘局。

刘局也早就知道了结果，摆手让傅北辰离开。傅北辰这才如获大赦，急忙退了出去。

回到办公室后，傅北辰也是满肚子火气，不知往哪儿撒。想来想去，傅北辰觉得今天的这顿批，都是因为那些偷车贼所致，只有尽快把那些蟊贼抓干净了，自己才能痛痛快快出了心中这口恶气。

一旁的张霖见状，赶紧上前安抚自己的上司。他也不太理解傅北辰的做法，迟疑片刻还是忍不住问道："老大，给我说说你为啥把那些小贼放了？虽说都是些聋哑人，根本问不出什么有价值的线索，但也不能完全放任不管，直接就回归自然吧。"

傅北辰听到这话，直接气不打一处来，当即一巴掌就呼到了张霖的脑袋上。张霖也是好不委屈，眼巴巴看着傅北辰不说话。

"小霖子，你当我是傻瓜吗？我会直接放虎归山，不做任何后手准备？"

听到这话，张霖突然联想起之前傅北辰说的鱼饵，瞬间便明白了问题的关键所在。

"老大，原来你在心里打这个如意算盘，那你刚才咋不和刘局说清楚呢？"

"你可赶紧拉倒吧，按照老刘头的那性格，你要是敢和他逆着毛来，他一准儿把毛都给你拔光了。我自然只有先承认错误，等到时候瓜熟蒂落，再去找他邀功也不迟。"

张霖听着，咧嘴笑了笑，小声暗骂傅北辰狡猾。不料却被傅北辰听见了，又挨一阵狂捶。

关于鱼饵的事情，傅北辰早已与丁法章提前商量好了对策。一起共事这么久，丁法章有一句话让傅北辰非常欣赏，那就是天网之下，每个人都是赤裸和无所遁形的存在。这些偷车贼，虽然是来无影去无踪，但只要留心，永远都能在监控中找到他们的行踪。表面上看，像是放虎归山了，其实却更像是"人在曹营心在汉"，不知不觉中就将有用的信息重新带给了警方这边。

不得不说，在处理案件上，丁法章有独到的想法，也正因这些想法让傅北辰对其有所改观。

"傅队，你知道这些偷车贼和金店盗窃案最大的联系在何处吗？"丁法章低声发问道。

当傅北辰听到丁法章问自己这个问题时，不禁有些愣神儿。他甚至怀疑眼前这个人是不是有些精神不正常，明明是风马牛不相关的两件事，怎么可能会有联系呢？

"最大的联系，就是同样都是有贼作案呗。"最终还是张霖的回答赢得了丁法章的认可。

也正因张霖的这个回答，帮傅北辰彻底打开了思路。确实，这两桩案件都是贼所为，只不过一桩里的贼偷偷摸摸，另一桩里的贼却无所畏忌。可到头来，这些贼最终都要干同一件事儿，那就是想尽各种办法——销赃。

"虽然说他们偷的东西不一样，但归根结底都是赃物。不管是金子还是电动车，都不是货币，自然无法正常流通。想要让这些东西变成钞票，就要想方设法去把它们卖掉。那么，问题来了，贼们怎么卖这些东西呢？"看着丁法章饶有趣味的眼神，傅、张二人几乎同时在心中有了答案。

销赃不同于卖货，根本摆不到台面上来，只能暗地里进行。既然是暗地里进行，就不可能被警察轻而易举地发现，不值几个钱的电动车如此，价值连城的金子那更不用说。

"所以，我们才要把他们放出去，利用他们的活动轨迹，来找到整个盗窃团伙的行踪。"

张霖顺势接过丁法章的话，继续往下说道："然后，通过盗窃团伙的卖赃款途径，帮我们找出金店抢劫案中赃物的销售途径。如果顺利，就能够顺藤摸瓜，抓出这群打劫金店的匪徒了！"

这一番并没有经过验证的推理，让在场的人都激动了起来。虽然可行性有待推敲，但现在面对没有任何进展的局面，这无疑是最有效并且可行的最佳方案。当众警等鱼儿上钩期间，郑译的尸检报告也出来了。结果与傅北辰猜测的差别不是很大，郑译的死亡并不是什么意外。

"很奇怪，我在他的后脑伤口处发现了两处凹痕。"面对报告，法医这样解释，"你们可以看第一处凹痕较轻，且只造成了皮下淤血，这是符合常识理论，能够推断出死者曾经后脑碰撞过某硬质物品。在伤口处没有发现任何的碎片残留，这也与铜像的特征有所符合。但最奇怪的地方是在第二处伤口，也就是真正的致命伤。"

法医转换照片，展示给面前的几人。屏幕上血肉模糊的伤口，让小部分人有些生理上的不适。丁法章完全见不惯这种场景，他苍白着脸色快步走出了会议室，留下众警继续进行商议。

"第二处伤口较深，已经导致了颅骨破碎，伤口同样没有任何的碎片残留，依旧是铜像所致。但要造成这一伤口，意外碰撞显然不够。实验室中，我们进行了后期的模拟，要造成如此严重的伤口，最少需要100公斤的重力，结合铜像本身的重量，我们基本上可以推断，死者是被人用铜像砸击后脑勺所致，且凶手应该为成年男子。"法医顿了顿，才又继续往下补充，"而且根据我们对于现场湿度与温度以及铜像上锈斑程度的推断，死者的死亡时间是3到5天内。"

"凶手显然并非无意识行凶，他将案发现场的空调与加湿器开到最大程度，就是在人为影响尸体的变化进程，为我们确定死者死亡时间制造困难。同样，凶手还做了另一个打算，他把现场伪造成了意外死亡的场景，还特意擦去了一切与他有关的指纹，或者说在行凶时凶手就已经做足了准备，事先戴好了手套。"

听到这里，傅北辰接过话茬，继续往下补充道："经过对现场周边监控的调取，我们也发现了另一个问题，死者居住附近的监控也被人恶意破坏了，并且损坏监控的手法与金店大劫案无异。所以，我们有理由怀疑，凶手和金店大劫案有所关联。"

在场的警员都陷入了沉思，思考着两起案件之间的关联，虽然目前的证据还无法将两起案件联系起来。与此同时，郑译死亡一案也正式立案调查。市局向市民发出了通知，希望能从广大群众处获取有价值的线索。

不得不说，这个夏天对于龙城而言确实不太平，一桩接一桩的案件让群众充满了恐慌与不安，也让警员们的工作蒙上了一层阴影。没过多久，另一起案件再次接踵而至。而正因这一起案件的发生，成了眼下难题的突破口，让所有未破的案子迎来了新转折。

第二十一章 一网打尽，暗中摸排

这天刚一上班，张霖就神秘兮兮地把傅北辰拉到了一旁。看着张霖满脸的诡异之色，傅北辰也有些接受不了，皱眉骂道："什么玩意儿，大老爷们儿整这出干啥？有什么事儿就快说，别耽误手头的工作。"

张霖见傅北辰如此不耐烦，也不继续卖关子，掏出自己的手机，调出一篇报道给傅北辰看。傅北辰不解，接过张霖手机，只见标题赫然写着一行黑色的大字——通讯系高材生遭人绑架，被解救时骨瘦如柴。

"这是啥时候的新闻？又是刚发生的事吗？"傅北辰看了，顿时头大如斗，只觉得万分头疼。今年怎么事儿这么多，一波未平一波又起，难不成这犯罪也有热潮？但张霖依旧把手机塞给傅北辰，让他仔细看看，压低声音道："老大，你看看这报道里写的是谁？"

傅北辰耐着性子继续读下去，报道中通篇没提到一个人的名字，但那个特殊的姓氏却已经让他猜到了报道的主人公就是丁法章。一时间，傅北辰也有些震惊。他拿手机问张霖，他是怎么发现的这个新闻。

张霖吞了几口口水，如实回答道："老大，我也是听我一个好哥们儿说，他们之前也请过丁专家帮忙，所以对丁专家的事有一些了解。真是太骇人了，没想到丁专家之前的经历这么恐怖。"

傅北辰联想到丁法章那张苍白到毫无血色的面容，突然明白了他为什么会是现在这副模样了。他回头看了一眼张霖，只见他依旧沉浸在八卦之中。傅北辰干脆抬手给他头上来了一个脑瓜崩儿。

"你小子上班时间不好好工作，就知道乱七八糟瞎看，再有下次我绝不轻饶你！"傅北辰说完，便转身走进了办公室，不去理会后面满脸委屈的张霖。但在办公室中，傅北辰却久久无法平复心情。他想了想，还是打开了电脑，在搜索框中输入了丁法章的名字。很快，网页就跳出了有关丁法章的全部资料。但那些资料大多都是丁法章的一些过往事迹以及参加工作之后的出色成绩。傅北辰平时已经听领导说过不知多少次，他都要听出茧来了。

傅北辰继续展开搜索，突然在一个已经被人遗忘的校友网站上，他找到了一张略带青涩的丁法章的照片，那是丁法章上大学时的照片。傅北辰看着照片上的人笑容特别阳光，甚至让他觉得自己是不是认识了一个假的丁法章。因为照片上的男子充满了青春活力，有着一双浓眉大眼，小麦色的皮肤看起来健康无比。身材虽不太健硕，却也不是如今看起来这副病怏怏的状态。照片上的丁法章脸上洋溢着笑容，莫名有一种让人想要亲近的魅力。傅北辰不知为何心中突然升起一个念头来，自己应该早认识丁法章一些。如此一来，或许就会感受到不一样的他。

傅北辰险些被自己这个荒诞的想法逗笑了，赶紧关掉了网页。但刚才张霖给他看的那篇新闻报道，却始终萦绕在其脑海中。丁法章这个高材生被绑架？这其中究竟有啥原因？傅北辰心中很是不解。从丁法章前后的变化，傅北辰明白，能让一个人发生天翻地覆的改变，绝不是什么美好的经历。

傅北辰摇摇头长叹一口气，算算日子已经有两天没见到丁法章了，不知道他最近是不是又出了什么状况？傅北辰又联系起前些日子丁法章有干呕过，居然忍不住开始暗暗担心起对方来。

不过，他的顾虑很快就被打消了。上午时分，丁法章出现在办公室里。和他一起来的还有一个好消息——偷车贼团伙有下落了。

"最近这段时间，我一直在暗中监控那两个小蟊贼。昨天，他们到了一个地方，应该是他们的老巢。"丁法章把手中的资料递给傅北辰。傅北辰仔细翻了翻，只见资料里都是地图，上面布满了一些被红色笔迹圈起来的地名。

"红色圈是他们经常活动的范围，最中间的蓝色圈则是他们都会去的一个地方。"

"那你怎么知道这就是他们的老巢呢？"傅北辰反问丁法章，语气中多了几分故意的挑衅。

"除了那两个偷车贼，我还监控了别的偷车贼。"丁法章破天荒没生气，顺着傅北辰的话继续讲，"他们之间有很明确的分工，每个人负责的片区都不一样，绝对不会重合，更不会出现分赃不均的状况。简单点儿说，就是总代理和分代理。我注意到，他们都会准时去这个地方。"丁法章说着，还特意指了指地图上蓝色圈标注的地方，"而且这个地方是唯一一处没有任何代理的片区。如果我猜得不错，这里不是他们的老巢，就是他们用来销赃的窝点。"

"所以，我观察了这处地方很久，果然被我抓到了他们活动的证据。"丁法章又拿出一份资料，资料上竟然是分销电动车的记录。傅北辰看得瞠目结舌，对眼前这个男人也更加刮目相看。

"不过，我要提醒你一下，现在我拿到的证据都并非通过正当途径所获，并不能当作用于定罪的证据，我只是提供这些信息给你当作办案的佐证而已。案子具体要怎么办，还是要看你自己的手段了。"丁法章扔下资料，潇洒走出办公室，留下傅北辰目瞪口呆。

而听丁法章这么描述完之后，张霖对丁法章也是赞叹不已。

这下，专家这顶帽子算扣严到了丁法章的头上，傅北辰再无法昧着良心对丁法章有偏见。

"老大，既然如此，那下一步我们怎么办？"张霖看向傅北辰发问道。

"眼下可谓万事俱备，只欠东风。既然如此，我们就去会会这些小蟊贼吧。"

经过详细的部署之后，众警在案发地周围做了严密部署。依丁法章所提供的规律，每月3、13、23号三天，盗贼会集中处理手中的赃物。摸准了这一时间，抓捕小队一举成功地将整个盗窃团伙给全部拿下。当盗窃团伙全部落网后，警方才彻底搞清了团伙中的分工模式。

如同丁法章所言，以销赃点为中心，半径内的地区被划分成了多片区，分属于不同的盗窃头目或小团体。这些盗窃头目或小团体要做的就是从各个区域偷盗电动车辆，而盗窃团伙中心则只负责进行销售。如此一来，双方都规避掉了一定的风险，而对于赃款则采取不同的分配原则。

最让人哭笑不得之处是，这些盗窃团伙竟然已经形成了成熟的产业链，从被盗车辆的型号，到销售的期限日期，都有明确的划分。不同车型、不同销售期，分赃都不同，或多或少，任凭选择。这个团伙涉案车辆，林林总总算下来，经手的被盗车辆也已经多达数百辆了。就按每辆电动车销售几百元未算，涉案金额至少也有数十万元了。如此庞大的金额，着实让所有警察都感到惊讶。

值得一提的是，盗窃团伙中大部分的涉案人员都是身体存在缺陷的残障人士，这让局里的警察都有些心痛。按道理说，本应该对这些人更多的关注与关爱，展开帮助与扶持，却由于某些原因，让他们走上了一条错路。这是所有人都要反思的事。

而傅北辰最关心的一点，其实是那些赃物的流向。这不仅关系案件牵涉物的追回，更关系着他们一直以来正在调查的金店盗窃案。所以，针对这一问题，傅北辰着重询问了不少涉案人员，但结果并不乐观，好几个贼都表示对此无所知晓。

唯一一个表示出些许知情的嫌疑人，是一个40岁左右的中年男子。他的身材瘦弱，皮肤黝黑，说话间透露着浓重的乡音。经过一番了解后，傅北辰才得知，这名男子是被哄骗入伙的成员之一。

"当时，我刚来这里找工作，一直都没有合适的职业，就被他们拉入伙了。他们说，只要跟着他们干，月入过万不是梦。我就听了他们的话，和他们一起干起了这档子事。在此期间，我也帮他们卖过好几次车。虽然利润高，可风险太大了。后来，我还是选择退回幕后了。"听着男子的回答，傅北辰不禁有些辛酸。他和男子一番交涉后，得知了赃物一般销向上层，而非对下层卖，这让他兴奋了不少。

"一般没有人敢买来路不明的车子，敢收车子的都是一些车行，或者是修理店之类的地方，他们不怕出事儿。把车子随便改一改，就保证不会被人认出来，也不会惹来什么不必要的麻烦。"

男子的话简单明了，也点明了傅北辰调查的方向。赃物下行是不理智的选择，电动车如此，金器自然亦如此。况且金器性质更加特殊，能购买金器一定是具有相当能力的富豪或商铺。傅北辰决定将调查方向扭转，向一些中小规模的金店展开摸底排查，看近期有没有人对其进行过卖货咨询，或者通过相关部门对金店进行物品盘查，以排除相关的嫌疑。

第二十二章　梦魇重临，不祥预兆

昏暗的楼道里，丁法章不知自己身处何处。眼前的场景既熟悉又陌生，却处处让人不安。走廊不见尽头，四处没有灯光，只有最远处似乎有一盏昏黄的灯。但那盏灯是那样的遥不可及。

朦胧间，丁法章似乎听到有熟悉的声音在叫自己。那个声音他很熟悉，熟悉到不能再熟悉。听到那个声音的时候，丁法章莫名感觉到了一丝慰藉。他很想开口，却始终张不开嘴。

"这究竟是哪里？"丁法章的心中此时只有这么一个疑惑。他很想能找到一个人，哪怕是一个陌生的人。只要能同自己说一句话、走一段路，抑或者只是让自己感受的人气的存在就足够。但没有，除了他自己，没有任何一个人，甚至没有任何一个有生命的物体存在。

身边似乎逐渐起了浓雾，狭窄的楼道中雾气弥漫，遮盖了眼前的路。丁法章步履蹒跚，他想扶着墙壁，但伸出手时古怪的触感让他惊心。身边的墙壁，竟然不是坚硬的，而是滑腻的触感，那种感觉就像是动物的皮肤。

丁法章忍不住惊叫起来，他转头看向墙，只见墙上斑驳不已，似乎隐约有血迹。空气中不知何时开始弥漫起一阵腥臭味，仿佛是冷库中冻肉久而久之散发出的味道，又像是肉类腐朽而发出的味道。

心中的恐惧越发浓重，丁法章向前奋力奔跑起来。忽然，耳边又响起了那熟悉的声音。那个声音丁法章太熟悉了，可是此时，他偏偏就是想不起那声音的主人是谁。

"你在哪儿？你出来啊！"

奋力挣脱了噪音的束缚，丁法章怒吼出来。声音回荡在楼道里，空洞而又凄凉，回音重重地将丁法章包围。丁法章只觉头痛欲裂，仿佛置身于巨大扩音器中一般，他开始后悔，不该喊叫。

剧烈的奔跑加上怒吼，让丁法章有些缺氧。他停下脚步，喘着粗气，喘息声在空间中显得格外清晰。而抬起头，眼前的一切又让他陷入了绝望。方才的奔跑似乎只是原地踏步，他并没有逃离这个地方，反而像是陷入了轮回。

楼道中越来越凉，丁法章蓦然反应过来，身边那浓白色的空气并不是雾气，而是源源不断从四面八方涌来的冷气。那些冷气越来越浓，将丁法章包裹在其中。丁法章剧烈地咳嗽起来，他痛苦地跪倒在地上，捂住了自己的胸口。

强行站起身来，丁法章在楼道中跌跌撞撞。那无尽的走廊仿佛是梦魇一般，远处的灯光永远亮着，却永远无法触及。头脑一阵眩晕，丁法章几乎无法支撑自己的身体。而就在此时，脚下的地板也突然变得有些异样起来。踩在上面，丁法章只觉双腿发软，无法站立。而当他再次低头去看时，地板也早已变成了古怪的皮质。

恐惧由内而外包裹着丁法章，从他的每一个毛孔中渗透而出，弥漫在他的每一次呼吸间。丁法章一阵反胃，他趴在地上，剧烈地呕吐着。他想起来这是什么地方了，他也终于想起来自己为什么会在这个地方了。

心中猛然生出懊悔，丁法章明白自己不该这样做，更不应该听信他的话。那个声音的主人，他也终于记了起来。

"你出来啊！别躲着不出来。我知道你害怕我，如果有种，就出来直面我！"

做着最后无力的挣扎，丁法章几乎声嘶力竭。他知道，自己这样是毫无意义的。他不会出来，更不会就此放过自己。

从地面上站起来，丁法章强忍住心中的恐惧与恶心，向前拼命奔去。而此时，前方那盏亮着的灯似乎也不再随着他的移动而移动。一步两步，一米两米，灯光离自己越来越近，走廊中的雾气也逐渐越来越稀薄。丁法章心中涌起一阵希望，或许自己终究还是可以打败他的。一直以来，不过都只是自己不敢面对而已。

朝着前方脚步坚定地走去，丁法章的心情逐渐平复了下来。看着那盏灯越来越清晰，丁法章的思绪也越来越清晰。他不再害怕，心中也越来越坚定。

可就在此时，楼道突然陷入了一片黑暗中。头顶上那盏灯消失了，一切都似乎消失。丁法章停下了前行的脚步，他有些不知所措。试着开口，走廊却似乎不再那么空荡，又或许周围的空间已经变小了。

"你究竟想怎么样？我最后还是赢了你，你不承认吗？"

丁法章诉说着自己的心声，但周围无人回应。他试着向四周摸索，四周一片空荡。这里仿佛是一个没有层次没有边界的空间，任由他如何移动，都无法触边。

或许是丁法章的强烈意志力起的作用，昏暗的周围开始有亮光，而那亮光聚集在眼前，形成了一束光圈。光圈之中，突然出现了一个让丁法章意想不到的人。

"是你？你怎么会在这里？"

眼前的人，正是傅北辰。此时的傅北辰一言不发，他的脸上充满了戏谑与冷酷，看向丁法章的表情充满了不屑，又似乎是藐视。面对丁法章的询问，傅北辰依旧是一言不发。他转身向黑暗中走去，只留给丁法章一个背影。

"你要去哪儿？"

丁法章跟上傅北辰的脚步，两人一前一后行走在黑暗中。前者越走越快，丁法章逐渐有些跟不上他的脚步。他奋力地加速，却似乎始终无法跟从。傅北辰脚步越来越快，身影也越来越模糊，似乎时刻都有消失的可能。

丁法章心中突然有些惊慌，似乎傅北辰的消失会意味着坏事的到来。他伸手去想要拉住傅北辰的衣角，却拉了个空。感受到丁法章动作的傅北辰突然停下了身子，他驻足在原地，不再行动。趁着空隙，丁法章终于追上了傅北辰。

"你为什么会在这里？又是要去哪儿？"

丁法章将手搭在了傅北辰肩膀上，傅北辰回头，一张不属于傅北辰的脸出现在丁法章面前。心中一阵恐惧，丁法章惊叫着从梦中醒来。

卧室中似乎还回荡着自己刚才的惊叫声。丁法章抹了一把汗水，床单和睡衣已经湿透了。这样的噩梦，丁法章实在不想再经历一次。但这不是他能控制的，每当夜深人静时，那个梦魇总是会悄悄地出现在他的梦中，来无影去无踪。

这么多年过去了，丁法章以为自己早已经从那段昏暗的经历中走出。但他没想到，是自己高估了他自己。他还是没有办法摆脱这一切的困扰，面对那张面孔时，他还是会感到恐惧与慌乱。

只不过今晚的梦出现了一个丁法章自己都没有想到的人。想到这里，丁法章皱起了眉头。他总感觉刚才的梦并不是自己的梦魇，更像是一种预兆，或者说是对未来的警告。

从床上坐起来，丁法章走到厨房，从冰箱中拿起一瓶冰水，只喝了一口，其余全部浇在了自己身上。他需要冷静，更需要清醒。方才的那个梦是极度混乱的，这表示他现在的思绪是纷杂不清的。没有一个清晰的头脑，只会让问题更加糟糕。

时针指向凌晨3点，也许这个时刻，大部分人正在梦乡中酣睡。但对于丁法章来说，这是一种奢望。他坐在桌前，打开了电脑，试图用工作麻痹自己的精神，却久久无法集中注意力。屏幕上的字符仿佛不听使唤一般，胡乱跳动着，自由组合成各种语言。

丁法章心中一阵混乱，他伸出手去，将桌上的文件摊在地上，想要发泄却又不知从何发泄。他甚至有些后悔接手了这次任务，来到局里插手了这一系列的案件。原本已经恢复的身体每况愈下，精神也越来越差，丁法章不知该继续还是放弃。

但不知为何，每次面对傅北辰的时候，丁法章总觉得前所未有的舒畅。他并不讨人喜欢，甚至还有一些让人讨厌。可即便如此，丁法章还是愿意和傅北辰共事，他总能给自己些许安稳，不让自己那么紧张。即便两人之间会有摩擦，也只是充当了调节。

可刚才的梦里，一切都变了，傅北辰也开始成为了恐惧的代名词。这对丁法章来说，是一种崩塌式的感受。从梦中醒来的那一瞬间，丁法章甚至明显地体会到了绝望之感。

抱头坐在桌前许久，丁法章都无力挪动身体。听着墙上时钟的嘀嗒声，丁法章陷入了沉思。他必须得做些什么了，如果现在的局面还得不到改变，那么总有一天，自己会被彻底压垮，之前所做的种种努力都将付之一炬。

但如何去改变，如何去面对，这才是丁法章现在面临的最大难题。这一切，丁法章丝毫不知，也没有任何头绪。或许此时，他迫切地需要一个人，一个能够开解、能够倾听自己的人。

第二十三章　刘俊遇害，分赃不均

　　从一踏入办公楼开始，丁法章就发觉了众人异样的眼光。这让丁法章异常不舒服，他害怕这种感觉。这让他觉得自己仿佛置身于一处斗兽场中，周围全都是观众，而场中不知何时就会有野兽被释放。不好的情绪瞬间萦绕在了丁法章周围，让他产生了想要逃离的感觉。

　　不过下一秒，傅北辰就从办公室里奔了出来。看到站在原地手足无措的丁法章时，他一个猛子扑了过来，拉起丁法章就往办公室里走去。丁法章见到傅北辰，心中稍微安稳了些许，但还是对众人的这般异样不明白。直到他看到傅北辰递给自己的那份资料时，他才明白了众人为何会有这种反应。

　　那是关于昨夜市区刚发生的一起命案的资料，死者脸色青紫，紫红色的舌头探出一截。他的脖子上一道血痕异常明显，看样子应该是被人勒死的。男子虽然面容有些扭曲，但丁法章还是可以依稀分辨出，他是之前自己在资料中发现的一名嫌疑人。

　　"凶手抓到了吗？"丁法章开口问傅北辰。不过，刚开口，他就猜到了答案。如果凶手落网，恐怕现在傅北辰没什么时间和自己面对面坐在这里。

　　"案发现场附近监控同样被破坏了，手法和之前的金店劫案手法如出一辙。"傅北辰脸色异常难看，"不过，这次破坏监控的人我们已经知道是谁了。"

丁法章等待傅北辰继续往下去说，但傅北辰似乎定格住了。他皱眉看着桌上的资料，一言不发。办公室中诡异的气氛几乎让空气凝固了起来。丁法章忽然反应过来，傅北辰所指何意，亦是惊讶到微微失声。

"是他自己破坏的？"

傅北辰接过资料，翻开死者身份信息的那一页，重新递给了丁法章。粗略扫过一眼之后，丁法章发现这个名叫刘俊的男人果真和大家之前推断的基本符合，有一定电子元器件知识基础，居住地邻近金店。如此一来，刘俊是金店劫案劫匪之一的事实已经被基本敲定了。

但与此同时，一个问题又浮现在了丁法章心中。为何刘俊会莫名死亡？

"你之前在调查的时候，除了刘俊，还有没有发现其他可疑的人物？"傅北辰直接抛出了自己的想法，"刘俊被杀，很有可能是同伙作案，如果能够找到作案三人中的其他两人，案子想必就能够迎刃而解。"

但丁法章给出的回答却让傅北辰有些失望。他摇头否认了傅北辰的想法。

"没有，当时监控中有价值的线索就是刘俊的几次偶尔露面。至于他的同伙，我还没有发现他们的行踪。不过，我有一个更大的问题，刘俊的死和郑译的死，有没有直接的联系？"

傅北辰沉思片刻，同丁法章分析起当下案件中的疑点以及自己的初步看法。

"现在看来，他们两人之间的死亡已经不可能没有联系了。我也有些想不通，为什么事情会朝着现在这个方向发展下去。"

丁法章拿起资料，翻了几页，却并没有发现有关刘俊的社会关系调查以及刘俊与郑译之间的关系。

"这个刘俊什么情况？和郑译之间有联系吗？"

"目前看，刘俊的社会关系比较简单，并没有郑译那么复杂。他是近一年才从邻市来我市务工的，所以在人际关系上比较单一。目前，对于和刘俊交往密切的人，我们还在调查。关于他和郑译之间，现在并没有直接证据显示他们认识或者有交集。"

傅北辰说到这里，顿了顿，并不自信地补了一句。

"如果非要说他们有关系，或者就是在金店劫案中的联系。"

丁法章看向傅北辰，见他眉头紧蹙，似乎心中存在极大的困扰，遂问起了傅北辰的想法。

"那关于他们之间的死亡和金店劫案的关系，你怎么看？"

傅北辰思索片刻，先从刘俊的死亡开始说起。

"刘俊的死亡，我觉得可能性并不多，也比较容易分析。从他的人际关系来看，如果说最想置他于死地的，无外乎两类人。一个是金店劫案的受害人，包括但不限于胡正荣、郑译。但是这一点，我觉得并不太可能。如果受害人知晓了劫案的嫌疑人是刘俊，此时最关心的应该是如何及时追回失窃物品，减少自己的损失，而不是为了报仇，将这家伙先杀之而后快。"

丁法章觉得傅北辰分析得没错，点头示意傅北辰继续说下去。

"那么，第二种可能性就大了起来——因为利益关系而动了杀心的人。这一类人的身份也无非是以下几种，想要黑吃黑的买主，或者是分赃不均的同伙。"

傅北辰转身在身后的白板上重重写下了"同伙"两个字。

"我认为，同伙分赃不均而杀人的可能性是最大的。首先，刘俊的死亡地点并不隐蔽，正处于商业街上。这说明，他们之间见面的初衷并不过分倾向于交易。试问，有谁会把赃物交易地点选择在人多眼杂的街头？这也说明，他们见面的初衷更可能是熟人约见。其次，刘俊显然对于这次的见面有所准备，他提前将附近的监控破坏，见面时并没有携带防身物品，说明他对于见面对象并没有过分的防备。也就是说，凶手应该和刘俊互相熟悉，起码不是陌生人的状态。"

傅北辰讲述完有关刘俊死亡的推断后，却迟迟没有开口。看得出来，对于郑译的死亡，傅北辰也无法给出合理的推断。思索片刻后，丁法章决定给出自己的一些看法。

"我知道郑译的死亡有些说不通，不管是在身份上还是被害动机上，都有些不具有说服力。不过，对于他的死，我倒是有些自己的看法。"

傅北辰点头，耐心听丁法章开口解释。

"郑译作为金店的合伙人之一，他参与作案的动机实在有些牵强。但如果结合一些特定的原因，他参与作案也就有了合理的动力，比如负债。"

"所以，下一步的调查中，我们首先要做的，就是确定郑译是否存在作案动机。如果他的作案动机成立，那么一切问题就都能够自圆其说了。同样，刚才用在刘俊身上的被害原因此时也同样适用于郑译。只不过，杀害他的嫌疑人可能性也会多起来，一种是债主，另一种就是同伙。"

丁法章思路清晰，为傅北辰开拓着行动思路。

"但如果调查之后，郑译并不存在作案动机，一切就要另当别论了。"

傅北辰明白丁法章的意思，如果不是和金店劫案相关，那么郑译的死亡也就只是一起刑事案件，唯一不能解释的只有现场监控被破坏而已。至于其他疑点，只要找到有作案动机的嫌疑人，一切就都真相大白了。

"那依你看，郑译最有可能的死因是什么？"

听傅北辰这么问，丁法章一时间不知从何说起。皱眉许久之后，他才说出了自己的想法。

"不好说，但我觉得并不是因财而起。"

丁法章这么一提醒，傅北辰恍然大悟。原来，自己一直郁结于这两起案件之间的关联，却忘记了每一起案件中最突出的特点。郑译的那个案子里，他死在家中被人伪造成自杀，但房间里的所有财物都没有丢失，也没有被翻找过的痕迹。这自然也就印证了丁法章刚才的话——他并不是因财而亡。

"没错！"傅北辰有些激动，他从椅子上站起来，来回走了好几趟，末了走到丁法章面前，一把将他抱住。

"我怎么把最重要的地方忘记了！如果凶手是为了钱财而来，那么郑译死亡之后，凶手起码是要在房间中翻找一番的。如果凶手是因为分赃不均上门杀害，那么也一样应该在房间中有过一番的寻找。"

丁法章补充、纠正了傅北辰的问题："这么说是没错，但是要注意郑译的作案动机现在并不明确，也无法排除作案嫌疑。所以，问题的真相是什么，还需要进一步调查之后才能下定论。"

但此时，傅北辰的迷雾已经被丁法章点破。他心中规划着下一步的计划，几乎一刻都无法等待。

"既然如此，我们就先从郑译和刘俊两人身上下手吧。有关刘俊的调查，我已经交给了张霖去办。如果你得空的话，就和我一起去查查郑译吧。"

面对傅北辰的邀请，丁法章有些意外。从傅北辰的话语中，他听出了与往日不同的感情色彩——面前这个一直对自己抱有敌对抵触心理的男人，终于正式承认了自己的价值，认可了他的存在。

第二十四章　不欢而散，最新目标

为了了解有关郑译的人际关系网，傅北辰再一次联系到了胡正荣。

经历过金店劫案之后，胡正荣的性情有了些变化。当傅北辰在电话中提出和胡正荣见面面谈时，胡正荣有些抗拒。纠结许久，他才答应了傅北辰，把地点约在了自己的家中。这对于傅北辰来说倒没什么关系，借着这个机会，他也想去看看赵佳慧最近怎么样。

和丁法章一起来到胡正荣家，傅北辰心中不由得暗叹，赵佳慧平时的阔绰果真是有资本的。三层独栋小洋房，花园式院落，虽说电视剧中常演，但自己身边还真没几个人能过上这样的生活。

丁法章倒是波澜不惊，唯一一点吸引他注意力的是胡正荣家院子中那口鱼缸。正常情况下，鱼缸中应该会放着几条锦鲤用来转运，这都是生意人的那套把戏，最为常见了。但走进院中时，丁法章却发现鱼缸里早已空无一物，眼下早已是污秽不堪，各种枯枝叶片随意丢弃其中，甚至还有几个烟头和塑料包装袋。

这让丁法章有些感叹，看来这次的事对胡正荣来说打击不小。院子里的草坪和假山石水，也已经有些时日没修理过了。本该生机勃勃的院子，眼下却是乱七八糟。

突然间，墙壁上的监控引起了丁法章的注意。不过，很快他便释然了。以胡正荣家的家境与居所，不安装摄像头才是不正常。

思索间，两人已经走到了别墅门口。傅北辰按响门铃，不一会儿，赵佳慧便为两人打开了门。不知是不是错觉，傅北辰总感觉赵佳慧看到自己的时候，神情中有一丝紧张。联系到前两天自己和赵佳慧那次并不愉快的见面，傅北辰也有些歉意。

"我先生都和我说了，真不好意思，麻烦你们两位了。"

"没事儿，都是为了工作，不打扰你们就好。胡先生人在哪里？现在方便见面吗？"

赵佳慧将两人迎进屋中，一路向客厅带去。屋子里很黑，大白天都拉着窗帘。这种环境让丁法章舒服了不少，却苦了傅北辰。也许胡正荣已经好久没有出过门了，房间中弥漫着一股奇怪的味道，像是烟味夹杂着体味，又或者是饭菜腐朽的味道与不流通的空气互相掺杂。总之，傅北辰并不喜欢这里。

"老胡，傅警官他们到了。"听到赵佳慧这么说，沙发上一条人行物体动了动。

昏暗中，傅北辰看得并不清楚，但隐约能够分辨出那是裹着毯子躺在沙发上的胡正荣。

"不好意思，我先生最近有些怕光，在家里一般都拉着窗帘不开灯，给你们添麻烦了。"

说完，赵佳慧便走到一旁，替两人打开了灯。灯光有些晃眼，胡正荣眯缝着眼，看向赵佳慧，眼神中似乎有几分不满。这种感觉让傅北辰非常不舒服，他甚至一度有一种错觉，面前的胡正荣是旧社会的老爷，而赵佳慧不过是服侍他的小丫鬟。

"胡先生，你好，我是负责这次案件的丁法章。"

不等傅北辰开口，丁法章先说明了来意。胡正荣没说话，只是点了点头，从沙发上找到自己的眼镜儿，慢条斯理地挂到鼻间。胡正荣应该已经有数十日没有洗漱过，远远地就能闻到一股子怪味，脸上的胡荏密布，头发也乱成了一窝。

"你们先聊，我去给你们倒杯水。"赵佳慧转身离去，留下客厅中的三个男人。

赵佳慧离开后，沉默许久的胡正荣这才开口，嘶哑的声音让傅、丁二人都有些不舒服。

"你们找我是想了解什么？"

"是有关郑译的事。"傅北辰顿了顿，继续往下说，"胡先生，我想您应该也听说了，郑译最近被发现死在家中。我们今天来就是想和您了解一下，关于郑译的社会往来和人际关系网。"

听到这里，胡正荣有些不耐烦。他咳了咳，从茶几上翻找许久，才找到了一个烟灰缸，毫不掩饰厌恶地吐了一口痰进去，冷笑着说道："他死了就死了呗，你们还来麻烦我干啥呢？想要了解他的人际关系，你们不是该去找他的父母或妻子吗？"

胡正荣说完，仿佛又想起了什么，故意补充了一句："不好意思，我忘了，他爹妈早就死了。现在看来也不错，一家三口早日团聚，算是没啥遗憾了。"

丁法章和傅北辰不禁面面相觑，谁也没有开口。而身后赵佳慧已经端着几杯水从厨房走了出来。她听到胡正荣这么说话，脸色同样有些难看，也许是在为自己丈夫的失礼而感到丢脸吧，脸上露出勉强的笑容道："你们先喝口水，喝完之后再聊吧。"

傅北辰接过水，向赵佳慧表示了谢意，又转头将注意力放到了胡正荣的身上。

"胡先生，您和郑译平时关系怎么样呢？"

胡正荣没有回答，他也拿起水一饮而尽，然后冲赵佳慧大声呼喊：

"水没了，再帮我倒一杯！"

谈话被接二连三地打断，傅北辰和丁法章都有些不悦。但从中他们也发现了一些关键的问题，眼前的胡正荣就是和郑译有矛盾的人之一。听到胡正荣的呼喊，赵佳慧急忙从厨房中跑出来。她接过那个水杯，没有停留片刻。傅北辰这才发现，原来她一直都在厨房中躲着偷听他们的谈话，这古怪行径让傅北辰心中多少有些不舒服。蓦然间，傅北辰联想到前几日和赵佳慧吃饭时，街角那一闪而过的胡正荣的身影。

"胡先生，据我们了解，郑译并没有什么密切往来的人。您是他的合作伙伴，应该算是和他联系最为密切的人之一。现下他莫名地死了，且很有可能和金店的劫案有关。所以，我们才会来打扰您，想从您这边看能不能得到一些有价值的线索。"

听傅北辰这么说，胡正荣似乎越发不耐烦起来，很不悦地说道："傅队长，我和他就是普通的生意伙伴关系，完全谈不上深交，更说不上是什么至交老友。"

这话一出口，胡正荣的态度已经非常明确了，显然是不想和郑译产生太大的关联。

丁法章知道，就算继续问下去，也注定不会有结果。但傅北辰不放弃，继续追问："那您知不知道，他最近有没有和什么人结仇？"

胡正荣冷笑，跷着二郎腿，一边打着拍子，一边满脸不屑道："那家伙的仇家？真要算起来可不少，和他共事的人有几个不恨他？我再说一次，我和他算不上朋友，也没太多深交。如果你们想知道关于他的事，那你们去找别人问吧，合伙做生意的又不止我们两个人。"说完，胡正荣从沙发上站起身，径直朝着楼上走去。到了楼梯口，他又停下脚步，回头向两人下了逐客令："我最近身体不太好，需要好好静养，我就不留两位警官在家做客了。赵佳慧，你替我招呼两位警官出门。"

没想到，交流竟然会如此草草了事，此行相当不愉快。

丁法章和傅北辰也不好继续坐下去，只能让赵佳慧把他们俩送到了门口。

"真是对不起，我先生的脾气最近越来越差了。"赵佳慧依旧还是那副低眉顺眼的模样，联想到刚才她在胡正荣面前被吆三喝四的情形，傅北辰不禁对她多了几分同情，主动开口安慰道："没关系，有什么事儿，你回头直接联系我就好。"

赵佳慧点了点头，将两人送到了门外。她好像又想起了什么，又特意嘱咐道："北辰，生意的合作伙伴确实还有别人。如果你们需要的话，我待会儿把他们的联系方式发到你手机上。"

傅北辰点了点头，向赵佳慧表示感谢。赵佳慧没和傅北辰过多告别，又转身走进了家中。

"白跑一趟，打道回府吧。"傅北辰笑着说了一句，转身就要离开。

但这时，丁法章却突然拉住了他："再等等，你有没有听到什么声音？"

丁法章示意傅北辰安静去听，见丁法章脸色有些难看，傅北辰也跟着屏息静听了起来。隐约间，他听到了激烈的争吵声，还夹带了砸东西的声音。附近并没别的住宅，胡家是独栋别墅。很明显，就是从赵佳慧家中传来的声音。

"这孙子到底想干什么！？"傅北辰有些生气，他想回去敲开门，同胡正荣理论。

丁法章却把他紧紧拉住了，摇摇头叹息道："老傅，清官难断家务事。他们两个人的事，我们还是不要插手为好。再说了，你刚才没有看到，女主人也不怎么欢迎我们吗？正所谓茶满欺人，添水驱人，再待下去恐怕就要遭人白眼了。"

傅北辰有些愣神儿，只是觉得方才那满到快要溢出来的茶杯，有些不便而已，却完全没想到其中还有这么一层意味。想到这里，傅北辰此时也有些落寞。他摆手招呼着丁法章，二人肩并肩朝远处走去。不过还好，赵佳慧把另外两位合伙人的联系方式发给了傅北辰。如此算来，这一趟也不算白忙活。

　　"走吧，既然这扇门咱们俩打不开，那不如去敲敲别的门算了，继续约见下一个人吧。"傅北辰说这话时，他的眼神聚到手机屏幕上一个名字上。这是他和丁法章的下一个交谈目标，此人名叫——刘小龙。

第二十五章 约见小龙，收获颇丰

当傅北辰和丁法章见到刘小龙的时候，已经将近下午 5 点了。刘小龙是个很面善、和蔼的男子，他看上去还不超过 40 岁，身材有点微胖，脸上架着一副金丝眼镜，一副很有文化修养的模样。在接待丁法章和傅北辰的过程中，刘小龙处处都体现着他特有的风度。

"真是不好意思，现在才腾出时间来和两位警官见面，希望没有耽误到两位的工作。"

沙发上，刘小龙一边为二人斟茶，一边交谈，从工作到生活上几乎方方面面都有所谈及。由此能看出来，刘小龙是一个很细心的人。几人之间的交谈也很愉快，完全没有方才在胡正荣家的那种压迫与异样感。

约莫时机成熟，傅北辰跟丁法章正式说明了此行的用意。

"刘先生，我们今天来找您，是想了解一些关于郑译的事，希望您能积极配合。"

刘小龙听到这里，摆了摆手，脸上也是一副一言难尽的表情："警察同志，我都懂，你放心。只要是我知道的事儿，我一定知无不言。不过，我有个问题想先问一下，郑译那家伙真的死了吗？"

刘小龙这么问，让傅北辰跟丁法章都有些摸不着头脑。傅北辰点了点头，将有关郑译案件的事大致同刘小龙讲述了一遍。刘小龙听后，这才恍然大悟道："原来是真事儿，我一直以为他们以讹传讹。毕竟，放出狠话的人已经不在少数了，谁知道哪一句是真，哪一句是假呢？"

"有人曾扬言要杀郑译？"傅北辰抓到了信息点。他追问后，得到了刘小龙的肯定回答。

"对，不光是他，就连我们也都被人警告过呢。"刘小龙苦笑，扶了扶脸上的金丝眼镜。

"具体是什么原因，刘先生方便和我们说一说吗？"

"其实也很简单，就是生意上那些事。"刘小龙端起茶杯小抿了一口，同时也示意两人喝口茶再继续说。

"大概是去年吧，金店生意正火的时候，有一天，郑译跑过来和我说他被人盯上了。我以为他在开玩笑，就和他打趣了几句。没想到，他听我这么说反而勃然大怒，脸色难看至极，还险些和我打起来。"刘小龙有些尴尬，继续讲述，"干我们这一行，你们也知道，一头独大是最好不过的情况。但总有人不服气，更何况在生意上，郑译确实做得有些过。不少被我们抢了生意的人都虎视眈眈地盯着，想要把我们给拉下水。还有人干脆用各种手段来威胁。郑译合资时出钱出得最多，自然也是第一个被盯上。有人曾经在他家门口泼过油漆，还派人蹲守过。"

刘小龙说着，还有些心有余悸。他一边回忆，一边控诉郑译道："说起来也怪他，我们几个人不止一次提醒过他，做人做事要低调，得饶人处且饶人。可是，他就是不听。为人嚣张不说，行事还很张扬。有几家小店本来就是夹缝中生存了，他却硬要对人家赶尽杀绝，让人家开不下去，讨个生计都难。"

傅北辰有些惊讶，开口追问道："那为啥当时不报警呢？这种情况完全可以报警处理。"

"敌在暗处，我在明处。就算报警了，能躲得过一时，躲得过一世吗？后来，郑译这小子也害怕了，就搬家到了别的地方去避难。听说，那地方安保十分好，平日里就算连只苍蝇都飞不进去。"说到这里，刘小龙笑了起来。但没过多久，他的笑便变成了苦笑。

"但是，谁知道，最后还是被人盯上了。"

"那威胁你们的人，刘先生知道是谁吗？"

刘小龙摇了摇头，长叹一口气道："唉，这我咋可能知道？郑译在商场上树敌颇多，哪个人不想拉他下去踩上两脚呢？如果他当时知道是谁在背后搞鬼，或许今天就不至于落得这么个悲惨的下场了。"

说完，刘小龙有几分神伤。他叹了口气，不再作声。傅北辰见状，只能放缓追问节奏。

"刘先生，您最近一切都还好吧？"

刘小龙很感激地点了点头："谢谢警官关心，我这边一直没出什么问题。如果有问题，我一定会及时向警官反映。这一点，您大可放心。"

傅北辰点了点头，再次叮嘱道："有事就及时联系我们，不论如何，我们都会最大限度保证您的生命安全。"

"但我有一点想不通，若这事是与郑译有过节者所为，那为何他到现在还不愿放过我们。"刘小龙顿了顿，又继续往下说，"说出来也不怕两位警官笑话，今年以来，我们店里的生意已经是一落千丈。大家多半都听说了，联营金店要大规模地关店。这其实并不是传言，而是我们现在正在计划的事儿。说句难听点的话，我们现在已经得到报应了，为什么别人还是不愿意放过我们几个？"

"不过几个月而已，我们已经亏损了几百万元。虽说是郑译那家伙挑大梁，赚得多亏得也多，但是像我们几个赚得本来就比较少，一旦亏了，就无异于从养老的棺材本上刮肉。"

说到这里，傅北辰突然想起了胡正荣。他开口向刘小龙问一些与胡正荣有关的消息。

"老胡今年也亏了不少，我俩都是让郑译拉进来的水鱼，虽然说当时有钱一起赚过，但到头来还是赔了很多。因为这件事，老胡和郑译没少吵过架。他们两人之前关系其实还算不错，但后来就变成了仇人见面分外眼红的情况。"刘小龙说着，也是唏嘘不已，他放下了手中的茶杯，摇头感慨道，"果真，再好的朋友也不能牵扯上金钱利益。要是能再让我选一次，我绝不入伙做生意。"

"刘先生，胡正荣和郑译除了生意上的纠葛外，还有没有别的矛盾呢？"

听到这里，刘小龙有些尴尬。他结结巴巴，半晌也没说出个所以然来。

"这人与人之间咋可能不存在矛盾？只是他们之间的矛盾究竟怎么样，我们这种外人谁也不清楚。情商高的表面上都能装过去，情商低的也就直接撕破脸了。"刘小龙笑了笑，用另一个话题岔开了这个问题，"老胡最近的情况怎么样？我一直都没时间去看他。听说发生那件事之后，老胡就一蹶不振了？"

"实不相瞒，我们刚从胡先生的家里出来，他状态确实不太好。不过，相信调养一段时间后会恢复。关于金店的劫案，我们警方也在全力跟进调查，不日之后一定会给大家一个满意的答复。"

刘小龙向傅北辰表示了感谢，嘴上还不停地抱怨着："要说老胡也是真的困难，他家里最近几年状况不太好，明里暗里出了不少问题。今年又碰上这破烂事儿，虽然说损失的金额不用他一个人全部承担，但算下来也是一笔不小的数目。"

"损失的金额不用胡正荣一个人全部承担？"傅北辰有些不解，却见刘小龙神秘一笑。

"对，这是我们之前签订的协议中提到的特殊情况，除非是因为经营不善导致的亏损需要单方补偿，因意外造成的损失是由我们众人进行分摊。我记得之前协议里提到，是要按照入股份额去计算。这么说起来，这次损失最大的反而应该是郑译了。"

丁法章和傅北辰面面相觑，刘小龙意识到自己说得有些太多了，也及时停止了谈话。

"两位警官，实在是不好意思，突然想起我待会儿还有个重要的约会，今天晚上我就不留两位一起用餐了。以后有机会的话，还请两位常联系。能帮上忙的地方，我刘某人一定在所不辞。"刘小龙递上一张名片给傅北辰，明显是要送客的节奏。

傅北辰接过名片收好，跟丁法章一起离开了。但二人此番一行，有不小收获。

刘小龙的话里话外、明里暗里透露了不少有价值的线索。但这些线索却零碎无比，看起来毫不相关，其实却又密切相连。丁法章跟傅北辰都觉得这些线索中，还缺少一些至关重要的东西，而缺失的这一部分正是将事件真相连接起来的关键。

"老傅，下一步怎么办？"丁法章回头问傅北辰，因为案情进展实在超乎了他的意料。

傅北辰从自己的车中拿出两瓶水，先递给丁法章一瓶，他自己也蹲在路边喝了起来。

"说实话，我也不知道。"傅北辰仿佛赌气一般回答道。

丁法章看着又好气又好笑，拧开瓶盖，往肚子里灌了大半瓶水，这才感觉到有些饥饿。

"现在几点了？"丁法章此时不知为何，突然问出了这么一个问题来。

傅北辰回答道："六点半，怎么着？你这就想着急下班？害怕走晚了我留你加班？"

傅北辰调侃着丁法章，丁法章抬手就将半瓶矿泉水丢向傅北辰，面带笑意说道："废话少说，咱们还是先吃饭吧，吃饱了才有力气行动。一整个下午，就光顾着往肚子里灌水了，好歹也该进点儿粮草。"

说完，丁法章拉开车门便钻了进去。傅北辰在路边站了许久后，才发现不知何时，天色又变了。天边堆满了阴云，云层中也翻滚着发出了轰隆声。还没等傅北辰回过神儿来，只见豆大的雨滴就敲到了车窗上。骤雨来得很突然。二人躲在车里，雨幕冲刷着车窗，模糊了车外的场景。

"你家住哪儿，要我送你回去吗？"傅北辰开口问话，后座上的丁法章却一直没有回答。回过头去，丁法章居然睡着了。傅北辰见状连连叹气，心中暗讽丁法章心大，却还是缓缓发动了车子，开启了车上的雨刷，载着丁法章往自己的家疾驰而去。

第二十六章　绝美梦境，挑战心结

丁法章感觉自己做了一个很长的梦。梦里，他坐在绿皮火车上，窗外的风景呼啸而过，明媚似水。空荡的列车上没有别的人，阳光透过窗户洒在座位上，让人充满了暖意。他不清楚这场景自己是曾经经历过，还是只在梦中拥有。但如果可以，丁法章宁愿自己永远沉浸在这段梦境中，不再醒来最好。

伴随着车厢的摇晃，火车此刻要到达终点了。丁法章恋恋不舍，不愿结束这一段美好的旅途。但梦终究是要醒来，丁法章睁开眼之后，视线回到现实中。他此时坐在傅北辰的车子上，不知何时睡了过去。窗外正下着雨，街道上车流拥挤，看来都被这场雨弄得有些措手不及。

驾驶位上的傅北辰从后视镜看到丁法章醒来，嘴角扬起了一丝莫名的笑意。

"你总算醒了。看样子刚才睡得挺香，口水都流到衣服上了。"丁法章低头看去，瞧见胸口上确实有一片水迹，一时间面红耳赤，当即想要打开车门，从车流中狂奔离去。他撇过头去注视着窗外，发现周围环境也有些陌生。

"老傅，咱们现在这是要去啥地方？"

"还能去啥地方，自然是回我家呗。"傅北辰回答的同时，还顺便踩了下油门，跟着前车缓缓向前驶去，"刚才你睡得太沉，我叫都叫不醒，在路边干等着也不是那么回事，干脆就先开车把你带回我家附近了。等待会儿吃过饭，你要回家再自行打算吧。"

丁法章点了点头，沉默几秒后，突然想到了一个严肃的问题："你家住哪儿？"

"城南。"傅北辰一边开车，一边听着车内的广播。广播里是很经典的班得瑞音乐，难怪刚才在睡梦中丁法章会梦到自己坐着绿皮火车旅行。

"你家住城南？可我家在城北，中间隔了一个小时的车程啊！"此时的丁法章突然有些后悔上了傅北辰的车，他隐约有些心疼自己的钱包。如果没有公交，待会儿就要打车回去了，只怕是出租车司机要乐开花了。

傅北辰察觉到了丁法章的想法，率先乐开了花。他一边往前继续开，一边埋怨丁法章。

"这事儿可怪不得我，要是刚刚把你扔在路边儿，我估计你要骂我骂得更厉害了。放心吧，如果太远的话，我开车送你。实在不行，晚上在我家凑合住，反正我也是一个人住，咱们两个大老爷们儿怎么都方便。"

丁法章皱眉，但并没说什么话。看着车外的景色不断变化，他也逐渐放松了下来。仔细回想方才那个短暂的梦境，丁法章甚至有些迷恋。他已经不知有多久没有过如此美好的入睡体验了，每次睡着不是被噩梦惊醒，就是睡得很浅，稍有风吹草动就睡意全无。像刚才这种情况着实难得。

不一会儿，傅北辰就把车开进了一个小区之中。丁法章看着周围的环境，心想眼前这个男人对生活的要求还不算太差，也不知道家里面会是什么模样。

"给你两个选择，是选小区门口的包子摊儿，还是回我家咱们一起吃泡面？"

丁法章刚对傅北辰建立起的好感瞬间破灭，他盯着傅北辰，艰难给出了第三个选择。

"可以自己做吗？"

听丁法章这么说，傅北辰彻底乐了。他把车停下，扭过头一本正经地对丁法章问道："我还真是没想到，堂堂丁大专家居然还会做饭？赶紧都给我说说，你会做些什么菜系？"

丁法章开始为自己刚才的贸然提议后悔了，他心中有种不祥的预感，今天自己将会是傅北辰的专属保姆了。丁法章咬咬牙，给傅北辰胡编乱造了几个让人食欲全无的菜名儿出来。

"我会红烧鸡屁股，拔丝肥肠，你想吃哪个，我给你做就是了。"

傅北辰也毫不嫌弃，蹬鼻子上脸，反而加倍恶心了一番丁法章。

"你这厨艺不行呀，要不我给你做两道试试？脚指甲盖儿炒蛆，麻酱香蕉如何？"

丁法章承认自己输了，他强忍住胃中的呕吐感，勉强挤出了一个笑容。

"那我们还是吃泡面吧，不是红烧牛肉味的就可以。"

傅北辰被丁法章逗得哈哈大笑。两人一前一后上楼，进到了家中。傅北辰一个独居男人，家里自然干净不到哪儿去。脏衣服到处都是，前几天吃过的外卖也忘了扔掉，此时已经发霉发臭了，在屋中散发着它独有的特殊气味，迷人到让人想窒息而亡。

丁法章站在门口犹豫不决，下了好大一番决心，才迈腿走进傅北辰家。傅北辰倒是见怪不怪，随便用腿给丁法章扫开了一小片区域，示意他可以坐下。自己则起身走进厨房中，打算找两碗泡面出来。

"等一下，老傅，难不成你真打算吃泡面？"丁法章见状急忙阻拦，他跟着走进了厨房，本想打开冰箱看一看，却被傅北辰家的厨房震慑住了。

看着丁法章一阵青一阵紫的脸色，傅北辰终于感觉到了一丝不好意思。他咧嘴笑了笑，快速把厨房里乱七八糟的东西收拾了出去，其中包括但不限于一只袜子。丁法章的洁癖与强迫症在此时彻底爆发，他想要立马逃离傅北辰的家。挣扎一番之后，丁法章决定做一次好心人。

"今天晚上我来做，你去买菜，按我的要求来。"丁法章一把将傅北辰推出门口，"还有，半小时内不准回家。"

傅北辰愣神儿，竟然没反应过来他才是主人，萌萌地点了点头，便转身下楼去。

屋子里的丁法章深吸一口气，开始了他艰难的大扫除工作。

此时，傅北辰脑海里回想着丁法章的要求，快步走到小区的蔬菜店，说出了一连串的菜名儿。老板平时和傅北辰也熟悉了，从来都不见傅北辰买菜，今日这一番操作反而把老板给弄晕了。

"小傅，你家今天这是来客人了？怎么买这么多菜？请人吃饭，怎么一个荤菜都没有，都是买素菜？你这可有点抠门儿哈。"老板故意打趣傅北辰，愣是把傅北辰也整得有些不好意思。他也有些奇怪，为什么丁法章让自己买的都是些素菜，就连鸡肉鱼肉之类都没有提及。

思索再三后，傅北辰决定买一斤猪肉回去，拎着大包小包走到楼下。傅北辰又突然想起丁法章的叮嘱，抬手去看手表，这会儿才过了20分钟而已。于是，傅北辰硬是在楼下又徘徊了10多分钟。

终于等到了点儿，傅北辰心情忐忑地敲开了自家的房门。门后的丁法章不露声色，傅北辰探过头去，只见自己家彻底换了样，刚才的脏乱差一扫而光，只剩下了干净和整洁。看着这翻天覆地的变化，傅北辰甚至怀疑自己是不是走错了楼层。

傅北辰吃惊地发问道："这都是你半个小时里干的活儿？"

丁法章没有回应，眼神中隐约带着几丝怨气，他伸出手像是在要什么东西。

傅北辰满脸窘迫，半晌才不好意思地开口道："我不太清楚……家政行业的收费标准，至于要收多少钱，你看着来吧。只要你开口，我绝不还价就是。"

丁法章瞬间感觉自己的额头青筋暴起，他特想把眼前这个蠢出天际的男人从窗口抛下去。

丁法章压下心中的怒火，低声问道："我让你买的东西，你都买回来了吗？"

傅北辰这才恍然大悟，急忙把手里的东西递给丁法章。丁法章简单翻了翻，表情颇为满意。但当他看到那一块猪肉的时候，脸色立马就变了，冷声质问道："我应该没让你买猪肉吧？"

傅北辰伸过去头看了看，出言解释道："我这不是看着，你好不容易来我家一趟，不能亏待了你，全是素菜有点儿说不过去，我特意加了一个肉菜。你千万别跟我客气，反正也没花多少钱。"

丁法章也不知道该如何回答，只能暗自抹了抹额头上的汗水，转身走进了厨房里。

看着自己焕然一新的家，傅北辰别提多开心了。他甚至寻思着，早知道丁法章干家务活这么给力，自己就应该早把他叫过来，方便改善改善生活。不过，这个念头刚一出现，傅北辰就觉得有些过意不去了。果真坐享其成这种事情不能太多经历，否则容易养成坏习惯。

厨房里，丁法章忙碌着，熟练地处理着蔬菜。轮到那块猪肉的时候，丁法章迟疑了。他选择了跳过那块猪肉，但思索片刻之后，却又感觉不太合适。毕竟，自己是来傅北辰家做客，多少也应该尊重下傅北辰的饮食习惯。

丁法章想到这里，咬紧牙关，鼓起十二分的勇气，开始挑战自己最大的心结，处理起了那一块猪肉来。

约莫半小时后，厨房里飘出了阵阵的香味。坐在沙发上玩手机的傅北辰瞬间来了精神，双眼一个劲儿直冒绿光。他蹑手蹑脚走到厨房门口，见丁法章把锅中的菜盛在盘中，正要往桌上端，自己便率先动了手。

"没洗手不要上桌，小心吃完饭中毒。"丁法章依旧嘴上不饶人。他从锅中盛出米饭放在桌上，自己先坐了下去。

"自己去拿碗盛饭，我先开动了。"

傅北辰嘿嘿一笑，这是自己家，当然不用客气。他三下五除二，准备好了碗筷，一屁股坐在桌前，埋头就是一顿狂吃，连话都顾不上再说一句。两人就这样相对无言，疯狂地开始干饭。餐桌上，氛围一片和谐。

"真没看出来你厨艺这么好，以后多来我家做客，我随时欢迎。"

丁法章嘴角拉出了一丝牵强的笑意。你虽然欢迎，可我一点儿都不想当你的保姆。

第二十七章　雨夜观影，往事如烟

两人还没吃完饭，窗外的雨就又下了起来。转眼朝窗外看去，玻璃窗早就被雨水给模糊了。看雨势，估计一时半会儿还停不了。饭桌上二人之间的气氛，反而是前所未有的极度和谐，没有争论和争吵，少了平时工作中的针锋相对。傅北辰甚至有了些许错觉，自己跟丁法章如同合作多年的老搭档。

意识到傅北辰一直在盯着自己看，丁法章心头略有不满。他放下手中的筷子，不甘示弱地回瞪对方。这次傅北辰破天荒地处于下风，他先低下头，重新拿起了筷子，继续夹面前的菜吃。直到此时，傅北辰才注意到桌上那道荤菜还剩很多，除了他方才夹了几块肉之外，丁法章完全没吃这道菜，反观一旁的那些菜，绝大部分都快被清盘了。

"怎么着？丁大专家，你是在这道菜里下毒了吗？"傅北辰面带笑意说着，又顺手用筷子夹起一块肉，直接塞到了自己的嘴里，一边吃一边小声嘀咕，"且让我尝尝，下了毒的菜是什么味儿。"

丁法章压根儿就没搭理傅北辰，他只是低下头继续吃饭。听着对面的傅北辰嘴里不断发出咀嚼的声音，丁法章莫名有点烦躁。不知是因为傅北辰的饭桌表现，还是此情此景引起了他内心深处不好的回忆，他微微皱了皱眉头，加快了吃饭的速度。只见他三两口把碗里的饭菜吃干净，然后扯了一张纸巾擦嘴，边擦边说道："傅大队长，下毒的话还不至于，只不过我刚才想起来一件事儿，我做这道菜时，上完厕所忘了洗手。"

傅北辰顿时觉得嘴里的菜不香了，他艰难地咀嚼了几下，囫囵把饭菜吞下肚，也起身离开了饭桌。

"这么快就吃完了？我看还剩下一大盘呢，傅大队长，你不多吃些吗？"丁法章坐在不远处的真皮沙发上，脸上还是一脸的关怀之色，完全不在意傅北辰脸色早已黑成了炭，那样子别提多憋屈。

"不吃了。"傅北辰把剩饭剩菜端进厨房，随即便走了出来。

丁法章一脸茫然，开口提醒道："傅队，你吃完饭难道不用洗碗吗？"

傅北辰先是为之一愣。说实话，他还真没洗碗这个习惯，平时吃完泡面的纸碗都是直接丢垃圾桶，至于外卖餐盒自然也不例外，加上他很少有在家里做饭的习惯，刷碗这个环节自然极为陌生。

看着眼前的丁法章，傅北辰此时有些恍惚，从前似乎也有人催促过自己洗碗，那时候也会有人在家弄好一桌子饭菜，等他回来吃饭。而那时候的雨天，总会二人一起窝在沙发上看电影。回想至此，一股莫名的神伤向傅北辰袭来。他一句话都没有说，直接转身走进了厨房里。

不过好景不长，没过几分钟，厨房里便传来了清脆的响声——几个碗碟在傅北辰手底下壮烈牺牲了。沙发上的丁法章听见这声音自然一阵头疼，他看着满地狼藉的厨房，强迫症再度发作了。

"算了，今天算我倒霉，你出去歇着吧。"丁法章直接一把揪过傅北辰，强行把他给推出了厨房，轻车熟路地收拾起厨房来。傅北辰也没开口拒绝，他转身靠在厨房门框上一言不发。丁法章自然察觉到了傅北辰的异样，也没继续开口讥讽。两个大男人就这样陷入了短暂的沉默之中。

不过，这段沉默很快就结束了。在丁法章的收拾下，厨房很快又恢复了之前的干净与整洁。看着在厨房中忙碌半晌的丁法章，傅北辰心中有些不好意思，用蚊子般细微的声音开口道了个谢。

丁法章走到客厅，拿起自己的外套，抬头却见窗外雨依旧很大，不禁叹了口气。他拿出手机，打开软件看了一下打车的车费，瞬间倒吸一口凉气。

一旁的傅北辰也意识到了丁法章面临的问题，他主动开口道："这个点和这个天气，你想打车的话肯定不方便，要不我开车送你吧？"

丁法章左右为难，思索再三还是点头应下，毕竟带他来的是傅北辰，送他回去也算理所应当。

于是，傅北辰也穿上外套抓起车钥匙，带着丁法章向楼下走去。外边的雨很大，楼门口到车旁不过几步路的距离，二人差点被淋成落汤鸡。上车之后，傅北辰主动把纸巾递给丁法章，还特意打开了车里的暖风。原本想着到此就没什么问题了，可车才开出去没几分钟，两人就被迫掉头回到了原处。

因为通往市区必经的一个隧道被大水给淹了，傅北辰目测如果强行开车通过，必然会熄火而停在中间，到时不要说送丁法章回家了，就连今晚该怎么休息都要成问题，搞不好车子还会直接报废。

傅北辰一脸尴尬之色看向丁法章，很艰难地提议道："丁专家，要不还是住我家吧？"

丁法章一听直接愣住了，他的内心有些紧张，并不是因为要在别人家过夜，而是他想起这段日子以来自己每天午夜都要面临的那种无尽恐惧。没有人会理解他为何那般恐惧，傅北辰肯定也是一样。他无法想象午夜时分他会从噩梦中惊醒，傅北辰见状后会是怎样的一种反应。

但傅北辰其实并不是为了寻求丁法章的意见，见丁法章没有开口，几秒后他果断掉转了车头，重新朝他家的方向驶去。这一路上，丁法章从未如此紧张过，那个噩梦的场景不断萦绕于他的脑海之中，如同恐怖电影一般反复循环播放。不出片刻，丁法章整个人便已满头大汗。

正在驾车的傅北辰也发现了丁法章这一异样变化，他隐约猜到了一些东西，但也没有当场说破，故作轻松地同丁法章扯起了闲篇儿："今天这种天气其实最适合在家里窝着看电视，待会儿回去咱们一起看个电影如何？说起来我又有些饿了，等再晚一阵子，咱俩点个烧烤吃也不错，楼下就有一个不错的烧烤摊儿，我和老板特别熟，打一个电话就能送餐上门。"

丁法章无心回应，只有胡乱点了点头。不出一会儿，二人又重新回到了傅北辰的家中。看着浑身湿透的丁法章，傅北辰也怕对方着凉感冒，从衣柜里找了几件自己的衣服，连同毛巾放到了沙发上，他也去换上了干净的衣服。

等全部弄完之后，已经将近晚上 10 点了，傅北辰和丁法章坐在沙发上相对无言。电视里聒噪地播放着春晚的小品节目，结果一点儿都不好笑，反而极为尴尬。傅北辰原以为丁法章劳累了一天会很疲惫，结果对方看起来精神得很，端坐在一旁的沙发上，几乎目不转睛地盯着电视。但从丁法章时不时揉搓着衣服的小动作来看，傅北辰知道他有些紧张。这样古怪的氛围也让傅北辰有些摸不着头脑，他都有点怀疑是不是太久没和人交流，都快忘了怎样活跃气氛。

终于，傅北辰想到了用电影调节气氛。他随意调出一部电影，试图以此和丁法章开聊。

"你平时都爱看什么电影？给我推荐一部绝世好片，丰富一下我的眼界。"

丁法章愣神，歪头思索了好半天后回答道："《盗梦空间》。"

傅北辰也怔了怔，这部电影他之前看过。以前，刘蕾很喜欢诺兰的电影，尤其偏爱《记忆碎片》和《盗梦空间》这两部神作。那时候，反复观看诺兰的电影成了他和刘蕾每个周末晚上必做的事。可自从刘蕾离开之后，傅北辰就再也没看过了，虽然那些电影的细节早已深深刻到了他的记忆里。

　　如今，从丁法章口中听到熟悉的电影名称，傅北辰自然会有些诧异。他停顿了几秒钟，走到电视旁，从柜子里拿出了一大叠影片。丁法章见状也很好奇，下意识探头看去，只见十几张碟片，居然全都是诺兰的作品，这让丁法章紧张的情绪有所缓解。

　　"你也喜欢诺兰？"丁法章忍不住脱口而出问道。

　　听丁法章这么问，傅北辰不知如何回答，唯有尴尬一笑，微微点了点头。

　　丁法章从中间拿出那部《盗梦空间》的影碟，翻过来调过去看了好几遍，越发惊讶起来。

　　"你从啥地方搞到了这个版本？据我所知国内没有卖的吧？"

　　傅北辰接过碟片，思绪不禁穿梭回了几年前。那时候，他刚从警校毕业，刘蕾也一样刚大学毕业。两个刚入职的小年轻，对未来生活充满了美好的憧憬，但也被现实的残酷时刻压迫到喘不过气来。

　　傅北辰记得那时候等到诺兰的新片《盗梦空间》上映，刘蕾看过一次后，就彻底迷上了这部电影，疯狂地收集着电影碟片和网络上的各种版本的资源。而这张国外进口的蓝光碟片，当时傅北辰为了搞到手，几乎花了三分之一的工资，特意托人从国外给刘雷带回来当生日礼物。

　　当时，刘蕾一见到这张碟片，便激动到连眼泪都流了出来，主动抱着傅北辰转了好几个圈儿。结婚之后，刘蕾更是宝贝这张碟片到了极致，没事就把碟片塞到影片机里。因此，傅北辰对《盗梦空间》的剧情和细节可谓是倒背如流。直到后来二人离婚，刘蕾搬出了这个小家，但她并没有带走这张特殊的碟片。

如果不是今天丁法章提起来，傅北辰可能已经快遗忘掉这张具有纪念意义的碟片。看着外壳已经有些磨损的影碟，傅北辰越发沉默起来。他小心翼翼地从盒子里将影碟拿出，放进了播放的机器之中。

"客厅的灯需要关掉吗？"傅北辰冲丁法章发问道，之所以会这么问，因为刘蕾曾对他说过，看电影要关了灯才有感觉，既然不能在影院中体验，那也要做到身临其境。也正因如此，傅北辰养成了一个习惯，不管是一个人看电影，还是和朋友一起看，他都喜欢把灯给关掉。

"当然，要不怎么体验身临其境之感呢？"丁法章侧过头看向傅北辰，很肯定地回答道。

"嗯，是要关灯才能身临其境。"傅北辰关灯后坐回沙发上，这话又让他想起了往事。

第二十八章　收获良多，直面恐惧

不出片刻，很快电视上就有了画面传出，只见小李子正同持枪的悍匪，在行驶火车的街头上展开激战。这般奇异而炫丽的场景，除了在电影世界中，现实世界想必是无法见到了。不得不说，经典的电影无论看多少次都值得人好好回味。一部好的电影，每看一次都会让人有新的感触跟体会。即便那些细节早已烂熟于心，也总能令人从片段中发掘出一番全新的收获跟感悟。

观看影片的间隙，傅北辰进厨房端了两杯饮料出来。从前，刘蕾喜欢吃爆米花。但自从家里就剩他一个人后，那些零食便早已消失不见。看着有意无意在找东西的丁法章，傅北辰也看明白了，丁法章是在找零食。

不过，零食的诱惑并没电影大，一番搜索无果后，丁法章重新全身心投入到了电影世界里。

观影中的丁法章仿佛变成了另外一个人，原本带有警惕的双目没之前那么狐疑了，取而代之的是无比灵动，他眼下已经纵身跃入了银幕的电影世界之中，将他想象成了男主角，在诡谲神秘的剧情中尽情徜徉。

"丁大专家，你经常看这部电影吗？"听傅北辰这么问，丁法章下意识点了点头。

"上大学时，我最喜欢看这部电影了，我经常一个人窝在寝室里刷片儿，戴着那副黑色的原声耳机，反复观看电影中的各种细节，光是观影笔记我就做了好几本。"丁法章面带微笑回答道。

傅北辰心中暗叹，看来世界上真有如刘蕾一般的痴人，甚至比刘蕾还要更痴狂几分。

"那你也算是观影专家了，我要有什么看不明白的剧情，应该能尽情和你讨论了。"

丁法章没有理会傅北辰，只是继续盯着屏幕的画面，屏幕中的剧情已经到了很刺激的部分，因为酒店的客房已经完全上下颠倒了，众人在空间里反复跌荡，却依旧不忘与敌人奋力展开搏斗。

"说句心里话，有时候我不太理解，那些人不过是在一场梦里而已，为什么要那么执着呢？又有谁会把一场梦当真呢？"傅北辰不禁道出了心中的疑问，"即便梦再真实，也总有醒来的时候，等到梦醒之后，还不是用不了多久就会彻底忘记？"

一旁坐着的丁法章听见这话，身体下意识微微动了动，他没有立刻回答傅北辰提出的问题，但屏幕的光亮照射到他的脸上，面部表情已有了许多的变化。他的嘴角不住抖动着，眼眶中也出现了一层薄薄的雾水，带着颤音冲傅北辰说道："不，你不明白，也许有时候梦才更加真实。"

傅北辰听到这没头没脑的回答，也是怔了怔。他等着丁法章的下半句，结果老半天都没等来下文，最后唯有选择作罢，自己强行转移了话题道："我最开始看这部电影时，脑子里有过一个念头，如果我能像他们一样，可以随意操控自己的梦，操控别人的梦，或许是件不错的事。现实里做不到不敢做的事，都能让我在梦里实现，这样的人生岂不美哉！"

丁法章没有接话，只是轻笑了下，他体验过那种梦魇缠身的恐怖感，并不觉得有多美。

接二连三的搭话都遇冷了，傅北辰难免面子上有些挂不住，也没了交谈的心情，只能老老实实坐在一旁，默默同丁法章继续看电影。观影之中，傅北辰越发觉得丁法章变成了另外一个人，这是他平时没见到过的丁法章。白日里丁法章苍白的脸庞，此时在银幕颜色的渲染之中多了几分光彩，仿佛一个十七八岁的少年。

此时的丁法章观影极其认真，但这种认真又不像平日工作中那般。恍惚间，傅北辰看到了一个熟悉而又陌生的丁法章。他绞尽脑汁地回想，却始终想不起自己是在何处见过这样的他。

"你为什么喜欢这部电影？"丁法章一边看着剧情进展，一边冷不丁开口发问。

"因为我的前妻，她喜欢看，我就陪她一起。"傅北辰也不打算隐瞒，选择了如实回答。

这个问题不太适合继续深入聊下去，丁法章便主动闭上了嘴。气氛更加尴尬了不少，连傅北辰也有些懊悔，心中暗想自己刚才是不是应该隐瞒这一段让自己难堪，同时别人也不会关心的过往。

傅北辰也耐不住好奇，开口发问道："能跟我说说，你为什么喜欢看这部电影吗？"

丁法章早就料到了傅北辰会有此一问，果断地回答道："我觉得这部电影更像我们的生活吧，由一重又一重的梦境构成了我们整个人生。总有些无法规避的人和事，出现在我们每个人的梦中，悄无声息地影响着，甚至改变着我们。有时候我们甚至都无法分清什么是梦境，什么是现实！你觉得自己是醒着的时候，但其实你却未必清醒，面对的一切事物也并非全然为真，有时候梦反而最为真实。"

傅北辰被丁法章这一番富有哲理而又拗口的话给弄迷糊了，但他没有任何反感之意。相反，他还察觉到了这段话背后的含义，那是丁法章说着自己那段不为人知的特殊经历。与此同时，他也突然回忆起现在的这个丁法章，自己曾在何处见过了——是之前看过的那张丁法章的旧照片儿，那张在校园中拍摄的青涩照片。

"你……变了很多，如果旧照片上的你站在我面前，我一定不敢确定那人就是你。"

傅北辰此话一出，丁法章的神色突然变了，他脸上的光彩消失无踪，取而代之的是平日的那种警惕与苍白。

见丁法章这番变化，傅北辰也及时住嘴了，重新将注意力集中到电影上。这部电影不算短，足足有两个多小时的时长。如果看不懂的人一定觉得相当乏力，最多只是被影片中那炫目的特效所吸引。但如果真正喜爱这部电影，喜爱深究之人，一定会经历一场特强的大脑风暴。此时电影已经快到了最高潮的部分——主角重新回到自己与妻子所搭建的迷失域，重新面对一直以来的心结跟梦魇。

屏幕上迷失域中广袤而又荒芜，无数拔地而起的高楼早已斑驳不已，唯有水泥森林中一幢两层的小楼还保持着它原有的色彩。每每看到这个场景，傅北辰总觉得心中会生出一阵荒凉之感。这幢小屋对于主角而言意义非凡，而对正在观影的傅北辰来说，同样也有着别样的意味。

"就在这里，主人公们不知生活了多久，或许是别人想都不敢想的时间，足够沧海桑田。"

丁法章回头，一旁的傅北辰脸庞上说不出是感慨还是哀怨，反正那表情十分耐人寻味。

"但也是这里，最终使主人公们走向末路，也让后来的事一发不可收拾。"丁法章轻声接过话茬道，"能和心爱之人一直生活于梦境中，听起来是一件可遇不可求的事，但无边无界的时间会让一切都逐渐淡化，滋生出本不该出现在爱人之间的情感，而隔绝外人的世界亦会摧毁每个人的内心深处，任凭过往如何美好，也无法承受住这般非人的折磨。"

"折磨？"傅北辰听见这词心神都有些恍惚，他在刘蕾口中听过这个词，那是她离开自己之前丢下的最后一句话。回想至此，傅北辰不禁眉头紧皱，心中的那些酸楚不知如何开口表达。

丁法章深吸一口气，继续往下说道："对，不单单是折磨，其实也是一种绝望。试想，身处一个没有时间限制的空间之中，日复一日，年复一年，经历着同样的事，这其实无异于是一种变相的囚禁，也是上了一道无形的枷锁，甚至要比牢狱更加可怕。"

傅北辰并不同意，他出言反驳道："可那也是妻子对他的爱，如果不是爱到深入骨髓的话，她怎么愿意与他在这度过如此漫长的岁月？即使是回到现实世界，也依旧不肯放弃，重回迷失域。"

"是爱，但那只能算一种特别畸形的爱，伤害跟折磨远远大于温暖。"丁法章的话语如惊雷一般，在傅北辰耳边响起。其实，这个道理傅北辰早就想清楚了，只是一直不愿面对而已。当时刘蕾离开，对他的打击不言而喻，他消沉许久不说，一心只想让刘蕾重新回到他的身边，却从没想过刘蕾为什么会离开。直到许久之后，傅北辰总算想清楚了一切，却始终不敢勇于直面，而是一味地选择逃避。

看着正在欣赏电影的丁法章，傅北辰闭上了眼，过往的一切都到了该放下的时候了。

电影熟悉的结尾再次出现于屏幕上，草坪上玩耍的孩子们，那些熟悉的摆设，一切都没有改变，变了的只有主人公而已。他在梦中无数次遇见的场景正在眼前。但主人公却不敢轻易断定真假，而是将陀螺扭动放到了桌子上，做出了过往从未有过的举动，转身张开怀抱奔向了那些正在玩耍的孩子们。

"丁法章，你觉得他最终回到家里了吗？"傅北辰看着屏幕的画面开口发问道。

这个问题是无数影迷一直以来都在纠结的点，影片的最后一幕，陀螺依旧继续转动。但没有人能确定，最终它是会停下，还是会继续不停地转下去。面对这个问题，丁法章并没有给出准确的答案。

傅北辰见丁法章久久不回答，就又继续往下说道："其实，他有没有回到现实并不重要，重要的是他终于敢直面自己的内心了。如果他依旧沉浸于过往的那些痛苦中，即便是回到了现实世界，也依旧无法摆脱妻子的纠缠，无法面对自己的孩子，而现在他终于做到了。"

话音落地，客厅陷入一片黑暗之中，屏幕上滚动着的制作人名单，让人既熟悉又陌生。

傅北辰也许没说错，但这真假又有什么关系呢？正如那句话所说，只有敢于面对惨烈的人生，才是一个真正的勇士。丁法章转头看向黑暗中坐在沙发上的傅北辰，暗自下定了决心。

第二十九章 发现疑点，走访摸底

次日一大早，大街上早已是车水马龙，或许因昨日的大雨洗刷了城市中的尘垢，清新的空气让人格外心旷神怡。消除掉了往日的阴霾，这座城市又重新焕发出了它应有的光彩。但雨过天晴之后，随之而来的就是令人难以忍受的烈日暴晒。

此时，丁法章坐在副驾驶上，整个人心不在焉。他时不时打量着车窗外来来往往的人群，脑中的思绪总是无法集中。昨夜，丁法章出乎意料没有做噩梦，这是近半个月来唯一一个睡踏实的夜晚，他现在的心情可谓喜忧参半。

反观一旁主驾驶位上的傅北辰，此刻的心情截然不同，负责驾车的傅北辰嘴里正哼着小曲儿，时不时还会和丁法章扯闲篇儿，而且还主动发问道："今儿这天气看起来还不错，你想好早上吃啥没？"

丁法章想了一阵子，突然冷不丁冒出一句："你之前买的油条不错，我有点想吃。"

这话反而把傅北辰给逗乐了，他可没想过每天都板着脸的丁大专家，有一天会说出如此有烟火气的话来。此时的丁法章一脸严肃，看起来像是思考着某些事儿，但嘴上还是十分诚实地道出了心中的想法。

傅北辰也是个识趣之人，顺着丁法章的话继续道："没问题，那咱们早餐店走起吧！"

20多分钟后，二人把车停到马路边的空车位上，下车走到早餐店门前。放眼望去，店里的生意依旧火爆，来来往往的人把整个铺面挤了个水泄不通，夫妻二人此刻正忙着给客人弄早点。

傅北辰望着老板，试探性地小声问道："老板，忙着呢？"

老板抬起头，见到问话人是傅北辰，顿时脸上笑开了花，出言反问道："傅队，你又来给局里的同事带早点了？"

傅北辰也是嘿嘿一笑，目光下意识落到了一旁妇人的腿上问道："我婶子的腿好了吗？"

"她早好了，傅队，上次那事儿还真是谢谢你了。我到了晚上收摊对账的时候，我才发现你多付了那么多钱。你婶子腿上这点伤根本不算啥大问题，还劳你这个队长如此挂记。"老板一边说着，一边示意身旁的妇人打包早点，"别弄错了，按老规矩来，30根油条，30个茶叶蛋，15碗豆腐脑，不久前刚出炉的包子今天也尝尝如何？"

一旁的丁法章当场看了个目瞪口呆，他可从没见过有人能把买早点搞成跟批发进货一样。

傅北辰听老板极力推荐刚出炉的包子，也轻轻点了点头，笑着先从一旁的盘子里揪起一个包子，忙不迭就要往嘴里头送。结果，一个不小心被热包子烫了嘴，反而因此闹了个不小的笑话。他一边吃着包子，一边开口道："包子的味道不错，我再加30个包子，另外再带些辣椒和醋。"

身后的妇人一直没说话，依然面带微笑继续忙碌着。很快，她的手中便拎了五六个打包袋儿。不一会儿，就把这些袋子给装满了。一碗接一碗的豆腐脑，用简易餐盒打包起来，整整齐齐放入大餐盒里。

老板见状，又是对着后厨，大声叫道："小东，快出来帮忙，把东西抬到你傅叔车上去。"

话音落地，一个十六七岁的男孩子从后厨急忙跑了出来。这男孩高高瘦瘦，身上穿着一套简单的校服，显然是正要去学校。男孩儿出来见到傅北辰后，脸上便露出了笑容，笑着叫了一声："早上好，傅叔叔！"

这个孩子，傅北辰也知道，他是老板家的独子，今年才刚上高一。男孩子干起活来十分利索，别看小娃身子瘦弱，拎着一大堆早点，很轻松地放到了傅北辰停在不远处的车里，装完东西之后，才背起书包跟傅北辰告别，拔腿就朝学校的方向跑去。

"你小子路上小心些！下次傅叔带你去吃好东西。"傅北辰冲着孩子的背影叫道。

老板听了内心又是深受感动，丁法章也被眼前的一幕给感染了，心情因此好了不少。傅北辰掏出手机来想结账，怎料这时老板一把将面前的收款码收了回来，脸上的表情也变严肃不少，冲傅北辰开口说道："傅队，你这是干什么？上次的事已经够麻烦你了，咋还好意思收你的钱？要不是这一段时间铺子里生意太忙，我和你婶子都要到局里找你道谢了。"

傅北辰的脸色也严肃了起来，同老板争抢着要付款。二人虽说是客气，但也争了个面红耳赤。不过直到最后，傅北辰还是没能争过店老板，他被推搡着到了早餐店门外，同丁法章一起坐上了车。

"唉，丁大专家，这事儿你要给我保密。"傅北辰的脸色微红，看起来非常不好意思。

丁法章直接笑着说道："想我帮你保密？那你打算咋堵我的嘴？"

傅北辰听丁法章这么说，直接从一旁的袋子里掏了个包子出来，塞到丁法章的手里。

傅北辰白了丁法章一眼，没好气地反问道："这新鲜出炉的热包子能堵你嘴不？"

丁法章笑而不语，眼神落到手中的包子上。他迟疑片刻，最后还是将包子皱眉送到嘴边。

丁法章鼓起勇气一口咬下，久违的异样感充斥着全身。他不禁皱了皱眉，但没直接将包子给吐出来，而是强行把包子给咽了下去。傅北辰也发觉了丁法章的异样举动，他这才想起来丁法章的特殊经历，小声提议道："你不是想吃油条吗？要不，还是吃油条吧！"

话毕，傅北辰伸手去夺丁法章的包子，却被丁法章躲开了，继续吃着先前的包子。

傅北辰见状，没有多说什么。他驾车拐了个弯儿，把车驶进了局里的停车场，拎着早点到局里办公室时，发现大伙早就忙到飞起了。同事们瞧见傅北辰和丁法章带着一大堆早点进来，十分高兴，招呼着没吃早点的同事，前来瓜分早点。

张霖凑上前来，他一手抓了根油条，另一手拿了个包子，眼睛却还在那些豆腐脑上打转转。傅北辰自然明白他心里那点小九九，主动拿了一碗替他放到办公桌上，一边吃一边敲打道："你小子别光顾着吃东西，我等会儿可是有大事要问你，到时你答不出来的话，千万别怪我不留情！"

张霖边吃边含糊不清地回答："问吧，问吧，不就是案子的事儿吗？我一早就查好了。"

傅北辰一听这话，也不客气直接发问道："那你给我说说，关于刘俊有啥新情况？"

"老大，你还别说，刘俊这家伙还真有些情况，我正打算待会儿去你办公室和你汇报来着。不过，你现在问起了，那我就先说了吧。"张霖说着，从办公桌的纸巾盒里，抽出一张纸巾擦了擦嘴，把手里的油条放到一边，喝了一口豆腐脑。

"刘俊虽然在咱们市没有什么亲人，但狐朋狗友还是有一些。经过我这几天走访跟调查，查出了一些他身边的人。从这些人口中，知道了些事儿，刘俊这小子的问题还真不小！"

傅北辰一听张霖这口气，忍不住扬起了巴掌："你好好说话！"

张霖立马认怂，嘴里还吐槽道："傅队，你还是如此没趣，我这不为了增添一点儿神秘感嘛，你听起来也带劲儿。"

"废话少说，你又不是单田芳，要啥神秘感？"傅北辰没好气儿地反驳道。

张霖尴尬一笑，然后才正色道："案发前一个月左右吧，刘俊突然一夜之间变成大款了。他身边的朋友都觉得不可思议，但都以为他是买彩票发了财，或者走了啥天大的狗屎运搞来了一笔横财。"

傅北辰沉思片刻，吃了一口包子，才继续追问道："这件事都有谁知道？"

"一个叫三儿的人，三儿是刘俊的牌友。"张霖又拿起先前的油条，咬了一口回答道。

"刘俊之前在工厂当技工，接触的就是那些电子设备，后来因为聚众赌博被抓。工厂忌讳他有案底，就把他给开除了。后来，他实在没办法，就跟着几个原厂的老工人来到咱们市找工作。但谁知道他其实是被这几个人骗过来当苦力，不仅没找到合适的工作，人还受累受气，被骗走了好大一笔中介费。"

"后来没找着工作，刘俊索性就在咱们市里扎根下来，靠给别人打零工养活自己，但也是举步维艰，时常是一两个月都开张不了一次。后来，他也嫌烦，干脆破罐子破摔了，天天吃喝玩乐，认识了一大堆所谓的牌友，每天搓搓麻将、打打扑克之类。"

傅北辰也发现了其中的问题，刘俊的人际关系也不太单纯，或许这些所谓的牌友就是突破案件的关键。他继续发问道："那关于这些牌友的情况，你走访调查得怎么样了？就只打听到了刚才那一件事？"

张霖听到这个问题，也立马打起了太极："目前来说是这样，不过这也不能怪我，时间未免有点儿太紧了。光是这些零零散散的人，我就调查了好几天才找到，有几个人还没影儿。我想和你商量一下，一起再去走访几次摸摸底子。"

傅北辰点了点头，确实这次的案子可谓时间短任务重，能查到这一步已经很不容易了。

"好，那就从刘俊下手，待会儿吃完了就跟我一起去查查，路上顺便把其他细节讲讲。"

张霖得了顶头上司的命令，立马站起身立正敬礼，显然是又逃过一劫，不用挨批了。

傅北辰笑骂张霖没个正形，转头走出了办公室。不过，他还没走几步就又折返了回来。

"老大，你还有啥事要我办？"张霖一边吃着油条，一边发问道。

傅北辰想了想，最终开口说道："你把丁法章也叫上，咱们外出办案，他说不定能帮忙。"

这下子轮到张霖目瞪口呆了。见他没有啥反应，傅北辰又重新说道："别忘了叫丁法章！"

张霖顿时如梦初醒，狠狠地点了点头，直到傅北辰转身走出办公室，才敢小声嘟囔。

"老大到底是吃错了什么药？居然主动要求让丁专家一起外出办案，难不成今儿这太阳打西边儿出来了？"张霖说着，转头看向了窗外。但窗外的太阳一切正常，并没有打西边儿出来。

第三十章　初露端倪，言语攻心

"那个三儿现在是啥情况？"傅北辰皱眉问张霖，显然这个牌友会是破案的关键人物。

"老大，三儿的底子我查过了，他就是一个赌鬼，跟刘俊在牌桌上认识后，二人便成了极好的牌友。这年头还真应了那句话，物以类聚，人以群分，打牌的自然也不例外。刘俊和三儿就属于牌场上被看不起的那一类，打牌技术不行不说，偏偏瘾还贼大，赢得起输不起，牌品不好，输急眼了就骂人。"

丁法章在一旁静静听着，并没有插话提问。张霖见车里的气氛相对和谐，话也多了起来。

"当时我走了一圈下来，和刘俊关系比较铁的也就这一个人了，别的人都不过是点头之交。至于三儿跟刘俊为啥关系近，我听说是经常一起合伙做小买卖，所以关系才会如此紧密。"

"小买卖？"傅北辰以为自己听错了，于是又问了一遍。

"老大，说好听点叫小买卖，难听点就是干偷鸡摸狗的事儿呗。我估计这两个家伙的手都不怎么干净，麻将馆附近的住户都没少遭殃。"

傅北辰听着心中一阵厌恶，明明都是有手有脚的人，却非要干这种违法的事儿。

傅北辰先是顿了顿，又继续提问道："那这个三儿当时说了啥？"

"他说，刘俊平时都是雷打不动，在牌场上一坐十几个小时，不赚够或者输光就不离赌桌。前一阵子他在牌桌上出老千，被人给抓了个正着，跟人打了好大一架，连着被笑话了好久。打那之后，他就不怎么在牌场上出现了。一直过了一个月左右，他才又再次现身，不过一现身就阔绰了不少。牌桌上所有人都很纳闷，说他可能是走狗屎运中了彩票，要么就是偷了人家值钱的东西，偷偷干了一票大单。"

此话一出，车上的人都精神了不少，这情况不正符合金店盗窃案吗？

"那我估摸着他应该是搞到了赃物，所以才一下子富了。"傅北辰大胆分析道。

张霖点了点头，接着往下说道："不过，我估计这个三儿肯定有所隐瞒了，我走访时就觉得他言辞闪烁。不过，我当时没有深究，主要是怕打草惊蛇坏了大事儿，就等着后边老大你亲自出马呢。"

傅北辰直接坐直了身子，果断下令道："你们待会儿配合我行动，今天估计能有大收获！"

一旁的丁法章不知何时也打开了自己的电脑，看起来好像是在查看监控，他一边查一边说道："按照上次的信息来看，这个三儿就是个无业游民，今天这个点儿，我估计他应该还在呼呼大睡，咱去了一准儿能把人逮个现行。"

情况果然如丁法章所料，傅北辰驾车赶到了三儿租房子的地方，下车后去敲了敲房门。过了许久，三儿才从房间里走出来，顶着个鸡窝头开了门。这小子怎么都没料到门外站着一帮警察，当即就被吓傻了，下意识便想拔腿逃跑。

见到如此情形，傅北辰自然不会放过，立马使出小擒拿手，直接将三儿给拽回了屋里。

这个三儿瘦弱又憔悴，脚上穿着拖鞋，上半身的那件背心不知洗了多少次，瞅着都要快破洞了。傅北辰的手劲儿本来就大，提溜着三儿就跟提了一只小耗子那样容易，盯着三儿笑眯眯地问道："嘿，我说你小子跑啥呢？我们就想找你问点事儿。"

　　三儿一听傅北辰开口，更吓到三魂没了七魄，又看傅北辰的警衔不同，这些警察的表情又很严肃，赶忙一个劲儿主动坦白道："警察同志，我知道我之前犯了不少错，但我现在已经改邪归正了，您就大人不记小人过放我一回吧。前几天已经有位同志找过我了，我给他做过保证了，不信的话您回去问他。"

　　"不用问了，我人就在这儿。我们队长问啥，你配合回答就行。"张霖及时插话道。

　　一听张霖的声音，三儿才暗松一口气，额头上细密的汗珠也顺着脸颊流了下来。

　　"我们这次来找你，其实还是和刘俊有关。"傅北辰也不想绕弯子，选择了直入正题。

　　"我之前跟那位同志说过了，咋还来问我呀？我心脏不咋好，受不了大惊吓。"

　　傅北辰提高话音，大声喝道："你给我严肃点儿！我们这次来是跟你谈正事，眼下这个案子涉及人命，你现在是相关的案件知情人，也是和死者联系最密切的人。别的不说，就算为了保护你的人身安全，我们也会多找你几次。"

　　听到这话，三儿才说道："好吧，你们想知道啥，我都老实说。"

　　"还是上次的那些问题，你先同我们说说刘俊案发之前表现有何异常之处。"

　　三儿迟疑了片刻，才缓缓说道："大概两个月前吧，刘俊突然没了音信。当时，我还挺担心他，以为他被人打住院了。"

"被人打到住院？他和什么人结仇了吗？"傅北辰面带疑惑追问道。

"结仇倒说不上，不过要是被人家逮住，也够他小子喝一壶了。"三儿说着，不禁苦笑连连，"刘俊打牌喜欢出老千，上次玩扑克牌，被几个人做局逮住了。他也真够蠢，对方几个人本来就是一伙，他上场前怕自己不稳当，还特意悄悄跟其中一个人说，要其中一个人和他一起出千，说完事儿之后四六分账。那个人一转头就告诉了本家，几个人硬是等他牌场上动了手才抓了他的现行，当场就是一顿暴打。他不服气，后来在路上拦着其中一个也打了回去，因此就结下了大怨。"

"后来过了一个多月，他突然又活跃起来了，饭馆里、牌场上都是他的身影，他不知怎么就突然发财了，出手超级阔绰不说，还主动和上次被他打的那一伙人和解了，请人家吃了饭，还送礼赔不是。"三儿说到此处，脸上仿佛有些嫉妒的神情，说话中也酸溜溜了起来，"反正我是白担心了他，到头来他是自己赚钱去了，果真是好事儿想不起我，只有干那些破烂事儿才愿意带我。"

傅北辰深吸一口气，又重新发问道："你有没有问他钱到底从何处所获？"

"问了，但我能问出啥来呢？无非就是好哥儿们带他去外边赚钱了，我还问他能不能把我也给带上。但是一提到这茬儿，他不是跟我打哈哈，就是故意推脱时机不成熟之类。"三儿满脸愤愤不平，又继续说了下去，"刘俊看样子是赚了不少，我估摸着他多半干了违法乱纪的事。这不没过几天，你们就找上我了。"

傅北辰点了点头，也直接敞开了话题道："我们怀疑刘俊和前一段时间市里的金店特大抢劫案有关，他的死很有可能就是同伙所为。如果你还知道别的信息，一定要及时告诉我们警方，这对侦破案件有很大的帮助。"

谁知三儿一听这话，脸色就更加不自然起来了。他开始连连摆手，表示自己已经全盘托出了。正是这种极为反常的表现，让丁法章和傅北辰都怀疑起三儿有问题，肯定还有所隐瞒。

过了一会儿，三儿看向傅北辰小声问道："警察同志，听说刘俊的死是因为分赃不均？"

傅北辰轻轻点了点头，很肯定地回答道："对，初步怀疑是分赃不均，才导致刘俊死亡。"

丁法章此时觉得需要下点猛药才行，他冲三儿说道："既然我今天来了，有些东西就一并给你看了吧。"说着，他将自己的电脑推到三儿的面前，只见三儿的脸色一阵青紫，身体也开始颤抖。

过了一会儿，丁法章把电脑收回来，不紧不慢地开口说道："相比之下，你这些都是小事儿，要是你配合得好，完全可以算是戴罪立功。你自己要好好想清楚，别到时候你成了下一个刘俊。"

傅北辰此时也趁热打铁，开口紧逼道："三儿，你要是还知道什么事儿，就赶紧跟我们说吧，我们警方还没对外人透露过案情的进展，你是怎么知道他们因为分赃不均，导致刘俊死亡了？"

丁法章此时也眯着眼睛，与傅北辰一起盯着面前的三儿，开口下了最后一剂猛药："三儿，你的朋友刘俊都已经被灭口了，知道这件事的人自然也脱不了干系，你认为那些人会放过你吗？"

此话一说，三儿直接被吓到一屁股坐到了地上，脸上的汗水又多了不少，因为丁法章的话直接击中了他内心最致命的地方。三儿确实担心自己会被那伙人给杀人灭口，步刘俊的后尘。

第三十一章 入室盗窃，暂被收押

面对丁法章和傅北辰二人的双重攻心，三儿再也支撑不住了，豆大的汗珠从他的额头上滴落，呼吸也因此逐渐变急促了。不过，他依然有些畏惧说出实情的后果，于房间中来回踱步之后，又到窗口向外张望了许久。

傅北辰很明白三儿为啥会有这种举动，毕竟是生死攸关的大事儿，他此时怀疑面前之人会不会也和金店抢劫案有关联？当然，这问题他没问出口，而是又暗中递给身旁的丁法章一个眼神。

丁法章则眨了眨眼睛，再度开口道："现在有我们警察在，你自然处于安全的状态，但我们离开后就难说了。如果你早点说出来，或许我们能早点破案抓光那些人，你眼下若多耽搁一会儿，危险自然就又多加一分。刚才的那个监控你也看了，说不定今晚那些人就有可能对你下黑手！"

丁法章的这番话给了三儿最致命的一击，亦成功摧毁了其内心的最后那道防线。

只见三儿瘫坐在墙边，双唇颤抖着开口道："这件事真和我无关，他就和我提了一嘴，警察同志，我对天发誓，真不关我事啊！"

"他和你说什么了？"丁法章紧追不舍，立即顺着三儿的话切了进去。

"他，他说他要去找人拿钱，拿回自己剩下的那一笔钱。"三儿浑身打着哆嗦，"他说还有好大一笔钱在那个人的手里，拿到钱就能回家了，以后都不缺钱花了。"

"那个人是谁？"傅北辰趁机追问道。

"我不知道，他没和我说，我不知道那些钱是抢金店所获。警察同志，你们要救救我啊！"

丁法章抬头和傅北辰对视，二人瞬间心里都有了方向，看来事情并没有表面上那么简单。

傅北辰怒气冲冲地骂道："如果你和金店抢劫案没关系，刘俊为什么要和你说这些？你又害怕什么呢？眼下都火烧眉毛了，如果你还不肯跟我们说实话，就算我们派人寸步不离跟着你，也不能保准那些人不对你下手！"

三儿也知道这件事无法继续隐瞒了，为了能够保住小命，唯有跟傅北辰如实说出一切。

原来，不久前，刘俊带着大笔钱财重回牌场炫耀之际，惹得那些赌友议论纷纷，其中不乏羡慕嫉妒之人。三儿就是其中一个，不过他碍于和刘俊平时关系比较铁，他没有过多表露出来，而是暗中想方设法，企图从刘俊口中套出些线索来，再不济也能捞到些好处。

于是，某天夜晚，三儿带了几瓶酒和一些麻辣凉菜，来到了刘俊的住处。先是照旧一番客套之后，两人就着菜畅饮起来。很快，二两黄汤下肚，二人均有些意识模糊，说话也愈发口无遮拦起来。刘俊先将身边的人骂了一多半，而后又变相吹嘘起自己来。

"兄弟，我跟你说句掏心窝的话吧，牌场那些人在我眼里不算个事儿！一天到晚瞧不起我，我告诉你，正所谓'三十年河东，三十年河西'。有谁会一直都走下坡路呢？我打今儿起就要开始走大运了！我看到时候以前那些势利眼还不来巴结我？等那个时候，我让他好看！"

刘俊又喝了一口酒，伸手拍着三儿的肩膀说道："三儿，要真算起来，我来这地方这么久，也就只有你和龙哥对我最好了，好兄弟，你放心，以后我要是飞黄腾达了，绝对不会忘了你跟龙哥对我的好，以后咱们一起到别处去过逍遥的日子。"

三儿听着这一番话，心中也不屑至极，若不是顾着面子有求于刘俊，就怕当时便要开口骂回去了。说什么不会忘了兄弟，什么有福同享？我看是有难同当才对，你自己出去赚了钱也不带我一起发财，算什么好兄弟？

虽然心中这么想，但三儿没流露出来。他装出万分感动的表情，紧紧握住刘俊的手感谢道："俊哥，兄弟我谢谢你。你也知道，兄弟一直都没个正经活儿，也是吃了上顿没下顿的人。如果俊哥真能带我过上好日子，我这条命就归俊哥了，上刀山还是下火海，你只需吱一声就行，我三儿绝无二话！"

刘俊摆了摆手，一副风轻云淡的模样说道："不急不急，我还有点事儿没办完。"

听着刘俊这种客套话，三儿当场差点翻脸了。我一提到重点，你就打太极岔开话题，还有事儿没办完，到底是什么事儿？你给我一句准话呀，用这种烂话堵我的嘴，真够恶心。

"三儿，咱回头就去隔壁市开一个小百货店，一年赚个十万八万就够了。"刘俊说完又喝了一口酒，继续跟三儿吹着牛皮，"到时我手里攥着百八十万，还愁过不上好日子？你们这群孙子就等着眼红嫉妒吧。"

殊不知这话在三儿听来，无比刺耳跟难受。他直接站起身来，单手抄起桌上的酒瓶摔到地上。啤酒瓶落地的巨大声音，让刘俊清醒了不少，望着对面的三儿问道："三儿，你这是搞啥子呢？"

看着刘俊虚伪的嘴脸，三儿只觉得想打他一顿。但刘俊接下来的话，彻底让他熄了火。

"好兄弟，我就知道你和我是一条心，以后那些人再也不能看不起我了！这几天我去找龙哥，把剩余的那些钱拿到手，咱就一起动身去隔壁市开店。我早都提前计划好了，等小店开好了，你就替我看着铺子，工资我给你照发，年底咱哥儿俩一起分红。我找人咨询过，隔壁市开一个店一年赚二三十万，分一分下来每人也有十几万。"

钱的吸引力对三儿来说极为致命，他急忙装出一副讨好的嘴脸道："俊哥，啥都不说了，兄弟我永远站在你这边。"

"好兄弟，也就这几天了，等我把剩下的百八十万拿到手，咱们就立刻去隔壁市开店。"

三儿听了只觉得心跳加速，他原以为刘俊不过是赚了万八千块钱，万万没想到居然有近百万的收益。这让三儿觉得特别不可思议，心中也更加认定了要跟刘俊一起干的念头。他想起刚才刘俊口中的那位龙哥，试探着发问道："俊哥，你方才提到的那位龙哥是什么来头呀？我听着龙哥很厉害，要不你也替我搭搭线，让我跟着龙哥好好干一票如何？"

听到这里，刘俊笑了起来。他没有直接回答三儿的问题，而是又岔开了话题。这让三儿有些不快，但看在刘俊刚才那些话的份儿上，三儿还是强行忍了下去。两人又是一阵推杯换盏，不出一个小时便双双醉倒，然后开始呼呼大睡，还打着超响的呼噜。

丁法章和傅北辰听三儿说完这些后，脸上看起来虽然都没啥变化，但心中早已是翻江倒海。刚才三儿的那一番交代，基本上已经坐实了金铺劫案的一些细节。但刚才三儿口中提到的龙哥，却让傅、丁二人的心情又沉重了不少。

一直以来，警方一直都把重点调查对象放到郑译身上，而在调查的过程中，完全没有发现有一个所谓的龙哥出现，就连名字中带龙的人都没有。这名突如其来的新嫌疑人，虽然是案件的突破口，可这同样意味着警方之前的调查方向有误。若想破案，必然需要加大工作量，加快案件侦破速度。

傅北辰盯着三儿发问道："这个龙哥后来刘俊还提起过吗？"

经傅北辰这么一问，三儿急忙摇了摇头说："没有，不光之后没听过，之前我们认识的时候也没听过。那晚他喝醉了，我也迷迷糊糊，隐约只听到了龙哥这个名字，我能记住已经很不错了。警察同志，监控里那个人就是龙哥吗？"

傅北辰回过头看丁法章，只见丁法章挑了挑眉，他这才明白过来，看来丁法章刚才是给这三儿下了个套。

"刚才说的就是全部吗？"丁法章还是不打算轻易放过三儿，他瞪着三儿追问道。

"对，我把我知道的事都如实说了。"三儿使劲点了点头回答道，那模样看着很真诚。

丁法章也不继续多问，他再次打开了电脑。傅北辰也凑了上去，画面中是一条街道，监控时间显示约为凌晨两点。经过几倍数的快放之后，一个身影出现到了监控的画面中。那个人正是面前畏畏缩缩的三儿，相比起现实中的他，监控画面中的他更加猥琐，举手投足间都透露着一种做贼心虚的感觉。

果不其然，没过多久，他就从一旁的下水管道上攀爬起来，不多一会儿便消失在了画面之中。而过了一段时间之后，他又从一旁的楼道门中走了出来，动作也不像之前那么畏缩了。

"那你给我解释一下，为什么要深夜偷偷去刘俊家？"丁法章不紧不慢地冲三儿发问，"这段录像恰巧就是刘俊遇害当天监控拍到的画面。

如果你不能给出合理的解释，我就只能把你当成杀害刘俊的嫌疑人带回局里开审了。"

经丁法章如此一说，三儿彻底吓傻了。他当场瘫倒在地，口中不停求饶道："我知道错了，警察同志，你放过我吧。刘俊的死真和我没关系，我半夜去他家就是想偷些钱花，我真的没有杀人啊！"

傅北辰也是一脸沉思，看着三儿重新问道："你为啥敢半夜去他家？不怕他发现你？"

"警察同志，我暗中观察过，我看他好几天没回家，以为他放了我鸽子，自己带着钱远走高飞了。我心里一时气不过，这才半夜翻进他家里，想碰碰运气看能不能偷到些钱。杀人这种事儿，我是真没干。我平时连杀鸡都不敢，更别提杀人了。"

傅北辰死死盯着三儿冷声道："你这是入室盗窃，我看你还是跟我们走一趟吧，现在的情况早已超出了我们的预计。你老实待在局里配合我们展开调查吧，顺便还能保障你的人身安全。毕竟，你也怕自己会像刘俊那样被灭口了。"

第三十二章　兵不厌诈，追查龙哥

回到局里之后，众警依然各自忙碌着手头的事儿，张霖和傅北辰继续对三儿进行相关的案情问话，一直忙到下午，午饭都没吃。等几人坐在办公室里一起复盘案情，已经是下午3点了。按照三儿交代的情况来看，眼下最要紧的就是找到刘俊口中那个所谓的龙哥。但对于这个叫龙哥的人，目前警方暂时毫无头绪。

张霖此时相当懊恼，他急促地翻动着面前的那些笔录："合着咱们之前调查的都白干了呗，而且这个龙哥，三儿也没见过，就光知道一个外号而已，咱也没法展开针对性调查。"

"你也别说这丧气话，查案就不存在白干之说。若不是有之前的调查打下基础，怎可能获取到现在的新线索？"丁法章出言安慰张霖，确实如他所言，查案本就是如此，需要耐心和精力去不断深挖。

"你到底给三儿看了啥东西？把那小子差点吓尿。"傅北辰很好奇地看着丁法章发问道。

经傅北辰这么一说，张霖自然也是万分好奇。方才在三儿的家里，那小子就是因为看了丁法章给他的那段视频后才转变了态度，这视频着实有些古怪。于是，他也眼巴巴地盯着丁法章，等待其揭晓最终的答案。

"其实也没什么，就是他家附近的一些监控片段。"丁法章无奈地摊了摊手，"他家那一片儿可是出了名的三不管地带，十天里头有九天会遭贼光顾。我不过是给他调了一段贼扒拉他家门口的监控罢了，谁知他就吓成这个鬼样子。"

经丁法章如此一说，傅北辰才恍然大悟，他看向丁法章的眼神中便充满了古怪的意味。

傅北辰一直都没看出来，眼前这个白净瘦弱的男子，居然还藏了如此多的心思。

"丁大专家，合着你从头到尾都在诓三儿啊？"张霖顿时惊了个目瞪口呆。

"不，严格来说我也没诓他，我这叫兵不厌诈，我只是让他知道他家周围并不安宁，但我可没说监控里那家伙到底是啥人。"丁法章说着还故意冲傅北辰眨了眨眼，"傅队，你当时也在现场，我确实没说那人是龙哥吧？"

傅北辰不禁失笑，只能微微点点头。丁法章吃准了三儿心虚，才采取了攻心之法。

虽然办公室里氛围是活跃了些许，但众警心头上那块大石却始终没敢轻易放下。

傅北辰继续冲张霖吩咐道："张霖，你有空再去查查这个所谓的龙哥。"

张霖顿时苦不堪言，嘴里哀求道："我的傅大队长，他连个真名都没有，您让我从何查起？谁知道是不是刘俊当时喝大了胡诌出来的人呢？"

傅北辰也不管三七二十一，直接下了死命令道："张霖，我不管你用啥办法，必须给我查。无论真假，我要一个确切的结果！"

丁法章见傅北辰有些生气，知道他是上心较真儿了，赶忙替张霖解围。

"查肯定要查，但也不能光做无用功。关于这个龙哥，我个人有几点看法。"

"刘俊的死，我认为肯定和金店抢劫案有关，但不一定跟那个龙哥有关。金店抢劫案劫匪一共有三人，我们现在还无法确定究竟是劫匪中的单人或两人协同作案。若贸然展开调查行动，即便成功抓住了其中一个人，另一个人也会听到风声躲起来，到时想查清案情就更难了。"

"如果刘俊说的是真话，那么现在我们最大的收获，是已经确定了其中两名劫匪的身份。其中一名为死者刘俊，第二人便是他口中的那位神秘人——龙哥。换而言之，我们现在还有一名嫌疑人的身份没弄清楚。当务之急要查清龙哥的真实身份，再者就是找出另一名嫌疑人。"

傅北辰听完丁法章的分析，也很认同这个方案，继续追问道："依你看，下面该咋办？"

"还是采取侦查的老办法，调查与刘俊有关的人，同时通过监控排查出可疑人员。但我觉得，现在还有一个更大的问题摆在我们面前。"丁法章的面色又凝重不少，顿了顿继续往下说，"嫌疑人中还有一位一直没有露面，而且刘俊的死，还不能确定背后真凶是谁。"

丁法章又将刚才的话重复了一次，瞬间傅北辰就听懂了话外之意，神情严肃地接茬道："看来，我们要赶在那些人之前行动了。若都像刘俊那样遭到了灭口的话，那这案子多半要变成一宗无头悬案。"

看着办公室里傅、丁二人逐渐阴沉的脸色，张霖也感到了压迫感。看来，是要和死神赛跑了。

正如丁法章所说，刘俊的死并不能确定就是龙哥亲手所为。抢劫团伙三人因分赃不均，遭到另外两人合力残忍杀害，是较为常规的侦破思路。但倘若刘俊的死只是其中一人所为，自然就表示另一人也面临着因分赃而被灭口的危险。

"其实，我们还是把劫匪们想得太简单了。"丁法章说着又长叹了一口气，"如果其中一人贪心，想要独吞掉所有的赃物，那即便过几日再出现一桩凶案，也丝毫不足为奇。倘若到时候三个嫌疑人中的两人都死了，给我们留下的难题就更加大了。"

"所以，要赶在他们因分赃不均而互相残杀之前，咱们要先找到其中一方才行。"傅北辰也附和着说道，"这种狗咬狗黑吃黑的事，注定永远都不会停止。现在，倘若有劫匪看明白了当下的情况，或许这案子就是另一种情形了。"

此话一出，办公室顿时陷入了沉思，所有人都在心中思量着下一步该如何行动。这种压迫感一直持续到下班都没散去。到了下班的时候，傅北辰朝丁法章的办公桌前望去，见丁法章依旧埋头于桌上，心中突然涌起一股冲动。昨天的晚餐和饭后的电影，是傅北辰许久以来都没有过的安逸和舒适，他突然有些抵触过去一个人孤独的生活，生活中多了丁法章这个朋友，一切都开始不一样了。

傅北辰快步走上前去，正要开口问丁法章今晚有啥安排，手机突然响了起来。

傅北辰被这突如其来的电话搞得有些恼火，他不耐烦地从口袋中掏出手机来，看了一眼屏幕，当场愣住了。屏幕上是一个极为熟悉的号码，但那个号码已经有将快两年没联系过他了，是他前妻刘蕾的手机号。

看着面前眼神狐疑的丁法章，傅北辰只能面带歉意，接起电话走出了办公室。

傅北辰站在办公室门外，深呼吸了一口，才将电话给接通。

"你现在很忙吗？还以为你换号了呢。"

电话那头，刘蕾的声音依旧温柔如水，让傅北辰想起了往日的美好回忆。

傅北辰不知道该怎么开口，等了许久都没有说话，还是那头的刘蕾再次主动打破沉寂。

"怎么了？你不愿意和我说话吗？"

傅北辰回过神来，连忙否认道："没，不是，没有，我刚刚在开会，所以有点小忙。"

电话那头听到这话，刘蕾直接笑了，重新发问道："你有空吗？今晚咱们一起吃个饭？"

刘蕾这个提议让傅北辰左右为难，他探头看向办公室中的丁法章，只见他依旧埋头忙工作。傅北辰犹豫了片刻，电话那头的刘蕾自然也察觉到了他的异样，声音中隐隐有些低落道："没关系，我知道我突然联系你是有些唐突。如果你不方便的话，就算了吧。"

听到这里，傅北辰却脱口而出道："没有，定啥地方吃？我开车过去接你？"

刘蕾轻轻笑了笑："不用，待会儿你直接过来就好。我已经点好菜了，都是你喜欢的菜。"

随后，刘蕾便快速报出了一个地址，丢下一句"不见不散"，才挂断了电话。

结束通话后，傅北辰迟迟回不过神儿来，他从没想过自己会变成这个样子，面对曾经无话不说的人却难以开口，仿佛是面对极为陌生的人那般。回到办公室后的他不敢抬头去看丁法章，逃一般抓起了外套溜出市局。

一路上，傅北辰都在思考一件事，刘蕾为什么会突然联系自己？上次同学聚会，看得出刘蕾过得很好，离开了自己之后，她变幸福了许多。回想起昨天丁法章的话，有时候一个人的爱或许对别人是种伤。傅北辰曾伤害了刘蕾，那时候的自己却不自知，可现在他已经明白了一切。

傅北辰的精神有点恍惚，他此刻居然有些害怕面对刘蕾，害怕面对过往的种种。昨天之前，他还在幻想，如果有一天，一切能够重回过去，自己将会怎样开心。可现在的他却格外害怕起来。

刘蕾定下的饭店地址离傅北辰不远。十几分钟之后，傅北辰就站在了楼下。他没有注意到，他手里一直紧紧攥着车钥匙，就连钥匙在掌心刻出一道印记都没有察觉。直到饭店的服务生上前问傅北辰，他才重新回到现实，迈步走入餐厅里。

"北辰，我在这儿。"刚踏入餐厅，傅北辰就听到刘蕾高声呼喊自己。傅北辰转头顺着声源看去，刘蕾正坐在窗边的一张餐桌旁，脸上的笑容仿佛如沐春风，让傅北辰以为回到了多年以前。片刻之后，傅北辰先是深吸了一口气，才迈步缓缓走向坐在不远处那张餐桌的刘蕾。

第三十三章　好意提醒，闲话四起

偌大的餐厅之中，刘蕾和傅北辰两人此刻正相对而坐，一时间谁都不知如何打破僵局。

不过，傅北辰已经想不起上次这样与刘蕾一起吃饭是何时了，他只记住了那次饭桌上的氛围很不好，那天的刘蕾不像今天这么精心打扮跟温婉。那时候的她，脸上充满了疲惫之色，眼中还隐隐带着少许厌倦之感。

刘蕾先开口打破了沉默的局面："实在很抱歉，你一直忙着局里的工作，我还打扰你。"

"没关系，你约我出来肯定是有要紧事吧？"傅北辰试探性反问道。

"那个先不急，我们边吃边说都行。"刘蕾说着，示意一旁的服务员可以上菜了。

不出片刻，服务员便陆续把那些菜给放到了桌上。傅北辰恰好也饿了，他举起筷子，眼前的几道菜都是他过去和刘蕾常吃的家常小菜。那时两个人都刚毕业，手头没什么积蓄，每个月总约定着一起出去下馆子改善伙食。这对那时的二人来说，就是一个很浪漫又特别的仪式感。

不过，傅北辰从没对刘蕾说过，他之所以经常点那几道菜，并非因为他爱吃，更多的是因为刘蕾爱吃。那时只要外出用餐，傅北辰总暗暗记下刘蕾的用餐习惯，她喜欢吃什么以及忌口完全不吃的食物。

"北辰，饭菜不对你胃口吗？咋都不见你动筷？"刘蕾用疑惑的眼神望着傅北辰发问道。

傅北辰摇了摇头，从脸上挤出一个笑容。他夹起一大筷子青菜，正要往刘蕾碗中放，可一想又觉得不太合适，一时间手停到半空中，场景十分尴尬。过了十几秒，傅北辰还是收回筷子，将青菜放到了自己的碗里。

"你说过你最爱吃青菜，说比肉好吃太多了。"傅北辰埋头吃了一口菜，面带笑意说道。

"对，没想到过了这么久你还没忘。"刘蕾顿时很是吃惊，她一边夹起一筷子菜，一边观察着傅北辰。几年过去，面前的男人已经完全褪去了稚气，他的眉眼之间现在更多的是一种凛冽，面庞也因时光而打磨出了棱角，无形多了几分荷尔蒙气息。

"你最近忙什么呢？我之前听赵佳慧说，好像和她家的案子有关。"刘蕾吃着菜问道。

傅北辰听到这个问题，下意识皱起了眉头，暗想怎么连刘蕾也开始关心此事了？但案情细节跟侦破进展对外还是要高度保密，不能对外人透露太多。于是，他开口回答道："对，最近忙着处理赵佳慧家的案子，她和你提起过吗？"

刘蕾点了点头，放下手中的筷子说道："她也不是特意来和我说，只是我这几次联系她有点事儿，她总会隐约提起你来。我听说她家的那个案子，就是之前那宗震惊全市的金店大劫案？"

傅北辰吃了一口饭，才继续回答道："对，她家是金店劫案的受害者之一。"

"真丢了那么多东西吗？"刘蕾露出吃惊的表情，"我听说赵佳慧老公家境不错，没想到竟然这么有钱。"

这话让傅北辰相当反感，他不知刘蕾为啥会突然跟自己提起这件事儿。平日里的工作早让他觉得头昏脑涨了，下班之后还谈工作，内心更加厌烦无比，尤其还是跟自己的前妻谈就更加头疼了。

"我们警方正在竭力追查相关的涉案人员，相信用不了多久就能真相大白了。"

刘蕾点了点头，正要开口继续问下去，却直接被傅北辰给强行打断了。

"对了，你今天找我出来是为啥事儿？"傅北辰停下手中的筷子，拿起一旁的纸巾擦了擦嘴，坐正身子问道。刘蕾完全没想到傅北辰会这样问她，一时间脸色也很尴尬，还带着些许难堪。

见刘蕾这样的表情，傅北辰也有些后悔。毕竟，她开口主动联系自己，就等于下了不小的决心。一念至此，傅北辰又换了个口吻说道："如果遇到什么问题一定要告诉我，我好歹也是一名警察，有不少事儿能给你出合适的主意。"

刘蕾犹豫片刻，还是开口向傅北辰说道："北辰，我总感觉赵佳慧最近有些不对劲儿。"

傅北辰一愣，顿时将刘蕾口中所说的情况与案子联系到了一起："她咋了？人没事吧？"

傅北辰完全没注意到，当他说出这句话时，刘蕾的脸上闪过一丝不悦。

"我觉得她家应该出了什么事。前几天我跟赵佳慧见面时，她整个人都憔悴了好多，当时我还以为自己认错了人。"刘蕾顿了顿，又继续往下补充了一句，"虽然说抢劫案对家里影响很大，但也不至于把一个人摧残成那个鬼样子吧？"

"佳慧变成那个样子，我认为大概也和她丈夫有关。"傅北辰也打开了话匣子，望着刘蕾继续说，"其实，我之前几次见她，她基本上都处于这种状况，可能还是没从之前的劫案影响中走出来吧。"

刘蕾听了这话之后，不悦之色更浓了不少，直接反问道："你跟她见了很多次吗？"

傅北辰并没听明白问题之中的含义，他点了点头如实答道："嗯，前几次一起吃饭的时候，我其实也有劝过她。不过这种事，简单开导起不了多少效果，还是要慢慢来才行，经常和她联系，也好随时帮她忙，以免她想不开干傻事，好歹咱们都是认识多年的老同学。"

刘蕾深吸了一口气，勉强微笑道："北辰，我一直不知道，你和佳慧关系还不错。"

傅北辰听到这话，一时不知该如何回答。他见刘蕾已经变了脸色，心中更觉得莫名其妙。

但傅北辰还是决定解释一下，他组织了一下语言道："其实也不算吧，我跟她一直都是普通朋友的来往。之前已经有两三年没联系过了，如果不是因为查案子的话，她可能都记不起有我这么一号同学来。"

刘蕾犹豫了许久，还是决定说出心中的话："北辰，咱们虽然离婚了，但我还是希望你能越来越好。尤其是有些原则上的问题，你还是要好好把握住底线，千万不能头脑发热犯错误，到时对你的从警生涯造成影响就不好了。"

傅北辰这下总算听明白了，他望着刘蕾点头承诺道："你放心吧，作风问题我肯定不会犯，再说了我还不至于勾搭有夫之妇。这些原则性的东西，我心里有数。谢谢你今天特意来提醒我，你今天来找我是不是有人对你说了闲话？"

第三十四章　二手金店，贼赃惊现

"嗯，确实有同学跟我说了些闲话，也和我议论过一些事情。"刘蕾的脸色此时不太好看，她继续往下说着，"同学们都在笑话我，说我被你甩了，说我是赵佳慧的手下败将，都在笑话我，被你给抛弃了，被最好的姐妹挖了墙角。"

听完这些话之后，傅北辰只觉得这些闲话实在太可怕了。他抑制不住自己的情绪，内心也非常悲哀。傅北辰连连摇头，继续开口发问道："这就是你今晚约我出来的原因吧？只是为了证明你的猜测无误，只是为了给你自己证明？"

听傅北辰这么说，刘蕾也有些慌张了。她明白自己刚才的那些话是有点过分，同时也知道今天的所作所为有多失礼。她强行别过头去，没再继续说话，但眼泪已经悄然夺眶而出了。

傅北辰深吸一口气，定眼看着刘蕾继续说道："刘蕾，分开之后，我一直都在反省我自己。就在昨天晚上，你最喜爱的那部电影点醒了我。有时候，一个人对另一个人的爱，并不全是温暖，很有可能也是一种禁锢和伤害。过去我伤害了你，跟你说一声对不起。"

刘蕾听到这些话，自然觉得有些意外。她甚至不敢相信眼前这个人就是和自己共同生活了许久，曾经彼此最为熟悉的枕边人。与此同时，她的眼泪也肆意流淌了下来，一边流泪一边说道："北辰，其实我也早已经想明白了一切。今天来找你，也是因为想要……"

傅北辰自然也猜到了刘蕾接下来要说的话，他打断了刘蕾："事情到今天这个地步，很大一部分的错误在我。以前我一直都想怎么才能弥补这份错，把过往的那些遗憾全都给填补回来。但直到刚才那个瞬间，我才明白不可能弥补了。人生永远不可能没有遗憾，如果要强行去弥补，也只能是二次伤害。"

刘蕾痴痴地看着傅北辰，她明白从今之后便彻底没有修补的机会了，破镜无法重圆。

"关于赵佳慧的事情，我会负责去和大家澄清一下。至于之前我们俩分开的事，你也不必太过在意了。如果有人再问起来，你就告诉那些人，就说是我这个人不行，是你放弃了我。"

傅北辰说到此处，眼眶也是红了又红，但心中反而解脱了，连带着灵魂都解脱了。

"北辰！"刘蕾开口喊了出来，但后面却完全不知该说什么了。

傅北辰抓住她的手，轻轻捏了捏道："我会一直深爱你，只是从此要换一种身份与方式。"

刘蕾低下头去，事到如今，也怪自己太过莽撞任性，或许再度挽留，也只是对彼此的伤害。

"北辰，有空，你还是去看看赵佳慧吧，刚才是我有些太过偏激。但关于赵佳慧，我没有夸张半分。她最近的状态很不对，尤其是和她的丈夫。前几天我和她见面，隐约看到她身上有伤，恐怕是遭遇了家暴。"

傅北辰点了点头，他此时无心去顾及这些了。简单同刘蕾告别后，傅北辰义无反顾地转身走出了餐厅。他甚至不记得怎样开车回家，又是何时入眠了。只是那一夜，傅北辰睡得很安稳，梦里一片宁静，他仿佛忘记了一切。

直到次日清早，傅北辰才从睡梦中醒来，看着洗漱镜中憔悴的面容，很无奈地笑了笑。

经过一番简单的收拾，傅北辰准备下楼开车赶去局里上班。而这时，无意间瞄到沙发上有一件衣服，丁法章忘拿了。傅北辰快步走上前去，拿起衣服正要出门，却又停住了脚步。傅北辰思索再三之后，还是把衣服放回了原位，然后就出了门。

说出来可能连傅北辰自己都不相信，他在心中打着的小算盘，居然是以衣服为借口，把丁法章诓到自己家来。这种行为即便在傅北辰看来，都是可笑且无耻的小手段。但不知为何，他就这样做了。或许是垂涎于丁法章的手艺，又或者是喜欢和丁法章独处时的那种感觉。总而言之，说不上为什么，傅北辰就是希望能与丁法章多相处一些时间。

到了局里之后，张霖见傅北辰两手空空，脸上表现出了一丝失落之色，摇着头转身离开。

傅北辰那叫一个气不打一处来，他一把揪住了张霖的领子，瞪了他许久道："你小子胆儿大了？见了我就拿白眼打招呼？"

张霖也是摇了摇头，轻轻叹气："唉，果真男人会变，傅队，今早的早餐哪儿去了？"

被张霖这么一问，傅北辰只觉得又好气又好笑，抬手一巴掌呼了过去，笑骂道："你个白吃惯了的兔崽子，喂不熟吗？别不说天天给你带早点我这钱包吃不消，就说今天是我起晚了，你都不能多体谅我一下？"

说着，傅北辰扭头，却见大伙儿桌上都放了早餐，一时间更来气。他盯着张霖问道："这不有人买早餐吗？怎么还追着我屁股后面要？你的胃口是有多大？八戒转世投胎吗？"

"我可不是八戒，老大你别拐着弯骂人啊！"张霖伸长了脖子，替自己高声叫屈。

"你以后小名就叫八戒了。"傅北辰说完，又继续问张霖，"对了，谁给买了这些早点？"

一听傅北辰问起早点来历，张霖更加来劲儿了，笑着回答道："老大，这是丁老师特意买的爱心早餐，你那份儿他给你放里边儿了，待会儿吃完了你别忘了好好去谢谢人家哈。"

傅北辰顿时没好气地说道："嘿，张霖，你个小白眼狼，我给你买了那么多次早点，都没见你说句谢谢，丁老师一顿就把你给收买了？看来我真是惯坏你了，小心我下回不给你买早餐了。"

张霖也不怕，继续和傅北辰嬉笑道："说什么话呢，傅队，你的格局小了哈，我看丁老师人是真不错，来咱局里的专家从来没有像他这么好相处，也不爱摆啥架子，特别平易近人。"

傅北辰虽然心中同意，但还是摆出一副不耐烦的模样，把张霖直接给赶了出去。

傅北辰走进办公室后，丁法章不见踪影，只见桌上两个包子一份豆腐脑。傅北辰不由嘴角勾起了一丝笑容，他拉开面前的椅子坐下，打开盖子尝了一口，还是不远处那家早餐店熟悉的味道。

正吃着，丁法章从外面走了进来，见到傅北辰也没有开口打招呼，只是点了点头。

傅北辰想起刚才张霖说的话，主动开口道："你今天来得挺早，早餐谢谢了。"

丁法章听着连连摆了摆手："我每天都来得挺早。"

听丁法章这么说，傅北辰并不觉得是抬杠，反而嘿嘿笑了。他埋头消灭早点，又突然想起早上出门时自己家沙发上丁法章的那件衣服。犹豫再三，傅北辰开口对丁法章说道："你下班有空的话，再去我家一趟吧，前天你好像落了东西，到时一并拿回来吧。"

"不用了，麻烦你替我下次带过来吧。"丁法章在一旁忙着工作，连头都没有动一下。

傅北辰可没料到丁法章会这么说，一时间有些语塞，想了半天才找出个借口来。

"我这人不爱收拾，分不清啥东西是我的，啥东西是你的，你还是自己去找吧。"

丁法章停下手中的工作，盯着傅北辰看了半天，才缓缓点了点头。

见丁法章答应，傅北辰松了一口气，问道："今天还是明天？晚上吃什么？到时顺便买回去？"

傅北辰的一连串发问，让丁法章有些头大。他又摆了摆手，示意傅北辰自己看着办，心中却为自己刚才的决定后悔了。其实刚才，丁法章是想对傅北辰说，自己就落下了一件衣服，特别好找。但不知道为什么，话到嘴边又没说出口。

"成，那这事儿下班再说。"傅北辰笑得像个奸计得逞的孩子，坐在办公桌前工作起来。

还没过多久，桌前的电话突然响起。傅北辰接通电话后，越听越是眉头紧锁。

不出一会儿，傅北辰便挂了电话。他当即站起身，从外边把张霖叫了进来。

"快！全体准备行动，接到消息，城东的一家二手金店，出现了之前金店劫案里的赃物。"

这句话一出，全部警员都绷紧了心弦，追查这么久的金店抢劫，终于有了最新动向！

因为赃物的出现也就意味着线索链能完整了，真是踏破铁鞋无觅处，得来全不费工夫！

"丁老师，你也快收拾收拾，咱们一起出警。"见傅北辰已经快步冲出了办公室，身后的张霖自然意会，让丁法章也一起行动。一伙人乘着警车一通风驰电掣，不出 15 分钟便到了一家二手金店的门前。

金店的老板见如此多警察杀来，一时间差点儿吓得魂飞魄散，连话都说不出来。

因为类似这种二手金店，生意绝不可能全然干净，要不然涉案赃物也不会突然出现了。

傅北辰下车后带着队伍，他负责打头阵，直接冲老板亮了自己的证件，开门见山道："老板，你千万别害怕，我们都是市局的警察，反正等会儿我们问啥你如实回答便可。只要弄清事情和你无关，我们警方绝不会难为你。"

第三十五章　诡诈老板，心急销赃

二手金店的老板 40 岁左右，看上去膀大腰圆。暴发户打扮，留着特有的地中海发型，鼻梁上还架着一副金丝边框眼镜儿，让他看起来多少有些不伦不类的感觉，那一双厚嘴唇仿佛像缺了氧的鱼不停地张张合合。

不难看出，店老板是个精明的生意人，会审时度势，有眼力见儿。

这个店老板要说真害怕警察找麻烦，其实也未必特别怕，只是装装样子罢了，打算瞅准机会蒙混过关。

于是，傅北辰与金店老板目光交锋的那个瞬间，就成功察觉到老板眼底闪过了一丝狡黠之色。

"警察同志，发生什么事了？"老板将身子缩了缩，眼神中还露出了一丝畏惧之色。

"老板，情况确实有点突然，我们接到了一个举报，说你的店里涉嫌销售失窃的赃物。"

金店老板听到这话，自然也是万分吃惊，当下立刻摇头否认道："这种情况绝不可能发生，警察同志，我就是个干小本买卖的老实人，咋会销售赃物，再说卖赃、接赃全都犯法呀，我可不敢知法犯法。"

金店老板的情绪异常激动，仿佛受了很大的委屈。即便张霖从他身后拿出了赃物，他也还是一副毫不知情的无辜模样，连忙继续叫冤道：

"警察同志，我真不知道这些东西是赃物，我真的一点儿都不知道啊！"

傅北辰看着眼前苦苦叫冤的金店老板，心中冷笑不已。倘若店老板肯如实交代，或许他还真与这案子毫无关联。但眼下店老板的反常行为，反而彻底坐实了傅北辰的猜测，这个店老板肯定晓得些不为人知的内情。

傅北辰斟酌了片刻，望着老板开口道："老板，东西就是从你店里卖出去的，报案人找到我们的时候可谓言辞确凿，还提供了你店里购买东西时开的发票。"

店老板虽然已经见惯了这种场面，但面临着一群警察，他还是装出了很焦急的神情。

"这绝不可能，警察同志，您对我们这个行业估计不太了解，卖的东西款式基本上差不多，尤其是项链和首饰就更加容易相撞了。"二手金店的老板顿了顿，又继续往下辩解，"我看警察同志你手里拿的这条项链，它就是今年最流行的款式，因为咱们做买卖的人都爱随大流和跟风卖货，这玩意儿它不止我店里头有卖，别的店里也有卖呀。"

众警听店老板这么一说，一时间也无言以对。因为对方说的都是实情，金饰的款式基本上都差不多，也不能完全确定就是他的店里售出了赃物。所以，这个无法成为关键性证据，而傅北辰为了不打草惊蛇，并没跟金店老板说明赃物的来历。沉思片刻之后，傅北辰又与店老板讨论起了金饰话题。

傅北辰望着店老板，继续提议道："老板，你这说法倒也没错。但有顾客说是从你店里所买，我们警察也是想着能为群众排忧解难，唯有亲自跑一趟来核实一下。你方便调出库存让我们比对一下吗？"

金店老板暗自松了一口气，他依旧是故作委屈，一边同傅北辰搭话拉近距离，一边诉苦道："这倒没什么问题，我理解你们的工作，你们也是为了大家安宁。毕竟，这东西若真是赃物，谁买了估计心里都不踏实。我这店虽然买卖小，但我敢保证每一单生意都很干净，绝不会做那种黑心买卖，也不能欺骗顾客。做生意主要就讲求一个诚信，要做到童叟无欺才是长远之计。"

傅北辰一边使劲儿点头，一边继续与店老板攀谈："老板，你能这样想实在是太好了。我们只是想对比一下货品的区别，如果没什么大问题的话，我会立马带队返回局里，好第一时间向上级领导交差。"

听傅北辰这么说，店老板自然求之不得。他带着一干警察走到了店铺的后面，打开了一个保险柜。那个保险柜中有一个精美的大锦盒，盒子里装着一些值钱的金器。店老板将东西全部放到桌上摊开，任由傅北辰等人仔细检查。

"警察同志，你们都看看吧，我家的货虽然不多，但也有特定的规矩。这第一条规矩就是绝不卖孤，第二条则是不卖来路不明的黑货。"店老板面带微笑说出了这番话来，丝毫没发现傅北辰检查金器时的神情有变。

"老板，我不太懂金器，但过一阵子想送一条项链给朋友，你说现在的行情该咋入手才最值？"

老板听傅北辰这么说，心中虽然有些狐疑，但还是耐心开口讲解道："警察同志，现在金器行情整体都还算不错，至少比前几年要好很多了。我建议您最好是入手一些旧件儿，新料子不要轻易入手。"

"那按老板你的意思是，让我买旧不买新了？"傅北辰面带不解之色，继续追问了一句。

"倒也不是这么个理儿，只是旧料子不像现在的新款那么花里胡哨。你别看现在的料子贵，平均一克算下来要比过去贵上几十甚至上百块，但那些其实都是贵在了手工上，因为现在的料子大部分都是机刻而成，可想而知并无太大的价值，不过都是中看不中用，空有好皮囊罢了。"店老板说着，还不忘拿起手边的旧器举例子，"警察同志，您可千万别小看旧物件儿，因为过去的那些金银首饰，做工也相当不错，且回收价要比新料子高不少。两相对比之下，您还是买旧的更加划算。"

店老板这话倒也毫不含糊。傅北辰听着连连点头，他从一旁拿起一根项链，问身旁的店老板道："老板，这条链子我看着还不错，难道它也是机刻出来的物件儿？"

店老板没多看，只稍微瞟了一眼，便点头回答道："没错，这种新款基本上都是机刻的物件儿，纹路和外形相当好看，但整体没太大的收藏价值。要是细看的话，您还能瞧见机器车出来的那些印子，和手工的老物件比差老远了。"

说话之间，店老板突然察觉到不对劲儿之处。当他再次抬头细看之时，直接当场惊出了一头的冷汗。因为傅北辰手中拿着的那条项链，根本就不是他从保险柜锦盒里取出来的存货。

傅北辰的脸上浮现出了诡笑："您确实是行家，这链子见都没见过，就能把细节讲清了。"

原来，刚才傅北辰已经将赃物悄悄拿了出来，趁店老板一个不注意，成功混入了刚才的那些金饰里。如此一来，店老板之前的谎话自然不攻自破了。这种特殊的小手段也就傅北辰最爱用。

"警察同志，您可太爱说笑了，我可不敢称自己为啥行家，不过是在这一行里瞎混了几天，金器比别人见得多了些而已。比起业界真正的大行家简直不够看，我连给人提鞋的资格都没有。"店老板的话很明显，他是在为自己开脱。这番话的言外之意，依旧是见多了自然不见怪。

不过，傅北辰早就想好了下一个计策。他笑着走到老板身边，将项链放到老板的眼前。

"老板，您这次可千万要瞧好了，这条链子是今年的最新款吗？"傅北辰发问道。

店老板才被傅北辰诈完，眼下自然不敢轻易开口。他皱眉点了点头，但又马上摇了摇头。

"老板，这项链到底是什么款？您见多识广，和我们说说呗。"傅北辰继续逼问道。

此时，店老板的额头上已经布满了汗珠，抵不住傅北辰的步步紧逼。他狠心一咬牙开口回答道："警察同志，您手上那个就是今年的流行款，我已经经手过不少这种类型了，这次应该不会看走眼。"

怎料店老板的话音刚落，傅北辰便抬起手示意一旁的警员当场将他给按住了。

店老板显然没料到最后居然会是这样的结果，他立马失声惊叫道："警察同志，这又是闹哪一出呀？我刚才说的都是实话，这东西真不是从我店里卖出去的呀，你们赶紧把我放了！"

傅北辰面无表情，走到店老板的面前，重新将项链展示给他看，顺便告诉了他真相。

"老板，这条项链是今年联营金店打造的独家款式，还没能上市售卖就被匪徒给全部劫走了。你说这款式你已经见多了，也经手过不少这种类型，那就麻烦你和我们走一趟吧，回局里仔细说说到底咋回事儿！"

听到这番话，店老板整个人险些昏死过去。只见他双眼翻白，倒在地上不断抽搐，明显是受了大惊吓。一旁的警员急忙用手去掐老板的人中，傅北辰的神情也变严肃了不少，走上前去查看店老板的情况，从店老板的口袋中掏出一瓶速效救心丸，倒出十几粒压到他的舌头底下。

过了好一阵子，店老板才回过神儿，见众警正围着他，一时间差点吓尿了，急忙开口求饶。

"警察同志，你们误会我了呀，你们如果想知道什么事儿的话，我一定会积极配合你们的工作，只是我真的和那个金店抢劫案没啥关系。我要知道这堆东西属于贼赃，就算是打死我也不敢收呀。"

"我们也没说你和金店抢劫案有关。现在的情况比较特殊，你如果能把知道的情况都告诉我们，或许我们可以酌情从轻处罚。但如果你执意隐瞒，知情不报的话，那个后果你承担不起，到时估计谁也没办法救你了。"

老板由傅北辰搀扶着坐到一旁，深呼吸了好几次，才哆哆嗦嗦讲述起事情的全部过程。

"我真不知道这东西是贼赃，当时就是图便宜才收了它，警察同志，我真的知道错了。"

老板这一堆废话连张霖都有些听不下去了，开口催促赶紧讲正题："老板，你错是肯定有错，但我们现在不想听你如何认错，我们是想知道你怎么犯的错，这些东西你从何人手中所买？"

"警察同志，那人我也不认识，我真的不认识那个人。"老板说这话时，脸色一阵青一阵紫，"其实这才是问题的关键，如果我知道是谁卖给我的贼赃，不用警察同志你们出马，我也会去和他讨个说法。"

店老板的回答让众警都有些泄气，但万幸还有别的突破口，至少知道有人出手销赃了。

傅北辰耐着性子，继续追问道："老板，那你就仔细讲讲当时的情况吧。"

店老板理了理思绪，半晌才开口道："这事儿就发生在前几天，有个男的找到我店里，问我收不收金子或者首饰之类的东西。那天刚好是周五，我媳妇儿当时猛打电话催我回家吃饭来着，本来晚上和几个朋友约好的酒局也因此被搅了。正巧碰着我心情不好，当时对他也没啥好脸色，当下就让他出去好好看清楚了再进来。"

店老板顿了顿，又继续往下说："不过，那男人当时也没生气，果真还出去又仔细看了一遍我的店招牌，这才又进来同我谈生意。我那天没啥做生意的心思，和他谈的时候也故意刁难着他，说他金子跟首饰的纯度和品相比较差，死死压低他的价格。但他也不跟我讨价还价，还特别配合我。由此我断定他很心急，想马上脱手那批东西。"

随后，店老板又咽了一口口水，脸色发生了巨大变化，他仿佛回忆起了什么可疑之处。

第三十六章　监控被毁，疑犯成谜

"后来谈了很长时间，我看对方也算颇有诚意，就没故意继续刁难，说了个偏低但也不太低的价格给他。他听了虽然有些不太满意，但依然爽快答应成交了。"店老板顿了顿，用手挠了挠脑门儿，接着继续跟傅北辰吐槽，"结果我们将价格都谈妥了，等要交货的时候，又出了个岔子，因为他那批东西没有购买凭证。"

二手物品收购行业，一直有一个不太成文的暗规矩，那就是必须要有相关物品的购买凭证。这么做主要是为了当买卖双方出现问题，例如商品的品质纠纷、真假问题之类，这购买凭证自然成了最好的解决依据。

"所以，当时你没跟他索要购买凭证？然后，你就接下了这批货？"

店老板此时也格外心虚，慌张地点了点头，连半句话都不敢多说。

"既然你明知道没有购买凭证，为啥还要冒险接货？"丁法章忍不住发问道。

"正因为没购买凭证，我才能压一压他的价。"老板说这话时，连头都抬不起来了。

"我看你就是因为贪小便宜，才铤而走险收了这些赃物。"傅北辰直接给老板下了定义。

"老板，你还能想起当时卖你东西的那个人大致长啥模样不？"丁法章趁势追问道。

"具体模样我记不清了，因为那天他戴了一顶帽子，那张脸被挡到了帽檐的底下，我完全看不清长啥样。"店老板说完后，又望着丁法章补充道，"不过，那个家伙的体型我还没忘记，整体是那种偏高瘦的类型，说话还隐约夹杂着些外地口音。"

"老板，你的店里有安装监控吗？"丁法章突然发问道。

"有，我店里的监控装了很久了，主要是用来防贼。"店老板冲丁法章使劲儿点头答道。

听到这个答复之后，众警顿时又高兴了不少，因为监控比老板的回忆要靠谱多了。如果还能结合监控上的画面，后边警方想追查犯罪嫌疑人也会容易很多。如此一来，可谓是事半功倍。

众警跟着店老板进到了店的后边，打开了一台电脑。但一看监控文件，当场就直接傻眼了。就连丁法章都忍不住暗骂了一句脏话，因为店里的那个摄像头也莫名其妙损坏了，坐在电脑旁的老板还很疑惑不解。

老板看着电脑自言自语道："这咋回事？监控明明前一阵子还能用，怎么突然就坏了？"

"看样子，应该是那伙人没错了。"丁法章望着电脑的屏幕，同身旁的傅北辰低声说道。

"嗯，完全一样的作案手法，我们怎么就忽略了这一茬呢？"傅北辰此时不禁有些懊恼，他看了一眼丁法章，又继续往下分析，"如果店里的监控是这种情况，那店铺附近的监控多半也被那家伙给破坏掉了。"

丁法章微微点头，低声回答道："刚才我已试着调过了，没啥结果。"

丁法章想了好一阵，继续问身旁的店老板："卖给你金器的人，大概像什么地方的口音？"

店老板仔细回想着，结果依然满脸难色答道："我也不知道他像啥口音，总之不是本地人就对了，但我无意间瞧到他的手上有一个文身，那个文身是一个五角星图案，位于右手虎口处的位置。"

这也算是有用的线索，依法处理完老板之后，大家就重新返回了局里。

"其实，这也算是一件好事。最起码，我们知道那些人已经憋不住了，要想法子将那批货给出手了。"丁法章出言安慰起傅北辰来，他面带笑意往下继续分析，"一旦有了这种苗头，那些人自然还会有别的行动，咱们守株待兔也不失为一种办法。"

傅北辰微微颔首，又埋头继续整理资料。既然案件有了些小的进展，那也应该去通知一下涉案的当事人。可傅北辰一想到要跟胡正荣见面，顿时便头痛不已。那个情绪异常不稳的男人，得知这些情况之后，不知又会怎样发神经。加之先前刘蕾也特意提醒过傅北辰一些事儿，让他更加头大不少。

丁法章瞧出了傅北辰的苦恼，遂陪着他一起去了胡正荣的家中。只是此番前来，所看到的场景让二人极为惊讶。原本富丽堂皇的别墅，眼下已是荒芜之景。

丁法章见傅北辰的面色不对，就主动上前敲了敲门。半晌之后都没人来开门。二人均是面带疑惑，难道这里已经没人住了吗？丁法章不信这个邪，又上前重新敲了敲门。这次依旧没人来开门，也没人出言回应。

"那两口子搬家了吗？"丁法章转头问一旁的傅北辰。

"我也不太清楚，压根没听说过这事儿。"傅北辰如实回答道。

"你不是和这家的女主人认识吗？咋没听她说起过？"丁法章又继续追问道。

"没听她提过搬家的事。"傅北辰暗自估算着时间，他和赵佳慧已经有好一阵儿没联系过了。前一阵子不管什么事，赵佳慧都习惯联系一下他帮忙出出意见，但后面就不知为何二人就没继续联系了。

傅北辰跟丁法章又继续等了一会儿，依旧没人开门和应答，便想着转身离开了。

说来也巧，二人刚走出去没几步，便在拐角处遇到了胡正荣。胡正荣相比前一段时间精神状态好了不少，不像之前那么邋遢了。起码从胡正荣愿意出门就能看出，他的精神状况多少还是恢复了一些。

见到丁法章和傅北辰，胡正荣脸上露出了古怪之色，那表情极不易被人察觉。这种表情让丁法章很不舒服，他不知该怎么形容那种表情。于是，他转头看向身旁的傅北辰，傅北辰也是眉头紧锁。

"胡先生，今天我来见您，还是和之前的劫案有关。"傅北辰开门见山，表达了来意。

胡正荣听傅北辰这么说，只是点了点头，便自顾自朝前走去，留下身后两人无比尴尬。

胡正荣走了一段后，才回头冲二人大声喊道："两位警官，你们进家说吧，家里没别人。"

丁法章和傅北辰对视一眼，然后紧紧跟在了胡正荣的身后。直至进到别墅里之后，二人才发现方才的推测其实有一定道理。原本辉煌大气的内厅，现在跟被搬空了差不多，只剩下一楼大厅中一张孤零零的桌子和两把椅子。至于先前墙上的那些挂饰，屋中的值钱摆件，早就一件都不剩了，就连电视、冰箱之类的家电均消失无踪。

两人的心头万分疑惑，却又不好开口问是咋回事。整个屋子里空空荡荡，连个坐的地方都没有。仅剩下的两把椅子，已经被胡正荣先坐了一把，傅北辰跟丁法章只好选择站在原地了。

"没什么东西能招待两位，咱们还是直接说正事吧。"胡正荣说着，就从刚拎回来的塑料袋里掏出一个面包，又找来一瓶矿泉水拧开，大口吃了起来。相比起之前的那种阴阳怪气，现在的胡正荣反而让傅北辰跟丁法章舒服了一些。

傅北辰也不想继续浪费时间，直接从包中掏出一串项链："胡先生，你看看这是不是金店劫案中的赃物？"

正在吃东西的胡正荣停下了手上的动作，起身迈步到傅北辰的跟前，伸手拿过那条项链，左右翻看一番之后才回答道："没错，这链子是我店里的东西。这么说，你们警方已经抓到相关的嫌疑人了？"

傅北辰有些尴尬地摇了摇头，望着胡正荣回答道："人暂时还没有抓到，我们目前还在努力追查阶段，肯定会争取短时间内尽快把嫌疑人给揪出来，只是还有一些细节需要和你了解。"

"警察同志，你们想问啥尽管问吧。"胡正荣把项链还给傅北辰，然后又吃了一口面包。

"胡先生，你认识的人里有右手上文有五角星文身，身材为高瘦类型的男子吗？"

胡正荣一边继续啃着面包，一边细细回想了许久，才摇摇头回答道："这我真记不清了。"

傅北辰顿了顿，继续和胡正荣进行交谈，讲述着二手金店的事。而丁法章却把注意力放到了胡家的各处。他扭头打量着客厅的那块墙面，一片老大的方形印记十分显眼，那是悬挂相框之后留下的印记。结合之前到胡家的记忆，这地方应该挂着胡正荣和赵佳慧的婚纱照才对，而现在那张婚纱照已经不知所踪了。

傅北辰与胡正荣沟通完，便打算离开。胡正荣突然发问："听说你和佳慧关系很好？"

这个问题让傅北辰僵住了，他很坦荡地回答道："关系还行吧，我和赵佳慧是老同学。"

胡正荣听傅北辰这么说，阴阳怪气地笑了起来。然后，他随意摆了摆手，示意自己没事了。

丁法章见状刚想开口说些什么，却被傅北辰给拦了下来。两人走出别墅后，半晌没说话。

"这对夫妻应该是发生了一些矛盾。"丁法章突然丢出这么一句话，同傅北辰讲述起刚才的那个发现。但傅北辰没有接话，他又想起了刘蕾说过的那些话，结合方才胡正荣的异样反应，心情更加郁闷。

傅、丁二人沉默不语，直到傅北辰的手机再次响起，才打破了眼前的这个僵局。

傅北辰接通之后，电话那头张霖高声说道："傅队，项链的事有新发现了，你和丁老师先回局里一趟吧。"

"到底怎么回事？"傅北辰听着很诧异，当即追问了一句。

电话那头，张霖将来龙去脉跟傅北辰说了一遍。丁法章虽然没咋听清，但从傅北辰的表情变化也能看出，事情并不简单。挂断电话后，傅北辰回头看向不远处的那栋别墅，忍不住冲丁法章说道："兄弟，我心里有一种说不上来的预感，这个地方我们俩往后可能会再来好几趟。"

第三十七章　失窃清单，独立编号

位于市局的办公室中，傅北辰正皱眉看着手中的那些资料，那是一份关于金店大劫案失窃物品的详细清单。这份清单上密密麻麻罗列着失窃物品的种类及名称，旁边还特意配了商品的图片。猛然拿起来一看，或许还以为是珠宝店的宣传手册。

"老大，这是刚刚物证科那边发过来的东西，你仔细看看这个地方。"张霖指着资料上的一处图片说，那图片上是一条金项链。傅北辰对此并不陌生，方才他带给胡正荣看的正是这一款。但真正吸引大伙注意力的却是另一处，图片下面标注的货号最为关键。

张霖开口说道："金店老板销售的项链确实是赃物款式，但并不是先前失窃的那一批。"

听张霖这么一说，傅北辰又皱起了眉头，出言反问道："你咋看出来货不一样？"

张霖从一旁拿过一个装着挂牌的物证袋，那是一条项链的标签，下面还印着联营金店的标志，同时注明了项链的型号款式及重量。他指着项链解释道："老大，这是后来金店老板又发现的货，他专门给我们送了过来。物证科的同事原本想把标签和项链收到一起，到时也方便收集规整，但无意间从标签上发现了一串编号。"

说话之间，张霖还特意指给傅北辰看。果然，标签下方一处极不起眼的位置上，一组英文和数字混杂的编号映入傅北辰的眼中。傅北辰亦警觉起来，他问自己的手下道："张霖，你确定是每一件饰品都拥有一个独立的编号吗？"

话刚出口，张霖便点了点头，再次解释道："这串编号就相当于饰品的身份证，也是一种防伪标识，算一种延保售后的方式了。除挂牌上，项链的隐蔽处也会用激光刻上。项链如今还在你手里，我们赶紧就去物证科找同事辨认一下。"

随即，二人就立刻赶往物证科，相关科室的同事早已等候多时，接过傅北辰手中的项链便放到了检测机器下，一边检测一边进行讲解："珠宝首饰上刻有的编号，一般都是用激光所刻，原本流行用到钻石上，一是为了给钻石打上身份标识，也能有效规避掉造假跟山寨等一系列问题，完全没想到一些金首饰厂也开始沿用这类技术，这其实也算变相帮了咱们一把。"

"可肉眼看上去并没啥痕迹，会不会是被人故意销毁了？"傅北辰问出了心头的疑惑。

"不会，一般是用肉眼看不到，钻石的镭射码需要用特殊的珠宝放大镜去看，而金首饰也是一样的道理。不过，我们目前没有设备，就只能用别的放大仪器代替了，希望能起到相同的效果。"那位同事说完，就坐到了机器前仔细操作起来。在场的众人均是屏息凝视。过了几分钟，同事果真发现了刻有编码的位置。而经过多次比对，吊牌上的编码和首饰上的编码完全一致。

"好了，我现在可以确定了，这东西不是赃物。"同事又觉得这种说法不太严谨，又立马改了口，"起码不是我们记录在册的失窃贼赃。"

"当时在做笔录时，我们已将全部失窃物品列了出来，不可能记漏。"张霖同傅北辰说。

"我明白了。"傅北辰低头思索一番,"你告诉局里其他人,对这一发现高度保密。"

张霖有些吃惊,颇为惊讶地反问道:"傅队,难道咱们不应该先去问一下当事人吗?"

傅北辰面无表情,转过头猛盯着张霖看,许久才开口:"我要瞒的人就是当事人。"

张霖万分震惊,可当他想明白后,顿时就张大了嘴,正要开口问却被傅北辰阻止了。

"金店老板说的那个虎口带有五星文身的人,立马发散人手去找。"傅北辰下令道。

张霖点了点头,他还没开口说话,傅北辰就已经推开门走了出去。回到办公室后,傅北辰第一时间找到了丁法章。丁法章此刻正操控着电脑埋头寻找资料,同时还调取出了不少监控。见傅北辰来了,丁法章微微点头,用手将电脑屏幕转向傅北辰说道:"你过来看一眼,这是我刚才的发现,关于胡正荣的异常举动。"

傅北辰主动凑上去,发现监控录像中大多是胡正荣的身影,他头戴一顶鸭舌帽,频繁出入市内的房屋买卖机构。

"胡正荣应该是想要卖房了,我们今天去他家的时候你也看到了,家里基本上已经被搬空了,你没有联系你那位老同学吗?赶紧问问她这是闹哪出呀?"经丁法章这么一说,傅北辰也觉着应该联系赵佳慧了解一下事情的来龙去脉了。但迟疑片刻,傅北辰摇了摇头,望着丁法章问道:"这些都是什么时候的事儿?"

"就在近 10 天左右,他家的东西也多半是这个时间陆续搬空了,我不知道这算啥情况。但房屋如果是夫妻两人的婚后共同财产,你那位老同学应该也知情,又或许她完全不知情,全是胡正荣瞒着她私下进行？"

丁法章见傅北辰脸色有些不对劲儿，也连忙打住了这个话题，只补了最后一句。

"如果方便，还是通知一下吧，毕竟情况太反常了。"丁法章颇为担忧地说道。

傅北辰微微点头，又向丁法章提起刚才的发现。丁法章听了，也沉默了一阵儿。

"如果那条项链不是当初失窃而流向市场的赃物，那肯定就是有人后来倒手出货了。"

"没错，据我了解，自打金店劫案之后，联营金店就已经闭店整改，直到现在也没有开业，而这一批项链全都是新品，在劫案之前没有对外售卖，就更不可能是劫案之后才开始流出售卖。"傅北辰也很认同丁法章的推论，因为每件事都有其因果关系。

"可放出项链的人会是谁呢？又为什么要这么做？"在这个问题上，丁法章一直想不通。傅北辰心中已经隐约有了些猜测，但他还无法确定。思索再三后，他还是决定向丁法章道出自己的猜测。

当傅北辰的推测结束后，办公室中直接陷入死寂。如果没有今天的突发事件，他们绝不会往这个方面上去想。可眼下警方越往深挖线索就越离奇，可以说完全出乎所有人的意料。

"既然咱们无法排除这一可能，那索性就来试着验证一下吧。"丁法章神情严肃地说道。

"我希望我的猜测有误吧，如果这一猜测没错的话，那么不出意外的话，金店劫案的另一名嫌疑人很快就会现身了。"傅北辰的脸色阴晴不定，"我不希望到时又是听到死人的噩耗。"

不知何时，外面的天空又变阴了不少。不出一刻钟，大雨便如期而至。窗外一片漆黑，宛如暗夜降临。正是下班时间，不少没带伞的人又发起愁来，不知该如何赶回家。一时间，局里叹气声不断。

傅北辰发现丁法章坐在椅子上发呆，时不时抬头向窗外看去。

傅北辰走到丁法章身旁，开口发问道："雨下这么大，你怎么回家？"

丁法章抬头看着傅北辰，他迟疑了片刻，一言不发地摇了摇头。

"你这是几个意思？难道准备通宵加班？"傅北辰故意开了个玩笑，"丁大专家，你未免也太拼了吧？这样我都不好意思下班了。"

丁法章瞥了一眼傅北辰，小声问道："我那件衣服呢？你带过来了吗？"

这恰好正中傅北辰的下怀，他很懊悔地回答道："我忘了这事儿了，要不你跟我回家拿？"

丁法章很是无奈，他想起之前在傅北辰家中忙前忙后，跟保姆没啥区别，心中很抵触。

可丁法章为了拿回衣服，唯有点头答应了。这可把傅北辰高兴坏了，他直接一巴掌拍到了丁法章的背上，差点儿没把丁法章的肺都给拍出来，意识到自己的手劲有些大，又急忙尴尬一笑。

"我去收拾资料了，10分钟之后出发。想想吃啥，路上我顺道买了。"傅北辰笑着说道。

丁法章听后更无语，直接白了傅北辰一眼，险些都把眼珠翻出去。

还没等丁法章缓过来气，傅北辰就又站到了他面前，随时一副能出发的样子。

"不是说10分钟吗？"丁法章气不打一处来，"我手头还有点活儿没干完，你急什么急？"

听丁法章这么说，傅北辰也有些脸热，边找借口边催促丁法章："我这不是看雨越下越大了，怕待会儿咱俩被困在路上。你没忘我家附近的那条隧道吧？要是等会儿它被雨淹了，咱俩可就要在水里泡一晚了。"

丁法章更加无奈了，只能加速干活，忙到后来更加心烦意乱，索性合上了电脑，准备第二天再继续忙活。这正好遂了傅北辰的意，他一把拽起椅子上的丁法章，朝着停车场的方向奔去。

"张霖那个臭小子一直都过度吹捧你了。"丁法章一边摇头，一边感慨道，"还说什么全局就数你最爱岗敬业，结果还不是一到下班时间你就撤了？你这个队长相当不称职啊！"

谁知傅北辰的脸皮比城墙还厚，他咧嘴一笑道："特殊时期，特殊对待，今天我破例了！"

第三十八章　重度密恐，追问梦境

别看现在是下雨天，但超市里的顾客一点儿都不少，不知是因为外面下雨路人都进来躲雨所致，抑或超市原本就生意火爆，整个超市竟被挤了个水泄不通。傅北辰颇为尴尬地看着不远处的丁法章，好不容易才推着手推车挤了过去。

丁法章其实一直都很抵触出现在人特多的地方，人越多他越没安全感，甚至想要疯狂逃离，因为他是一个重度的人群密集恐惧症患者。此时被陌生人层层包裹的他，就如同漂泊于汪洋大海中的一片树叶，他甚至感觉有些头晕目眩，就连刚才傅北辰叫了他许多声都没啥反应。

傅北辰自然也瞧出了丁法章的异常之处，因为他从对方的眼中看到了焦灼之色，额头上已经出了一层细密的汗，脸色也极为难看，显然是精神状态不太好。傅北辰心中很是内疚，他轻声问丁法章道："是不是这里头太热了？要不你先回车上等我，等我买好东西就马上回去。"

丁法章听傅北辰这么一说，迟疑片刻之后，却还是轻轻地摇了摇头。因为自从经过那晚之后，他已经决定要勇敢面对自己的缺点。既然如此，就把眼前的这一切当成是迈出克服缺点的第一步。

丁法章开口说道："不用了，我跟你一起吧，省得你等会儿又瞎买乱七八糟的东西。"

傅北辰先是挠挠头，咧嘴笑了笑。他突然觉得这场景有些熟，但又说不出为何感觉熟悉。

二人在拥挤的人群中艰难穿梭，丁法章平日里经常自己做饭吃，自然熟悉怎么购买新鲜的瓜果蔬菜。他也不打算问傅北辰的意见了，自顾自拿起一些平时常吃的菜放到面前的推车里。当丁法章回头去看傅北辰时，发现后者的身影居然不见了。

一阵紧张之感渐渐袭上心头，丁法章觉得有些迈不开步子了。这时，丁法章才发现为何会愿意跟傅北辰一起。原来，傅北辰能给他一种久违的安全感。他已记不清独自过了多少个惶恐的日夜，白日他藏身于房间内，隔着厚厚的窗帘观察着外界。而当夜晚时分来临，他又隐藏于黑暗之中，畏惧被别人发现。这些年来，丁法章甚至不敢轻易陷入沉睡，他特别恐惧梦中浮现出的那些片段。回想至此，丁法章只觉心中无比清明。他四处寻找着傅北辰的身影，焦灼感愈演愈烈，就在最后一刻，傅北辰终于出现了。

"你怎么还在这儿等我？没去拿自己喜欢吃的东西吗？"傅北辰此刻和平日里完全不同，看着如同少年心性一般的傅北辰，丁法章心中某个地方莫名被触动了。但他的视线落到傅北辰的怀中，结果又是万分汗颜，皱眉开口发问道："傅北辰，你最喜欢吃的东西，难道就是泡面吗？"

被丁法章这么一问，傅北辰有些难堪，他脸色一红，急忙把泡面丢到推车里。

"我是吃习惯了，这个超市里泡面口味特别全，你要不也去选选？"

丁法章叹了一口气，他决定要根除傅北辰的陋习，首先就要从眼前这堆泡面下手。

丁法章推着推车走到商品架前把那些泡面重新归位，这下轮到傅北辰当场抓狂了。

"丁法章，这个是最新口味儿，我还没尝过。"

"这一包留下吧，你吃过就知道为啥我爱吃了！"

"大哥，你多少给我留一包，没了泡面我夜宵吃啥？"

丁法章没搭理傅北辰，将泡面都放了回去，回头质问傅北辰道："我的厨艺还不如泡面？"

傅北辰先是愣了愣，又小声嘀咕道："你厨艺确实很不错，可我也没法天天吃到。"

丁法章没接下茬儿，他重新走回蔬菜区，又往推车中加了一些东西。当他路过肉类区的时候，还是不免脸色变了变，强行别过头去，连呼吸都快要停止了。因为空气弥漫着一股肉腥味儿，让丁法章有些不太能接受。

丁法章先是推着推车快步走开，才又冲傅北辰下令道："傅北辰，你过去挑些肉。"

傅北辰顿时深感怪异，开口发问道："丁大专家，你不是不吃肉吗？咱们拿它干啥？"

丁法章翻了个大白眼，冷声回答道："如果你也不吃的话，我们完全可以不买肉。"

傅北辰拍了拍自己的额头，急忙挑了一块肉装到袋子里，重新回到丁法章的身旁。

这两个大男人在超市里继续逛着，结果大半个小时过去了，等他俩从超市买完东西出来时，外边的雨已经小了许多。城市中暖黄色的路灯也逐渐亮起，让人感觉温馨了不少。行驶在车水马龙之间，让人都有些神情恍惚。这其实也算是一种平静美好的生活了。

回到傅家之后，已是晚上8点多。二人此刻皆是饥肠辘辘，距离眼冒金星不远了。

傅北辰一回家整个人便瘫倒在沙发上，又翻找了老半天的购物袋，找出了一袋薯片开吃。

丁法章的神情很是诧异，结账时明明没看到有薯片，怎么一回来又突然有了呢？

见丁法章盯着自己，傅北辰微微一笑，主动递过一块薯片，反问道："你要吃吗？"

"我不吃垃圾食品。"丁法章说着，满脸厌恶之色，显然很不喜欢薯片这种东西。

傅北辰连连摇头，故意叹息道："唉，你实在是不懂享受，你不吃就算了，我自己吃。"

说罢，傅北辰还故意吮了吮自己的手指头。结果，这一幕让丁法章更嫌弃，立马愤愤转身离去了。就在此时，丁法章突然发现购物袋有些不对劲儿，看上去比刚才出来的时候大了不少。

"这是咋回事儿？"丁法章望着傅北辰质问道，显然这个购物袋里还有许多别的东西。

"我去地库开车时，购物袋突然破了，我回去买了个购物袋，顺便又加了些东西。"

丁法章自然一阵无语，不过他也不想管傅北辰了，开始在购物袋中翻找起东西来。

丁法章又发现了很多东西，泡面跟火腿肠之类的都齐了，可以说是垃圾食品大集合了。

"傅队长，今晚这顿饭你是打算吃垃圾食品了？"丁法章皮笑肉不笑，眯着眼反问道。

傅北辰见状，自然连连摇头，微笑着回答道："不不不，今晚我选择吃丁大厨你做的饭。"

丁法章轻叹一口气，拿着东西走进厨房，过了30多分钟，才端着几盘菜走出来。客厅里的傅北辰早已经成了饿鬼，一闻到香味就坐在了餐桌旁，见丁法章上菜，不管三七二十一直接开吃。

丁法章面对吃相难看的傅北辰也很无语，他拉开椅子坐下来，开始不紧不慢地吃着菜。

傅北辰一边吃一边赞扬道："丁大专家，你这手艺不去当大厨实在是可惜了。"

丁法章轻哼一声，开口说道："吃完饭后你洗碗，要是你又搞砸了，你就顿顿吃泡面吧。"

"行，没问题。"傅北辰拍胸脯保证，又低头一阵狂吃，那样子就像许久没吃饭的乞丐。

看着一旁默不作声的丁法章，傅北辰突然想起之前张霖提到的那件事以及那一篇关于丁法章的报道。其实，傅北辰对丁法章的过去相当好奇。上次，他听到凌晨时分丁法章屋中传出的惊叫声。如果没猜错的话，丁法章肯定经常梦魇缠身，所以精神才会终日处于高度警惕状态，导致整个人都有些萎靡。傅北辰不禁暗想，究竟是什么事儿，能让曾经的阳光少年变成如今这副样子？

思索再三，傅北辰鼓起勇气开口问道："你经常做噩梦？那晚我听到你从梦中惊醒了，你梦到了啥？"

丁法章原本要夹菜的筷子停到了半空中，他不知该如何回答傅北辰提出的问题。傅北辰的突然发问让他有些慌张，内心还因此萌发了不悦之感。想到那个可怕的梦境，丁法章便放下了手中的筷子。此时二人之间的气氛，可谓是尴尬到了极点。

第三十九章　厚重心茧，对抗心魔

见丁法章迟迟不说话，傅北辰也不知该如何继续下去了。丁法章则主动放下了手中的筷子，可他丝毫没有要开口回答问题的样子，饭桌上的氛围又沉重不少，感觉连空气都要被凝结了。

"我说你别忘了，你还是一名人民警察，只是做个噩梦而已，为啥如此害怕？"傅北辰故作轻松拿起了碗筷，还夹了一大筷子菜塞到自己的嘴里，一边吃一边继续说，"丁大专家，你平时查案子可没这么婆婆妈妈。"

一旁的丁法章还是没有说话，因为没经历过那些事的人，永远不会懂其中的可怕之处。他重新缓缓拿起筷子，但早就没有了之前的食欲，心不在焉地扒拉了几口饭菜后，丁法章找借口走进了厨房里，脑海中又开始不断回忆着那些令他不适的场景。

片刻之后，丁法章单手捂着嘴从厨房里狂冲了出来，躲到卫生间里开始呕吐。这突如其来的变故让傅北辰有些诧异，他快步走到卫生间的门口，敲门想问问丁法章状况如何。但卫生间的门已经被反锁了，水龙头巨大的响声也无法掩饰丁法章痛苦的呕吐声。

"丁法章，你现在怎么样？你是身体不舒服吗？"傅北辰望着洗手间的门高声问道。

但此刻丁法章正跪在地板上无力回应，他开始紧闭双眼，试着努力调整自己的状态。许久之后，他才勉强从地上站了起来，扶着洗手台走到了门前，颇为虚弱地回答道："我没事，你不用管我。"

傅北辰还想问一些别的情况，结果又传来丁法章的声音道："你让我独自静一静吧。"

迟疑片刻，傅北辰转身重新走回到餐桌旁。他看着满桌的饭菜，内心其实特别后悔。既然事儿都已经过去了，他何苦又要再度提起，去揭开丁法章的旧伤口，勾起那些不太好的回忆呢？

懊悔不已的傅北辰收拾好餐桌，又见丁法章根本没吃多少东西，便留出了一些饭菜。

卫生间里的丁法章正不停用凉水冲洗着面颊，刺骨凉意让他清醒了不少，缓缓平复心情之后，徐徐抬起头看着镜子中那张狼狈不堪的脸，却莫名忍不住想苦笑。丁法章发现他还是太理想化了，想要直面过去那些阴暗经历，这该有多困难？归根结底，电影终究是电影，他不是小李子，也没超能力去操控自己的梦。

丁法章推开门，走出了卫生间。傅北辰正独自坐在沙发上沉思，瞧见丁法章出来之后，立马站起身来，脸上的表情很是愧疚。但能看出来，他此刻极为手足无措，即便心中早已万分焦灼，但也不知如何开口。

"老实说，你有没有暗中笑话过我？"丁法章故作轻松调侃了一句，可实际上也早已被击倒了。他的身体正微微颤抖着，双手也不由自主紧握，这一切自然都被傅北辰看在眼中。傅北辰怎么都没想到，他简简单单几句话，会让丁法章如此难受。

傅北辰面带关切之色发问道："你不要紧吧？要不去医院看一下？"

丁法章被傅北辰逗笑了，他摇了摇头，强行笑着说道："我这是老毛病了，看医生没用。"

听丁法章如此一解释，傅北辰松了一口气，坐在沙发上，与丁法章相对无言。

"最开始认识你时，我确实有些瞧不上你，才会一直跟你反着来。"傅北辰突然说道。

丁法章也同样笑着回了一句："同感，我打最开始也瞧不上你，反正咱俩算是扯平了。"

傅北辰微微一笑道："后来相处久了，我发现你其实人还不错，起码这厨艺很是一绝。"

丁法章接受了傅北辰的夸赞，接着补了一句："哈哈哈，那我估计是厨艺最好的警察了。"

随后，傅北辰话锋一转，望着丁法章诚恳地建议道："咱们俩现在也算好搭档了，说实话，我很担心你的精神状况。如果有什么我能帮上忙的地方，你尽管开口提就是了，前提是你愿意让我帮你走出那个困境。"

丁法章轻轻地点了点头，然后道了一声谢。他明白傅北辰说这些话的用意，只是问题在他自己身上，他本人无法直面这些问题。其实有些时候，丁法章也想过找人倾诉，可他想讲的时候才发现，过往的那些秘密已经成了一个厚厚的心茧，孕育出了一头让他无比害怕的怪物。

"我看过你以前的照片，好歹也算一阳光大帅哥，读书时应该有很多人追吧？"

"傅北辰，你突然问我这个问题是啥意思？莫非你还偷偷查了我不成？"

"你别误会，我没特意去调查你，只是无意间发现了那张照片和那篇报道。"

"既然如此，你还问我干什么？"丁法章无奈地摇头，"如你猜测的一样，就是那些事。"

傅北辰重新走到电视旁，拿出《盗梦空间》的影碟放到碟片机中，又重新坐回沙发上。

"你先看看电影平复一下吧，我心情不好的时候也会看电影。"傅北辰面带微笑解释道。

丁法章亦陷入沉默。很快，影片自动开始播放，那些熟悉的场景一幕幕出现。丁法章的心情也放松了不少。房间中虽然并没有交谈声，但气氛缓和了不少。丁法章不禁暗想，也许傅北辰真没啥恶意，他纯粹就是想要帮助自己克服心魔。

当一个人放下心中的纠结与执着，他就会发现整个世界都清净了。但更多时候，一个人无法自行看透这些东西，他只能借助外界的人和事去分散注意力，这一行为被称为本能逃避。

此时的丁法章跟傅北辰，其实都是在本能逃避。但这种逃避，反而是眼下最好的办法。

电视机屏幕前的两人一直没说话，但都有了不一样的新感触，不知到底是怎么一回事，以往无比冗长的电影，今日反而格外短暂。熟悉的片尾字幕再次出现，这部电影又圆满结束了。

"其实有时候，我很希望能操控自己的梦境。"丁法章率先开口，打破了当下的沉默。

"操控自己的梦境很难吗？"傅北辰皱眉反问道，他对梦境之事也不太了解。

丁法章侧头望向傅北辰，无奈地回答道："控梦确实很难，否则我也不会老失控了。"

随后，丁法章深吸一口气，继续往下说道："我很害怕吃饭，尤其害怕食肉。当牙齿和口腔感受到肉类时，我便会不受控制想要呕吐。回想起那种冰凉又腥臭的味道，那种感觉只要缠上了你，就会如梦魇一般时刻围绕于你身边。不管你刷了多少次牙，用了多少漱口水清理，都再也无法将其除掉。"

傅北辰神情凝重地问道："这么说来，你是自打那件事后，便开始害怕吃肉了吧？"

丁法章"嗯"了一声，又接过话茬继续道："最开始时，我抵触所有的食物。就算只是光闻到味道，内心都会无法接受。我尝试过很多种方法，适应了很长一段时间，才逐渐可以进素食。但对于那些肉类食品，却是始终接受不了，无法正常食用。"

丁法章的身体颤抖着，连声音也发生了变化："我根本无法改变，他们总会来阻拦我。"

傅北辰注意到丁法章提到了"他们"，可这个"他们"到底是谁？他没有着急问，而是继续聆听。

"每当我尝试着忘掉那些事，想重新回归正常生活，他们就会出现在我的梦里，像幽灵一样监控我，然后不断强迫跟折磨我。如果我不听从他们的指示，就永远没办法逃出来，最后会跟那些肉块一样，逃脱不了被冻硬的宿命。"

丁法章的描述让傅北辰打了个哆嗦。从丁法章的只言片语中，傅北辰能感受到那种压迫与绝望。傅北辰逐渐开始明白，为什么丁法章会如此害怕那些噩梦，因为对于丁法章而言，那些并不是梦，而是现实遭遇的痛苦回放。

梦并不可怕，可怕的是梦无法与现实割裂开来。当梦与现实混为一体时，一个人的判断力与意志力就会被大大削弱，直至还可能被直接剥夺。对于丁法章而言，倘若他无法从梦境中逃脱，结局必然是死路一条或者精神分裂。这就宛如一个轮回，会不停重演被折磨的那些画面，但没有半点破解之法。

"丁法章，我特明白你的感受，可是梦终归是梦，而你才是梦的主人，你是它的缔造者啊！"傅北辰先是顿了顿，又继续往下说，"我很想知道你过去到底经历了什么事，只有知道了问题的根源，才能精准找出解决之法。但我也明白，你能说出这些已经鼓足了勇气，或许难题要靠时间慢慢消化。可老话常说梦由心生，只要你敢面对它，它也折磨不了你。如果噩梦再临，你就想想身边能保护你的人吧。"

丁法章依然没开口，许久之后，他才起身独自走进了之前睡过的那间卧室。

第四十章　血腥噩梦，即将离婚

当丁法章重新睁开眼睛之后，他发现自己正处于一个空荡的空间，空气中还带着一股子腥臭味儿。他知道自己再次回到了那个恐怖的地方，无尽的恐惧感正扑面袭来，瞬间包裹了全身。即便此时丁法章明知身处梦境之中，他还是无法摆脱这种绝望感。

丁法章想张开嘴怒吼咆哮，但他尝试许久喉咙都无法发出声音，甚至连动弹一下都变成了一种奢望。周围的空气越来越冷，丁法章觉得四肢均已被冻麻了，仿佛血液都停止了流动，而那些刺骨冷气下一秒就能将他给彻底吞噬，吞噬到连半块骨头都不剩下。

正值千钧一发之际，丁法章想起了傅北辰说过的话。这是他的梦境，应由他主宰跟操控！

一念至此，丁法章便发现了异样之处，面前的空地上不知何时出现了一束光，光圈中雾气弥漫，那白色的冰雾中，浮现出了一道人影。那道人影虽然背对着丁法章，但给丁法章的感觉十分熟悉。虽然只是一道背影，但给了丁法章极大的安全感。

片刻之后，那道人影开始缓缓向前走去。丁法章亦试着挪动身体，意外发现他居然能动弹了。他紧紧跟在那道人影的后头，不断加速前行。此时此刻，丁法章的心中只剩下一个念头，那就是一定要追上前面的人影。那道人影仿佛有一股无形的吸引力，丁法章坚信只要追上了人影，自己就能成功摆脱梦魇困境，渐渐恢复成一个正常人，而不是继续当惧怕见陌生人的怪物。

那道身影亦离他越来越近，宛如随时触手可及那般。

丁法章也看清了一些东西，虽然没看到正脸，但他能肯定，对方就是他所信任之人。

就在这时，前面的身影越走越远了。丁法章心中万分焦灼，他下意识加快了步伐，奋力追赶着。可始终效果甚微，二人之间仿佛有一堵无形之墙，将他们给强行分隔开来。而这片空间好似无边无际，任由他们俩不管怎么走，始终走不到头。

两旁开始隐约出现了古怪的物体，那是被冷冻后结出冰霜的动物躯干，一具具惨白的肉体散发着莫名的腥味，分列在丁法章两旁。原本已经是死物的它们，却仿佛有了自己的意识，不断地向中间靠拢，几乎要将过道封锁。

压迫感越来越强，面前的身影速度亦是越来越快。丁法章心中有种不祥的预感，他感觉，如果自己不能追上前面那人，或许就再无法醒来，永远要循环在这闭塞空间中，直至湮灭。

"傅……"

丁法章刚想喊出名字来，又害怕那道人影会突然消失，想方设法让前面的人影停下。奇怪的是前者仿佛与他有心灵感应那样，居然真停下了前行的脚步。丁法章见状，心中自然大喜，急忙追赶上去，一把拉住了他的胳膊。

"你……"话音未落，丁法章看清了对方的面孔。那张脸让他大吃一惊，因为那是一张像被涂了松油的油画，上面正流淌着各种各样的颜色，互相混杂到一起，形成了一个能吞噬万物的旋涡那样。那个旋涡此刻也不停变换着，逐渐变出了傅北辰的面容。可还没过多久，那些色彩又开始混沌变化了，面前之人突然又变成与丁法章只有过几面之缘的胡正荣。

此时的胡正荣表情扭曲，如同地狱里爬出来的修罗恶鬼，说不出是狰狞还是痛苦。丁法章下意识松开了手，连连往后急速狂退。而胡正荣也察觉到了丁法章的畏惧，他开始步步紧逼，回过头去追丁法章。

丁法章二话不说转身狂奔，胡正荣依然步步紧逼。他脸上挂着怪笑，手中不知何时多了一把斧子，那斧子上还沾有斑驳的血迹，正一点点地滴落到地上，这种场面给人的感觉极其怪异。

丁法章下意识朝胡正荣身后看去，不远处的地面上，傅北辰早就已经不省人事了，那些红色血液浸透了他的衣服，在地上形成了一个小血泊。毫无疑问，肯定是胡正荣用斧头杀了傅北辰！

丁法章愤怒不已，他想与胡正荣决战，为傅北辰报仇。但那把斧子已直劈其面门。

只听"啊"一声惊呼，丁法章从梦魇中猛然惊醒。窗外已是艳阳高照，而他正处于傅北辰家的卧室里。方才梦境中的场景历历在目，丁法章还能感觉到斧头上那些血迹甩到自己脸上的感觉。他下意识伸手去摸了摸，发现脸上满是汗水。

突然传来一阵敲门声。这让丁法章吓了一大跳，显然他还没从噩梦中回过神儿来。

不过很快，傅北辰的声音从门外传出："丁大专家，你还没起来吗？上班快要迟到了。"

"我起了，马上就来。"丁法章深呼吸数次，整理好自己后，才开门走了出去。

傅北辰居然破天荒地弄了一桌子的早餐，看到丁法章后笑着说道："今天咱们就不去早餐店吃了，我提前早起熬了粥，也热了牛奶，还弄了点面包和鸡蛋，你喜欢什么早餐搭配，可以自己选。"

丁法章点了点头，向傅北辰道谢。他走进洗漱室，试图用冷水让自己清醒。可刚才那诡异的梦始终盘旋于他的脑海中。丁法章其实很熟悉自己的梦，但他此时也无法理解梦中为何会出现胡正荣。

最让丁法章感到不安的还是梦境最后的场景，躺在血泊中的傅北辰和面对凶手的自己。

弗洛伊德曾说过，梦是人内心世界的一种反射。但周公又说，梦其实也有某种特殊的预兆。丁法章很难不将这一切联想起来，通过先前的走访调查，胡正荣已经现出了古怪之处，而梦中他更是变成了手持斧头的凶手。

呆站了片刻，丁法章才下定决心。他要给傅北辰提一些建议，以此来加强相应的防范。

坐在餐桌旁的傅北辰已经等待许久，直到丁法章再度出来，他才动筷开始吃早餐。

"丁大专家，我听到你好像又做噩梦了？"傅北辰端起牛奶喝了一口，小声发问道。

"关于胡正荣的妻子，你做过多少调查？"丁法章抓起一块面包，一边吃一边问道。

傅北辰把牛奶放回桌上，然后回答道："赵佳慧？她是我的老同学，但我们其实不太熟。"

丁法章微微点头，吃着面包继续问道："你个人觉得赵佳慧和这起案子有关吗？"

这个问题让傅北辰十分意外，但随即又说道："说说你的看法，为啥会怀疑她？"

丁法章舔舔嘴唇道："我之前和你提过，在监控中发现了赵佳慧，后来你查过了吗？"

"这事儿我当时有问过她，不过后来证明了，那就是一个意外。"傅北辰开始回忆，他想起了之前赵佳慧提过被郑译图谋不轨的事，出于尊重老同学的个人隐私权，他才没有对丁法章说明实情。

可丁法章明显却相当怀疑，他吃完了面包，就开始用汤勺搅拌着面前的粥，许久后才说道："我觉得出于谨慎，还是要从赵佳慧身上入手，尽量多查一查吧。她和胡正荣是夫妻，有些事儿肯定比咱们警方清楚。"

傅北辰想了一下，勉强点头答应道："你这话也有点道理，那待会儿上班我联系一下她。"

丁法章内心的忧虑还没完全解除，试探性地反问道："我可以和你一起去吗？"

丁法章的这个要求，傅北辰完全没有料到。他扭头想了想，随即同意了。本来，自己和赵佳慧走太近就容易惹人闲话，不管怎么处理好像都不太合适。如果丁法章跟着一起去，办事也会方便许多。

傅北辰冲丁法章说道："那待会儿回局里后，你和我一起去吧。"

丁法章一边喝粥一边点头道："好，那就这么说定了，咱们一起去会会赵佳慧。"

两人快速将桌上的早餐解决。丁法章洗完餐具之后，就坐着傅北辰的车一同赶往局里。

傅北辰和丁法章才到办公室，张霖就直接跑到二人跟前道："老大，那个文身有线索了。"

傅北辰一听这个消息，整个人顿时就来了精神，用眼神示意张霖继续往下说。

"我事先声明一点，具体的犯罪嫌疑人我们暂时还没找到，不过有关文身的信息打听到了不少。那个往虎口处文五角星，咱们市里有一伙二流子，严格来说算一个小帮派吧，五角星为其特殊标志。"

傅北辰听到这话，皱起了眉头，这年头啥臭鱼烂虾都敢自建帮派了？多半是古惑仔看多了。

不过，这一发现也算成功缩小了调查圈，只要继续顺着追查下去，总能有结果出来。

"很好，赶紧多加派人手，立马顺着继续追查下去。"傅北辰当即下了最新命令。

张霖领命后，立马开始执行。傅北辰自然没闲着，他拨通了赵佳慧的电话。电话那头开始无人接听，傅北辰快挂电话时才被接通。赵佳慧熟悉的声音响起，但话音中充满了疲惫感，与之前相比简直判若两人。

傅北辰直接提出了见面的要求，电话那头沉默了许久，很长时间后，赵佳慧才开口。

"北辰，我真不希望你以后因为这些事来找我，我跟胡正荣已经打算离婚了，他的事以后都跟我无关了。我希望能重新过上平静的生活，而不是终日为这些事而烦恼，希望你能理解我。"

第四十一章　赌徒心态，真相将至

关于离婚的这个消息，傅北辰丝毫不感到意外。赵佳慧提出的请求很是恳切，亦让人不忍直接拒绝。可眼下是侦破案件的关键之处，又不能因此轻易放弃了。思索再三后，傅北辰还是开了口："赵佳慧，我很理解你的心情。但我查案遇到了不少问题，也许只有你才能帮我。"

电话那头，赵佳慧也有些犹豫了。回想起傅北辰之前对她的各种帮助，她用带有愧疚的口吻回答道："对不起，北辰，刚才我没控制好自己的情绪，主要因为这段时间发生了太多事。我其实很担心若还跟这些破事搅在一起，迟早会精神崩溃。"

"如果你方便的话，我们见面聊聊吧，或许我还能给你出出主意呢？"傅北辰提议道。

"好，那你来找我，咱们好好聊聊。"赵佳慧主动报出一个地址，然后便先挂断了电话。

随后，丁法章和傅北辰二人打车赶往约定地点。到了之后才发现，那地方居然是一间酒店式公寓，比起之前赵佳慧和傅北辰见面的地方要逊色不少，甚至看起来还有些寒酸的感觉。

看着眼前的环境，傅北辰猜测赵佳慧最近一定也不好过。他实在难以想象，习惯了锦衣玉食的赵佳慧，如今面对这种普通生活会多煎熬。丁法章见傅北辰愣神，开口提醒他道："快走吧，马上要迟到了。"

傅北辰轻轻点了点头，两人一起走入面前的公寓，到了赵佳慧的门前，发现门没上锁。傅北辰上前敲门之后，房间中传出赵佳慧的声音："门没锁，请进吧。"

　　当二人踏入赵佳慧的住处时，不由有些吃惊。房里衣服都随意乱放着，地板上布满了灰尘，各种外卖餐盒亦堆积于一旁，已经能闻到食物坏掉的发臭味了。赵佳慧就坐在窗户旁的单人沙发上，她的脸色极为憔悴，黑眼圈特别浓重。当瞧见傅、丁二人时，她只能勉强微笑着点点头，然后便一直处于沉默状态。

　　"佳慧，你咋变成了这副模样？"傅北辰看着面前之人，关切地发问道。

　　赵佳慧先是一脸苦笑，摇了摇头回答道："我没事，就如你所见，我现在的样子很吓人？"

　　傅北辰默不作声，他迈步走到了窗户边，然后默默注视着赵佳慧。

　　赵佳慧脸上的厚粉底亦掩饰不住她的疲倦与沧桑，在阳光之下看起来反而更加明显了。

　　"我就不招呼你们了，随便找地方坐，也没茶水跟点心招待，希望你们别见怪。"

　　赵佳慧起身将一旁沙发与椅子上的衣服匆匆收好，才勉强腾出了一个小空间来。

　　"佳慧，你若需要帮忙就只管开口，我肯定会尽力帮忙。"傅北辰于心不忍道。

　　听傅北辰这么说，赵佳慧笑着摇摇头："谢谢你，我现在其实很自由，也很开心。"

　　赵佳慧说着，就抬起了脑袋，看着屋顶许久一言不发，只是她的眼中隐约有了泪光。或许是觉得自己有些失态，赵佳慧强行转移话题道：

"北辰，你来找我是想了解有关胡正荣的情况吧？"

傅北辰想了一阵儿，才重新开口问道："先跟我说说，因为什么事导致你们非离不可？"

丁法章悄悄注意着赵佳慧的面部表情变化，他捕捉到赵佳慧的脸上浮现出了一丝恨意。这一丝恨意显然积压已久了，从赵佳慧的眼神中就能看出。但过往的调查之中，并无人知晓赵佳慧跟胡正荣有过啥矛盾。

"你们俩应该也去见过他了吧？"赵佳慧反问傅北辰，她已经很久没见过那人了。

傅北辰先是点了点头，然后又继续往下说着："对，你们家里的那些东西差不多都被搬空了，但我看胡先生的状态比之前稍微好了不少，明明都有好转了，你为何还要跟他离婚呢？"

赵佳慧恶狠狠地说道："我之所以会想离婚，其实都是因为他，他亲手毁了我的一切！"

说到此处，赵佳慧的脸上开始浮现出狰狞之色。傅北辰也被吓了一跳，印象之中的赵佳慧从来都是那么温柔端庄。与眼前这个人一比较，简直是判若两人，甚至还从对方的眼神中看到了想复仇的欲望。

"佳慧，有事咱们好好说。胡先生正打算卖房子，这事你应该也知道吧？"

赵佳慧点了点头，眼神中的恨意又浓了几分，开口反问道："北辰，他把房子卖掉了吗？"

傅北辰摇了摇头："暂时没有，但你能跟我说说，他为啥要卖房子吗？"

赵佳慧叹了一口气，很无奈地回答道："因为金店的债务还不上，只能卖房子还钱了。"

傅北辰自然万分惊讶，急忙追问道："怎么会这样？这个亏损额度未免也太大了吧？"

"这只能怪他自己太贪心了，瞒着所有合伙人去跟别的供应商做了交易，私自签下了千万元的大单。可自打劫案发生之后，店铺就直接停止了营业，之前签好的交易合约无法如期履行，现在光是违约金就要赔几百万！"赵佳慧红着眼说出了这番话，抽泣着继续说，"如今就算卖房偿还，其实也还差着一百多万。我无奈之下才跟他离婚，还因此背负了几十万的债。"

丁法章和傅北辰当场被惊呆了，这种带有赌徒心态的行为说白了，就是用大家的钱去进行一场豪赌。倘若这一赌成了，则最大的受益人是胡正荣，别的合伙人依然毫不知情。可胡正荣估计都没想过会发生劫案，导致他的豪赌一败涂地。

丁法章此刻却很是疑惑，如果按赵佳慧所说，胡正荣完全能选择玩失踪，反正都离婚了。

"你们现在都很看不起我吧？认为我是一个贪慕虚荣，无情无义之人，自己的丈夫出了事，就立马想着跟他离婚，到头来没把自己成功撇干净，反而还欠了一屁股债。"赵佳慧忍不住自嘲道。

傅北辰安慰了一下赵佳慧，然后又联手丁法章问起了劫案之事。结果，赵佳慧一问三不知。

半个多小时后，傅北辰和丁法章就离开了公寓，二人肩并肩在大街上漫无目的地瞎逛。

"你有没有觉得她刻意隐瞒了什么事？"丁法章望着身旁的傅北辰，试探性地发问道。

"我觉得她多半是心情不太好，所以不咋想说话。"傅北辰随口回答，但心中疑虑未消。

"我刚才注意到，提起劫案新嫌疑人时，她的神情有点紧张，她应该知道些情况。"丁法章如实道出自己的判断，同时也注意着傅北辰的变化。他最担心的还是傅北辰会太过主观判断，而因此遭到了赵佳慧的蒙骗。

傅北辰停下脚步，抬头看着天上的太阳，嘴角带着微笑说道："没关系，总会有真相大白的时候，正如暗暗长夜总会迎来耀眼黎明。咱们只管继续往下展开追查即可，剩下的事就交给时间吧。"

丁法章也同样抬起头，望着天上的太阳，嘴里喃喃自语道："对，天网恢恢，疏而不漏啊！"

第四十二章　疑犯暴毙，针孔啤酒

　　时间一分一秒流逝，直至临近下班的时候，张霖才神情极为凝重地走进办公室。

　　傅北辰看着面前的人，单刀直入道："看你这表情，想必是另一名嫌疑人已经找到了？"

　　张霖微微颔首答道："对，店老板也配合现场认过尸了，我们抓紧时间去一趟现场吧。"

　　随后，一行人都没过多言语，齐齐搭乘警车，一路狂奔赶赴发现死者尸体的现场。现场位于一个狭窄的筒子楼里，围观的群众特别多，将过道堵了个严严实实。不少人都暗自揣测，里头的死者究竟是什么人？又因何事而死？

　　但现场更多的人还是不停地抱怨与怒骂，比起那个受害者的死活，筒子楼的居民们更关心自身的相关利益。最关心的重点莫过于楼里死了人，会不会因此影响整栋楼的房价？

　　傅北辰静静听着周围群众的低声抱怨，只觉得心中一阵悲哀，人性有时就是如此残酷。

　　昏暗狭长的房间中，法医和别的警员正在忙碌着，傅北辰和丁法章来到法医的身旁。

　　"傅队，经核实，死者叫唐少军，35岁，无业游民，死亡时间为四天前。"法医说道。

傅北辰迈步上前查看，只见死者正侧卧在地上，体表无明显伤痕，为典型的非正常死亡。

法医见状，又继续出言解释道："死者的体表虽未见致命伤，但体表有大量的皮疹，而且尸体旁边还有一摊呕吐物。经我初步判定，唐少军为中毒死亡。至于是什么毒，还要进一步检测才能知道。"

傅北辰看了一眼尸体，又继续看着法医发问道："谁最先发现了唐少军的尸体？"

法医深吸一口气，才开口回答道："报案人最先发现的尸体，因为他闻到了尸臭味，于是想上门找唐少军理论。"法医说完，又特意补充了一句，"这个唐少军和楼里的住户关系并不好，此人经常到处乱丢生活垃圾，家中的动静也挺大，所以楼里的住户对他都颇有意见。闻到腐臭味之后，大伙猜测是唐少军家有食物过期所致，所以才找上门去。"

法医先是顿了顿，又接着往下说："但敲了许久的门，唐少军都没有开门。出于保险起见，住户们便选择上报社区处理。起先社区派出工作人员发现不对劲后，便让住户帮忙报了警。民警到场后，结合住户们的说法，于是决定采取强行破门而入。破门之后，就发现了唐少军的尸体。"

傅北辰轻轻点了点头，皱眉反问法医道："当时负责破门的民警和报案人何在？"

一旁的张霖突然插话答道："傅队，民警跟报案人都在现场待命，我去帮你叫过来哈。"

张霖立马转身离去，不一会儿就带着民警和报案人进了屋子。报案人是一名40多岁的中年男子，戴着一副很普通的眼镜，长相看上去略显刻薄。此刻正站在门口左右张望，不太愿意进来，期间还一直用手捂着鼻子。

"屋子里的味道基本上都散了，没那么夸张，你还捂个啥？"随后，张霖开始向傅北辰介绍身旁的民警，"老大，这位是片区的民警贺警官，他最早进入现场。"

贺警官的年纪30岁出头，身材相当健硕，看着一脸正气的模样。

傅北辰向那位民警微微点头，然后开口道："贺警官，说说你了解的情况吧。"

贺警官想了想，回答道："因为唐少军之前有留过案底，所以我们派出所一直都在暗中关注此人。这次接到群众的报警电话后，所里领导也察觉到了异样，才同意我强行破门而入。"

傅北辰接着追问道："贺警官，你跟我说说，唐少军之前到底是犯了啥事儿？"

贺警官神情严肃地回答道："唐少军一直处于无业游民状态，家中亲人绝大多数都离世了，只剩下一个身体有残疾的表舅。唐少军平时喜欢打牌，经常爱和附近的社会人士聚众赌博。五年前，他还因私下吸毒被抓，进号子里蹲过一段时间。出来之后，又因聚众斗殴、盗窃等行为被处罚过多次，所以是我们的重点监管对象之一。"

傅北辰听着这些犯罪前科，忍不住直皱眉道："简单跟我说说，现场最初是什么情况？"

贺警官如实答复道："我们破门之前，有特意经过确认，死者家中处于完全密封的状态，房间的门窗亦完好，没有丝毫破损的痕迹。我们也跟往常一样先对现场采取了保护措施，并没破坏掉现场的那些痕迹。"

傅北辰听罢，对贺警官表示了感谢，又将注意力放到了报案人的身上。报案人是三楼的住户，姓郭名栋。此时，他依旧是一脸厌恶，远远靠在门边，完全不愿松开捂着口鼻的手，嘴里还抱怨着："警察同志，我啥时候能走呀？这个地方死过人，不是一般的晦气啊！"

傅北辰耐心劝解道："郭先生，你也别太着急，现在事都发生了，当下最要紧的是怎么才能尽快破案。毕竟，楼里发生过人命案，这事儿可大可小。比如，有些住户想卖房子，这种情况下多半也没人愿意接手买。"

这其实也是郭栋最担忧的问题，眼下筒子楼早就破旧不堪了，基本上这些居民都想坐等拆迁，可不知还要等到猴年马月。若想转手卖出去，二手房市场本就供大于求，有价无市罢了。如果还碰上这么一倒霉事儿，这老破小多半会砸手里。

郭栋仔细回想了一下，才开口回答道："警察同志，我想起一件事儿来，这个人不是个东西，不讲卫生就算了，还特别邋遢。我们这些住户都不咋待见他，都巴不得他能死到外边儿。不久前，他不知怎么突然发了一笔大横财，天天往家里头带人吃喝玩乐，楼道里都是他丢出来的酒瓶子跟生活垃圾，把我们别的住户都恶心坏了，说他又不管用，他本身就是一个无赖，咱也惹不起。"

傅北辰与丁法章抬头对视一眼，又来一个莫名发财之徒，很明显是金店劫案嫌疑人之一。

"他来往的那些朋友里头，有您比较眼熟的吗？"傅北辰接茬追问道。

"全都是他那小帮里的人，化成灰我都认识。"郭栋说完后，又马上补了一句，"不过有好几次，我见过一个男人来找他，那个男人特别面生，而且也不像啥混社会的人，看着大气又富贵，多半是个特别有钱的人。"

傅北辰心中一惊，急忙掏出手机，调出一张胡正荣的照片让郭栋辨认。

郭栋看过之后，却摇了摇头道："不是这人，那人要比他胖很多，而且个子也高一些。"

丁法章突然开口问道："案发的前几日，您发现过啥异常情况吗？"

郭栋认真想了许久，才重新答道："没有，其实我都以为他搬走了，结果没想到是死了。"

傅北辰眼看也问不出啥东西了，只好暂时放走了郭栋。此时，法医那边又有了新发现。

"傅队，你看这个。"法医拿着一个证物袋，袋子里有一个啤酒罐被封了起来。

"啤酒罐顶部有针孔痕迹，现在初步怀疑，死者生前饮用的啤酒被投了毒。"

傅北辰转头扫视了一圈，发现墙角也摆着同样的几罐啤酒，但那几罐啤酒还没开封。他当即冲张霖下令道："张霖，你把这几罐没开的啤酒一起带回去。"

"好。"张霖走上前一看，那几罐啤酒均有细小的针孔。若不仔细看，还真瞧不出来。

"老大，这些啤酒上面也有针孔，这凶手的杀人计划很缜密啊！"张霖很惊讶地说道。

"看来，这是有人铁了心要杀人灭口啊！"傅北辰冷笑，冲不远处的张霖说，"你千万要保护好啤酒罐，回去以后先让物证科提取一下上面的指纹，看会不会有什么意外的发现。"

张霖依照傅北辰的命令，开始将那些针孔啤酒罐陆续装入物证袋中，然后又打包密封好。

张霖拎着物证袋离去。傅北辰又看向丁法章，发问道："这次监控还能派上用场吗？"

丁法章摇了摇头："这片区域太老旧，连天网系统都没装，凶手根本不用刻意去破坏。"

傅北辰为此也很是无奈，长叹一口气道："唉，如此看来，天网有时候也并非万能啊！"

随后，傅北辰和丁法章离开现场，重新回到警车上跟张霖碰头，车内的气氛有些压抑。

傅北辰坐在副驾驶位，看着窗外的矮楼，暗自发誓道："不管你在何处，我都要抓到你！"

第四十三章 立军令状，隐秘关系

深夜时分的市局办公室里，众警仍然继续忙碌，今夜注定无眠了，没人敢轻易松懈半分。

"老大，检查结果出来了，果然死者死于中毒。"张霖把手里的分析报告递给傅北辰。

傅北辰接过报告后，开始翻阅了起来。他翻到第二页时，检测结果那栏赫然写着砷中毒。

张霖再次主动解释道："老大，我从案发现场带回来的那些针孔啤酒罐，经检测发现不但死者之前饮用过的含毒，那些没开封的酒里同样也有毒，而且所含的毒量还极大，足够杀死好几个成年人。"

傅北辰沉思许久，把那份报告还给张霖，然后又重新召集警员，开案情大会。

"从金店大劫案案发至今，案中的三名嫌疑人已有两人出现过，可两名疑犯均齐齐身亡了。这对龙城的警方而言，就是一种莫大耻辱，幕后的黑手成功打了咱们的耳光！"傅北辰开口说着，视线依次扫过所有坐着的参会警员，那些警员均齐齐低下了头，不敢跟傅北辰正面对视。

"最让我觉得丢人的是另外一件事，即便我们掌握了线索，也始终比罪犯晚一步。"傅北辰又深吸一口气，他明白是时候给手下的人施加压力了，"这次的会议我只想立一个军令状，若一周之内没破案抓到幕后真凶，我这个队长引咎辞职！"

所有人都被傅北辰给感染了，虽然均未说话，但眼神中透露出的坚定便代表了一切。

"案情分析不再赘述，我们直入正题，眼下杀害两名嫌疑人的凶手，已经基本能确定是金店抢劫案的另一名主犯，也就是我们之前查到的龙哥。关于案件的相关情况，你们还想二次补充吗？"

张霖最先站起来补充道："之前从郭栋的描述中，唐少军经常和一名有钱男子来往，该男子的身材高壮，气质不凡，与唐少军的关系很密切。同时，郭栋也提到过，唐少军常和朋友在家中聚餐，这名男子也曾参与其中。而检验发现唐少军家中的啤酒被人投了毒物，我怀疑这名神秘男子有很大的犯案动机。"

傅北辰微微颔首，冲张霖投去肯定的眼神，然后又继续道："没错，这也是一个调查方向，此人能轻易进入唐少军的家，还能接触到那些食物伺机下毒，这些与唐少军来往密切的人里均有投毒的嫌疑。当然，调查神秘男子时，也要注意排查平日与唐少军来往甚密之人，看能不能找出些有价值的线索来。"

张霖顺势接着傅北辰的话茬往下说："之前郑译的案子，我认为可能也与龙哥有关，不管是对现场环境的熟悉程度，还是报案人描述的特征，都比较符合郑译的社交范围。他会不会是郑译认识的人之一，同郑译产生了过节，所以策划了这一系列案件？"

傅北辰想了好一阵，才同意了张霖的这一看法，开口分析道："张霖，你说得有一定道理，无论是作案手法抑或身份描述，龙哥确实更为符合，将郑译案和唐少军案合并，两宗案子一起调查，看会不会有新的发现。"

"在勘探现场的时候，法医发现唐少军的手机不见了。"另一位同事站起身，望着傅北辰展开推论，"现场的窗门没被破坏的痕迹，且屋中的物品均未丢失，我怀疑死者毒发前家中有第三人存在。"

傅北辰当即下令道："去查死者的通讯记录，定位死者手机的位置，现场还有啥发现不？"

另一名同事再次站起来，开口回答道："在现场没发现第三者的指纹和脚印，这一点特别反常，感觉被人特意清理过。按报案人的描述，死者家中经常有朋友出入，不应该出现这种情况，而现场的那些啤酒罐也有新发现。"

同事说着，便拿出一张照片，指着照片说道："同款的啤酒，一盒至少有六罐，而凶案现场我们只找到了一个空罐，还有四罐被凶手注射了毒药。换句话说，还有一罐啤酒不翼而飞了。这恰好从侧面印证了一点，死者中毒死之前，家中绝对有第三者。"

张霖也趁机插了一句嘴道："没错，我们还找到了购物小票，小票上显示的时间，那些啤酒是在死者死亡当天所买。同时，死者还在当日购买了大量食物。如果这么做是为了招待客人，那后面的事儿就都能理清了。"

"简而言之，凶手受死者邀请到家做客，其间将毒药注入啤酒中，成功毒死了唐少军。作案成功之后，凶手特意对现场进行了处理，成功擦去了自己的作案痕迹，还带走了自己打开的啤酒与唐少军的手机。"

傅北辰负责进行最后的案情大会总结，开口说道："从明天开始，发动各种力量积极走访周边群众，看能不能获取什么有价值的线索。只要把这个所谓的龙哥给揪出来，案子就会真相大白了！"

傅北辰话音刚落，只见丁法章站起身，不紧不慢地说："关于龙哥，我有别的看法。"

傅北辰点头示意丁法章继续说下去。丁法章冲傅北辰报以微笑，开始接着往下说。

"关于上一个死者刘俊，后来我又展开了调查，发现他的老家是邻市的，而邻市的人说话都带有一定口音。至于刘俊口中的龙哥，咱们有可能会错意了，加之之前提到过，刘俊处于醉酒的情况下说出这一消息，所以必然存在一定信息误差。"

傅北辰皱眉反问道："那依你所见，这个龙哥会是什么情况？"

丁法章想了想，又举出了几个例子："邻市的口音，通常L和H、R等音不分，加上为醉酒状态，人的发音会更不标准。所以，我认为在调查中，要多多关注名字、绰号里带有龙字的人，同样隆、红、洪、荣等字也应多多注意。"

丁法章的这一推断确实有一定参考价值，傅北辰点头的同时，脑海中瞬间想到了一个人——胡正荣。这个名字让他的呼吸错乱了几秒，匆忙调整好状态。安排完相关的调查任务，这次的会议就正式结束了。

丁法章打开面前的电脑，打算查一查唐少军的手机通讯与手机定位，不出他所料，唐少军的手机已经处于关机状态，而信号的位置显示，此时他的手机正位于城南的郊区地带。

傅北辰听丁法章这么一说，唯有无奈地摆了摆手道："实在有点棘手，因为城南郊区是一个垃圾处理厂，这个手机多半不可能找到了，现在就希望相关的通话记录和短信记录能帮上咱们吧。"

丁法章点头，还想继续往下说。傅北辰却以为丁法章太劳累，便开口让丁法章去一旁休息一下。今夜的这番忙碌过后，傅北辰不免有些饥饿，他看了一眼满脸倦态的丁法章，点外卖时又顺带多加了一个粥。

丁法章犹豫了许久，还是开口说道："关于通话记录，我有件事想和你说。"

傅北辰"嗯"了一声，定眼看着丁法章道："到底是啥事？咱俩这关系你直说无妨。"

丁法章神情严肃地回答道："这事与赵佳慧有关，我希望你不要生气。"

傅北辰有些疑惑，为何丁法章会突然查赵佳慧的通话记录，这多少有些不符合常理。

"我知道你肯定很纳闷，我为啥查她的通话记录？其实，我也不是特意去查她，郑译的案子还没破，因为后来发生了几起案子暂时耽搁了，我这段时间还在继续跟进。上次你给赵佳慧打电话联系时，我无意间看到了她的手机尾号。"

丁法章将电脑拿到傅北辰面前，那是他调查之后所做的记录，郑译的通话记录被他做好了分类，依据联系频率依次罗列了出来，其中一个号码被特意打上了红色的标记。傅北辰见了心中一动，微微点头示意，顺便打开手机，调出赵佳慧的电话。果不其然，与赵佳慧的电话完全吻合。

"她和郑译确实有过联系，之前她和我说过，因为她与郑译闹过矛盾。"傅北辰解释道。

"不，我反而不这么认为，单从联系频率和通话时长上来看，赵佳慧和郑译的关系不太对。二人之间虽然不会经常联系，但也一直保持着低频的联络，这样的联络已经保持了将近两年。"

傅北辰有些吃惊，他不知该如何向丁法章解释，或者说这样的问题，傅北辰不便开口说。

"我之前跟你也说过，从监控里发现了赵佳慧和郑译二人同出同入的画面。"丁法章顿了顿，又继续往下说，"事实上，我还发现过这两人的关系特别隐秘，曾经共同出入过酒店，而且你多半没注意到，郑译的家里还有一些女士的生活用品。"

258

傅北辰不知如何回答，突然有一种被欺骗了的感觉。赵佳慧和郑译到底是啥关系？她和胡正荣又为啥离婚，直至走到今天这一步？他感觉就像一个傻气小丑，被赵佳慧多次欺骗跟循环利用。

　　丁法章看着脸色很难看的傅北辰，伸手拍了拍他的肩膀，并出言安慰道："北辰，我知道这情况让你很为难。但有句话我要对你说，我觉得赵佳慧和胡正荣都有问题，尤其是胡正荣。虽然现在一切都还在调查中，我不便妄下结论，但你有没想过，结合我方才说的那些东西，眼下咱们遇到的难题，会不会有另一种答案？"

第四十四章　黑客组织，死亡征兆

四周的温度突然变冷，丁法章有些不太适应。他卷了卷身上的衣服，闭着眼轻哼了一声。

在市局的办公室加班至后半夜，丁法章实在熬不住了，一头倒在了面前的办公桌上。按理说现在才不过 8 月份而已，为何会突然这么冷？丁法章突然觉得有些不对，他再次猛然睁开眼，果然那个熟悉的场景再次出现了。

丁法章这次没像往常那么慌张，因为他知道这些都是梦境而已，不用太害怕跟畏惧。或许是暗示起了些用途，丁法章渐渐感觉周围变暖了许多，随后四周还有了光亮，一直以来不见天日的冷冻库，居然开始有光亮了！

突如其来的光亮让丁法章不太能适应，他下意识抬手挡住了眼睛，许久之后才睁开。但眼前的一幕让他恐惧到了极点，因为地上横七竖八躺着好几具尸体，他认出了其中的一具死尸，正是之前在凶案现场才见过的劫匪之一——唐少军。

一股不祥之感从心中疯狂涌出，丁法章强压住内心深处的恐惧，强迫自己去辨认地上的那些尸体。不多不少一共有四具尸体，分别对应着刘俊、郑译、唐少军，这三具尸体均保持着生前最后一刻的姿态，脖颈上的勒痕，后脑上的血迹，紫黑色的嘴唇，这些特征让丁法章触目惊心。

当丁法章看向最后一具尸体时，感觉自己的血液全部凝固了，因为那具尸体是傅北辰！

此时的傅北辰双目圆睁，脸色惨白，胸口上还插着一把水果刀，刀刃已经完全没入了体内，只剩下黑色的刀柄裸露在外边儿。丁法章再也坚持不住，他快步冲上前去，将傅北辰从地上抱起来，大声咆哮道："北辰，你快醒醒，你不能死啊！"

丁法章怀中的傅北辰身体冰冷且僵硬，明显已经死亡多时了。至于平日里那双英气逼人的眼睛，早就毫无生气了，只剩下瞳孔中那无尽的怨念跟惊讶，看着像是要诉说某些不甘之事。

丁法章已经无法控制自己悲伤的情绪了，双眼早被泪水模糊，巨大的悲痛从心底翻涌而起，因太过悲伤暂时无法言语。然而此时，一阵沉缓的脚步声传入他耳中。顺着声源方向，他徐徐抬头看了过去。果然，不远处站着面带阴笑的胡正荣。

"胡正荣，我要杀了你，为北辰报仇！"丁法章愤然起身，朝胡正荣的位置跑了过去。

胡正荣站在原地一动不动，他还是面带笑意看着丁法章，就像观看某种滑稽的表演。突然，胡正荣随意努了努嘴，那个表情诡异无比，提醒丁法章注意身后。但此时丁法章脑海中只想为傅北辰报仇，结果身后又传来了熟悉的声音。

"丁法章，你别瞎跑了，快到我身旁来。"傅北辰从地上站起来，另外三具尸体也活了。

随后，这四个人齐齐朝丁法章招手，脸上均挂着诡异的笑容，四个人的动作和频率极为一致，看上去十分机械，不由让人头皮发麻。看着眼前这诡异的场景，丁法章只觉自己坠入了万丈冰窖，再也无法动弹半分，喉咙亦不能发出声音。

胡正荣已经迈步到丁法章身旁，他故意在其耳旁低语道："别犹豫了，快去陪傅北辰吧。"

霎时间，丁法章的身体传来剧痛。他低头一看，发现刀尖穿破了衣服，血正疯狂往外狂喷。

随后，只听"啊"的一声惊叫，丁法章从梦魇中猛然惊醒，脸上蓄满了黄豆般大小的汗珠。

办公室中的警员齐刷刷看向丁法章，那些警员都因丁法章的惊叫而被迫中断了手上的工作。唯有傅北辰知晓丁法章经历了什么，他走上前望着丁法章低声问道："法章，你还好吗？咋又做噩梦了？"

"北辰，我没事儿，你也知道我这是老毛病了。"丁法章说着，深呼吸了好几次，又闭着眼摇了摇头。傅北辰又转身示意众警继续工作，然后他带着丁法章走出了办公室，二人一起上了市局的天台。

此时已经天色微亮了。从楼顶上看去，城市中的灯光还未褪去，车流逐渐多了起来。

远处的居民楼中，也有了星星点点的灯光，不知是早起还是通宵未眠。看着眼前熟悉又美好的画面，丁法章只觉自己是劫后余生。他甚至萌生出了一个念头，想要劝傅北辰中断调查，可他知道这绝不可能。

"刚才我就应该上去把你叫醒，我看到你皱眉，就知道你做噩梦了。"傅北辰将身子靠在栏杆上，将肺里的浊气呼出，贪婪地吸取着新鲜空气，"法章，难道你以后就准备这样一直下去？"

关于这个问题，丁法章自己都十分茫然，而面前之人也是他潜意识中足够信赖的人了。

在梦中，傅北辰亦多次出现，可同样无法逃脱诡异的命运。丁法章其实特害怕，他怕梦中的场面都会变成真。或许是时候道出那个秘密了，就算不能成功摆脱梦魇，也要让傅北辰有所警觉。

"网上那篇报道你应该已经看过了，报道里的主人公确实是我。"丁法章突然开口道。

傅北辰很惊讶，但更多的还是欣喜，因为这代表丁法章信任他了，将他视为好兄弟。

"那时的我太过年少轻狂，觉得什么东西都无所畏惧。那时候，不管啥事，对我而言均很新奇。因为一时脑热跟好奇，我加入了一个黑客组织。成功加入黑客组织后，更目中无人了。但我怎么都没想到，这种过度的自大，会成为伤己的无形利刃。"丁法章长叹了一口气，开始勇于直面那段往事。

"因为理念上不合，我和组织里的绝大多数人都有分歧跟矛盾，组织要求我们无条件执行任务和命令，任何成员均不可违背。起初我对这要求不太反感，可随着我进一步深入了解后，我才发现自己想得太简单了。"

傅北辰微微颔首，没有出言打断丁法章，只是默默站在一旁，当一个合格的倾听者。

"组织经常会要求我们去弄违背原则的东西，包括干一些违法踩线的事，这和我加入组织的理念完全背道而驰。我当黑客是为了实现理想，但那些人却将利益视为重点，到头来为了利益，可以牺牲一切，甚至是无辜者的生命！"丁法章说到此处，肩膀都开始微微颤抖了起来。

而傅北辰从丁法章的描述中能猜出这个黑客组织的性质多半并不寻常，甚至可能是游走于法律边缘的那种地下组织。这类组织处事往往心狠手辣，根本毫无人性可言，只要钱到位啥都肯干。

丁法章定了定神，继续往下说道："从此之后，我就开始想方设法摆脱组织的控制。组织发布的那些任务，我大多时候也选择找借口拒绝掉或者故意搞砸。再后来，我主动提出要退出。组织高层虽然极力挽留，但后来还是放走了我。"

傅北辰自然万分疑惑，既然已经成功摆脱了，为何丁法章还会变成今日这副悲惨模样？

丁法章能瞧出傅北辰的疑惑，苦笑着回答道："那时我太天真了，和你现在所想完全一样，只要退出就等于斩断了瓜葛。但组织那边其实一直不太放心我，怕我会泄露一些东西出去，后来我中了组织所设的圈套。"

"组织的高层假冒成国内知名 IT 企业，对我发出了一个邀请面试，将我成功骗到目的地后打昏了我，然后锁进了事先准备好的牢房里。"丁法章说这些话时，脸上痛苦的神色丝毫未减，"其实那不过是一间冷库而已，组织的目的很简单，就是想让我活活冻死在冷库里，让我带着组织的那些秘密，一起去地狱见阎王爷。"

傅北辰早已无比震惊，他没想到这个组织如此胆大包天，公然罔视法律，残害他人性命。

"组织的人都是活在阴暗角落中的害虫，只敢隐藏于网络背后，凭借那些黑客技术来躲过制裁。所以，那时法律对那些人而言并没啥威慑力。"丁法章将话锋一转，很肯定地继续说，"如果是放到现在，他们绝不敢这样做。"

"后来呢？发生了什么事？"傅北辰追问了一句，他看着丁法章，内心略带酸楚之感。

"我开始以为组织会放过我，所以当他们下令要求我啃食生肉，我为了活命也只好照办了。他们还把啃肉过程在内网上进行了直播，借此来警告组织中的成员，纯粹就是为了杀鸡儆猴！"

"后来，组织中有人实在看不下去了，就好意替我偷偷报了警。如果那时没人报警，或许我现在早就去见阎王爷了。"丁法章满脸苦笑，转过脸望着傅北辰继续说，"当我成功获救之后，第一件事就是把组织的罪证全交给了警方，用我的方式把他们给连根拔起了。可从那时候起，我也无法正常生活了，畏惧所有人的视线，抵触吃饭和吃肉，甚至无法入睡，每当一闭上眼，就会回到那个黑暗的冷库。"

光听丁法章描述，就让傅北辰有点吃不消了。他伸手拍了拍其肩膀："以后我们一起面对。"

丁法章笑着与傅北辰道谢，然后说出了自己最新的梦境场景："北辰，可我最近两次做噩梦，里头的场景都是你被胡正荣杀了。就不久前的那个噩梦，他同样也杀了我。我觉得咱们俩要多加小心了，有时候梦其实也是一种征兆。"

第四十五章　幕后老板，紧急求救

天色渐渐大亮，傅北辰跟丁法章离开了天台，二人返回办公室中，准备开展最新调查。

二人才刚刚坐下一会儿，随意吃了点零食饱肚，张霖就主动提议走访调查唐少军的表舅。

对这个提议，傅北辰高度认可。他决定亲自带队走一趟，好向唐少军的表舅了解一些情况。

10分钟后，傅北辰驾车载着自己的头号大将张霖，火速赶往唐少军表舅所在的居住地。

傅北辰这次花了一个小时，才找到了唐少军表舅的住所，并成功与表舅见上了面。

"警察同志，这孩子之前跟我提过一嘴，说是去了啥地方当保安，老板很赏识他，还准备破格提他当经理。眼看日子能越过越好了，人咋说没就没了。"表舅说着，泪水不禁夺眶而出。这位老人已经年近花甲，身躯也佝偻了，而且一条腿还不太利索。当他从傅北辰口中知晓唐少军遇害，更是悲痛欲绝。

"我知道他虽然脾性不咋好，但至少不算啥大恶人，到底是谁和他有仇？非要杀他不可？他爹离世时特意千叮咛万嘱咐，让我千万要照看好他，不要走上啥不归路。但现在人突然就没了，这让我死后有何面目

266

去见他爹？"老人说着，早已涕泪横流，显然还不太能接受唐少军死亡的事实。

傅北辰看着，心中也很不是滋味儿，开口安慰道："大爷，俗话说人死不能复生，您也别太难过了。我们此番特意前来找您，就是希望能找到些线索，来揪出杀害唐少军的真凶。我们警方定会为他讨回公道。刚才您说的那个老板，唐少军可有与您提起过别的相关信息吗？比如说老板的名字，或者工作的地点。"

傅北辰决定暂时隐瞒唐少军参与金店抢劫的事，他蹲下身子，耐心等待老人的答复。老人也抬手擦了擦眼角，思索良久之后，还是无奈地摇了摇头。众警虽然心头有些失落，但还是礼貌性地告辞了。因为眼下老人的承受力太弱，如果继续追问的话，估计会造成不太好的结果。

"傅队，你说这个唐少军为啥找到了工作却不让身边的人知道？而且对他表舅也缄口不言，只稍微透露了一些情况。"张霖调查了唐少军的全部资料，所以对唐少军的行径十分了解。在调查的过程中，根本没有任何迹象显示他曾到过某公司正经工作过。可方才按照老人的说法，唐少军显然在工作上有了些成就。

傅北辰也沉思了一会儿，接着话茬继续道："那说明唐少军不想让人知道这份工作。换言之，这份工作不能见光。你就算去查，也很难查清里头的门道。既然刚提到了工作，那就去查查唐少军的银行流水。如果真有替人干活，银行账目肯定会变化。毕竟，这年头用现金结账的不多了，说不定能有些新发现。"

张霖也赞同这一办法，于是调取出唐少军的银行开户信息及流水，开始逐一核对。

这一查果然发现了大问题。从今年年初开始，唐少军的银行账户上，每个月都会被人不定时打入一笔钱，虽然数额并不多，但足够一个人维持日常生活。只是这些打款信息并没固定日期，看上去根本不像发工资，反而更像开口索要之后的日常救济款。

"赶紧查一下，给他不定期打钱的人是谁。"傅北辰果断下令道。

半响之后，张霖很惊讶地回答道："傅队，给他打钱的人是胡正荣。"

"胡正荣？"傅北辰立马凑上前去反问了一句，"你确定不是同名同姓？"

张霖点了点头，将汇款账号的开户信息调出来给傅北辰看，确实是胡正荣没错。

"傅队，胡正荣现在的嫌疑很大，我们要依法传他到局里问话吗？"张霖试探性地问道。

傅北辰心里暗自思索，眼下真相看似已经呼之欲出，但还是缺少一些关键的东西将所有事件联结起来。傅北辰总觉得如果现在贸然行动，不仅无法解开真相，或许还会提前打草惊蛇，导致竹篮打水一场空。他摇了摇头，又想起了之前赵佳慧的反常举动。而丁法章也多次提醒他，赵佳慧一定隐瞒了什么事情。或许从赵佳慧身上入手，会是一个不错的突破口。

傅北辰跟张霖又火速赶回了局里，找到了坐在电脑前的丁法章，说了银行流水的事。

随后，丁法章便调出了一段监控，耐心冲傅北辰解释道："北辰，这段画面是我后来在离唐少军家较远的一个监控意外发现的，虽然没啥直接的用途，但或许能帮你理清一下思路，有助于确立侦破方向。"

丁法章说完，就点开了视频。屏幕上开始出现一个身穿黑色运动服的男人，正低头站在路边拦车。监控上的时间显示是今年的 6 月初，那时天气已经很热了，就算穿着短袖短裤都无法忍受，傅北辰对此记忆格外深刻。但监控中的男人还是一身的长袖运动衣，脑袋上还戴了一顶棒球帽，黑色的口罩将整张脸都给掩盖住了。显然，男人是想隐藏自己的身份。

"若无意外的话，这个男人就是那位有钱的幕后大老板。"丁法章指了指屏幕解释道。

"依据呢？"傅北辰皱眉反问，他没忘记丁法章之前说过，唐少军家附近并没啥监控系统，所以调查起来相对比较困难。既然如此，丁法章为何能确定这个男人就是警方要找的那个幕后大老板？

"因为我在刘俊家附近的监控里，也发现了这个人的身影。"丁法章打了个响指回答道。

这话一出，傅北辰惊呆了，忍不住感叹道："这天眼也太强了，简直让人无处遁逃啊！"

丁法章看出了傅北辰的心思，紧接着打开另外一段视频，特意指给了傅北辰看。

视频里那个人正朝着某个方向前进，那人正是胡正荣。

"这个男人就是胡正荣吧？"傅北辰心中虽然已有了答案，但还是忍不住发出了一个疑问，"但我看刚才视频里的那个男人，很明显要比胡正荣高和胖，你咋证明他就是胡正荣本人？"

"我暂时没法直接证明。"丁法章很果断地摇了摇头，话锋一转继续说，"目前我只能根据他行动的时间段，来展开较为合理的推断。陌生男人去见二人的时间，与胡正荣出门的时间大致吻合，但这根本不能说明什么。我猜胡正荣应该有乔装打扮过，一个人要变矮和变瘦特别困难，但变高跟变胖分分钟能办到。"

丁法章这个说法倒没错，要变高只需几双增高鞋垫，想变胖也就多穿几件衣服便可。

"郑译案我也有了新发现，依旧出现了这个人的身影。"丁法章丢出一个重磅消息。

原来，丁法章调查报案人口中提到的神秘老板有所收获后，又回头对郑译案进行了全新的梳理，在监控中成功发现了那个熟悉的身影。虽然是不同的衣着和装扮，连体型与身高也不太相同，但那走路的形态却离奇一致。

"胡正荣极有可能是杀害郑译的凶手。"丁法章道出了自己的判断，他望着傅北辰继续提议，"我认为咱们是时候要展开行动了，这个胡正荣有不少问题啊！"

"先派人去把胡正荣监控起来，如果他有任何反常的行为，立马当场逮捕！"

丁法章又想起了自己的那个梦境，出言叮嘱道："北辰，你千万要注意安全。"

傅北辰也点了点头，劝慰道："你别太担心了，那就是个梦而已，案子很快就要结束了。"

傅北辰转身去安排工作，丁法章久久无语，天色开始渐渐暗了下来，黑暗准时降临了。

忙完局里的工作之后，傅北辰驾车向家中赶去，连续不停地加班查案，他已经很久没睡过一个好觉了，回家洗个澡换身衣服，然后好好倒头大睡一觉。这是傅北辰心中此刻最大的愿望。

夜晚的道路很通畅，完全不堵车。经过一个红绿灯路口处时，副驾驶位上的手机突然响了起来。傅北辰急忙向手机屏幕看去，他担心是局里来电话了，但打电话的却另有其人，屏幕上显示着赵佳慧的名字。现在已经将近晚上 11 点了，赵佳慧为何会突然深夜致电？傅北辰带着疑惑，接通了电话。

傅北辰很快就听到电话那头传来了求救声："北辰，快来救我，有人要杀我啊！"

傅北辰心中大惊，赶忙发问道："佳慧，你这会儿在啥地方？到底是谁要杀你？"

电话那头，赵佳慧带着哭腔道："我，我还在上次的那个酒店公寓，你快来吧，求你了。"

傅北辰顾不上太多，他立马调转了车头，按照记忆中的地址驾车狂奔而去。不到10分钟，傅北辰就将车停到路边，推门下车来到那所公寓的楼下。他三步并作两步，快速朝楼上奔去。赵佳慧的电话不知何时已经断了，这让傅北辰更加不安，下意识又加快了步伐。

到了房门口，傅北辰已经上气不接下气了。他用手猛敲着房门，大声呼喊赵佳慧的名字。

没过一会儿，赵佳慧就打开了房门。看到赵佳慧平安无事，傅北辰才松了一口气。他注意到赵佳慧浑身颤抖，正要开口问到底啥情况，赵佳慧就一把将他拉入了房里。

进入房间后，赵佳慧先将房门反锁，又拖过来一把椅子，将房门给堵住，她甚至还不放心，又将房门上的猫眼用纸巾浸湿了堵上。这一系列的行为让傅北辰极为震惊，急忙开口发问道："佳慧，你最近怎么了？到底是谁要杀你？"

第四十六章　遭遇欺骗，暗中监视

傅北辰定眼看着不远处的赵佳慧，总觉得她的精神状况不太正常，看起来像受了大惊吓。她的眼神极为涣散，身子时不时还微微颤抖，偶尔还能听见她牙齿在口中打战的声音。此时的赵佳慧早已满脸泪痕，连头发也乱七八糟。即便有傅北辰这个警察在，她的情绪亦无法稳定。

"佳慧，你别怕，跟我说到底发生了啥事？你说了，我才能帮你。"傅北辰温柔地说道。

赵佳慧蜷缩身体靠在床角，完全不敢抬头，也不回答任何问题。傅北辰见状，只能快步走上前去，蹲下身子默默陪同赵佳慧。赵佳慧平复片刻后，她直接趴到傅北辰的肩膀上放声号啕大哭，许久之后才渐渐停止哭泣。

但赵佳慧再次开口的第一句话便是："北辰，他要杀我，你要救我！"

傅北辰脸色一沉，皱眉反问道："胡正荣来找你了？"

听到"胡正荣"三个字，赵佳慧又打了个哆嗦。傅北辰更加确定自己没猜错，他将赵佳慧扶了起来，寻找许久后才拿着纸杯倒了一杯水给她，一边安抚赵佳慧的情绪，一边试图挖掘不为人知的线索："佳慧，你是不是有啥事瞒着我？"

赵佳慧捧着水杯，低头一言不发，看样子内心貌似还有不少顾虑。

见赵佳慧不愿开口，傅北辰决定逐步深入。他问道："他为啥事找你？为啥非杀你不可？"

赵佳慧又开始低声哭泣，期间不停摇头，可就是一言不发。这哭哭啼啼的场景让傅北辰有些恼火了，他站起身朝门口走去，他原本只想将堵在门口的杂物挪开，可这一举动让赵佳慧彻底失控。

赵佳慧基本上是连滚带爬，从床上滚到傅北辰身边道："北辰，你别走，他还没走远。"

傅北辰也被赵佳慧这种举动给吓了一跳，他心中有些不忍，只能扶着赵佳慧坐下。

良久之后，赵佳慧权衡好了利弊，才决定道出内情，开始断断续续地讲了起来。

"我和胡正荣已经协议好要离婚了，可他还不放过我。他说是我毁了他，如果我离开了他，他就要毁了我，要么就跟我同归于尽。北辰，我实在太害怕了，这几晚我总能听到有人在我房间门外走来走去，我以为是别的租客。可今晚我趴在猫眼那往外头看，门外站着的人就是胡正荣！"

赵佳慧越说越怕，然后又压低声音道："北辰，他肯定是想跟我同归于尽，他不想离婚。"

傅北辰又想到了那些监控，定神抛出一句狠话："佳慧，若你信我，就把事儿说出来！"

赵佳慧一边抽泣一边点头道："北辰，你可能都不知道，胡正荣是个控制欲超级强的人，他不允许我有任何的不顺从，这些年我已经受够他了。他不允许我和任何男人有正常来往，不允许我和任何一个男人说话，连你也被他认为是和我关系不正当的人。这样的人有多可怕，你知道吗？"

傅北辰自然知道控制欲太强的人有多可怕，又继续追问道："他为什么说你毁了他？"

赵佳慧又选择了沉默，然后脸上露出了很为难的表情，显然是有难以启齿的隐情。

傅北辰也顾不上彼此之间的脸面了，直接问道："佳慧，你和郑译到底是啥关系？"

赵佳慧依然沉默不言。傅北辰顿了顿，又继续往下说道："佳慧，我一直拿你当好朋友对待，所以你遇到困难跟危险时，我愿意全力帮助你。但我不希望自己像个傻子，如果你不愿告诉我真相，事情只会越来越糟。"

赵佳慧低下头去，用手纠扯着自己的头发，显然还是不知怎么开口说。

"我查案时就发现了不少问题，包括你和郑译的那些通话记录以及那个监控画面。"

听到这话，赵佳慧当场崩溃了，她大声咆哮着："对，我是和郑译发生过关系，这事确实是我不对，可我已经知道错了，他为何还不愿放过我？非要我和郑译一起死了，他才能满意吗？"

彻底爆发的赵佳慧下定决心，要把一切都冲傅北辰和盘托出："从结婚以后，他就一直把我当成他的附属品，我根本就不是一个有灵魂的人，时刻活在他的操控之下，我早已经伤痕累累了。你根本无法想象他有多病态，我只是筷子摆放不到位，都会遭到怒骂甚至暴打。他就像一个喜怒无常的神经病，时而对我很好，时而对我很坏。我真的无法承受这分裂般的对待。多少次，我决定离开他，可到了最后又狠不下心来。"

赵佳慧说着，又是凄惨一笑。她深吸一口气，继续道："周围的人都以为我过上了锦衣玉食的阔太生活，表面上那么风光体面，可是除了郑译，有谁能懂我心中之苦？那时候，我确实想过要和郑译远走高飞，脱离那无比痛苦的生活。可还是怪我太天真了，因为那些男人都不是真心待我。"

"郑译刻意接近我，只是想借我的手整垮胡正荣，一切都是一场骗局，亏我还以为自己找到了真命天子。"赵佳慧说着，不禁昂头苦笑，眼泪也狂流不停，"郑译靠着我摸清了胡正荣的底，成功设了一个大圈套。那时候，我才发觉，原来我一直被人利用。当我知道真相时，胡正荣已经彻底中招了，生意一败涂地，外债也越欠越多。"

傅北辰消化了许久，才继续发问道："这些事，胡正荣知道？"

赵佳慧抬手抹掉眼泪，摇摇头回答道："他不知道。"

傅北辰听完后，眉头拧成一团，抬头看向赵佳慧质问道："佳慧，你没骗我吧？"

赵佳慧没说话，只默默点了点头，但眼神还是有点不正常，显然没有讲实情。

傅北辰心知肚明，但还是不动声色地问道："你为什么现在又要离开他？"

"我实在受不住了，前一段时间，他误以为我和你关系不正常，经常打骂我。"

"佳慧，你知道金店遭劫之后，损失的部分将如何进行补偿责任划分？"

赵佳慧想了想，如实回答道："北辰，说实话，这个我不太清楚，因为我不是股东。"

"按股份制划分，几百万的损失，折算胡正荣的股份下来，最多也只赔偿四分之一，也就是两百万左右。"傅北辰不紧不慢继续说，"可你说生意亏损需要他全部承担，甚至卖掉了房子，末了还要你们共同承担一些债务。"

可赵佳慧对这一切都并不知晓，她的眼神中闪过了一丝恨意，显然她被胡正荣给骗了。

"你被他骗了吧？"傅北辰继续说，"还有一件事，你没忘记我提过的劫匪嫌疑人吧？"

听到这个问题，赵佳慧的神情有些慌张，点了点头道："我没忘，有什么新发现？"

"那些劫匪都死了，一个被勒死，一个被毒死，加上郑译，已经有三个人死了。"傅北辰顿了顿，犹豫片刻才又开口，"佳慧，你要是知道什么内情，就赶紧都告诉我，继续隐瞒对咱们都没好处。"

赵佳慧还是沉默着一言不发。傅北辰决定再下一剂猛药："佳慧，我们警方怀疑胡正荣是幕后的始作俑者，希望你能跟我说出真实内情。"

赵佳慧依旧不肯说话。傅北辰起身走到门口，将阻碍物挪开，但赵佳慧并没阻拦。

"你如果想起什么，就打电话给我，找我帮忙也行。"傅北辰说完，开门走出了赵佳慧的房子。他一路走进车里，才拿出手机给张霖打了个电话。电话接通后，他直接下令道："小霖子，赶紧派几个兄弟来悄悄保护赵佳慧，对胡正荣的暗中监视也不能中断，咱们要随时知晓其一举一动。"

第四十七章 脱离监视，真相大白

经过警方的暗中监视证明，赵佳慧的感觉还真没错，胡正荣总会出现在其住所不远的地方。不过，单从表面上来看，他貌似并无太大敌意。那晚，傅北辰离开后不久，胡正荣也从楼中离开了，驱车赶回自己的住处。

负责监视的警员实时向傅北辰汇报胡正荣的一举一动，这也让傅北辰放心不少。他原本非常担心赵佳慧的安危，从胡正荣目前的状况来看，还是无法排除他会不会做啥过激举动。所以，采取全程实时监控是最为稳妥和安全的办法。

不过，直到现在，傅北辰都无法理解一件事，就是赵佳慧为何不肯开口说出真相？从她的那番描述中能判断出来，胡正荣就是一个时好时坏的情绪分裂者，但她何苦还要帮胡正荣隐瞒呢？

傅北辰将心中的疑惑同丁法章讲了，丁法章反问道："什么情况下你也会这么做？"

傅北辰想了好一阵儿，才开口回答道："当我和这事脱不开干系时，我也会保持沉默。"

随后，傅北辰继续分析道："法章，你说她咋跟大劫案挂钩呢？胡正荣把自己所有的资产都变相转移了，甚至还给她头上安了一大笔债务，这对赵佳慧来说没半点益处。这种情况之下，她还要替胡正荣隐瞒，实在有点不合常理啊！"

"北辰，你说她是不是有啥把柄被胡正荣给抓住了？"丁法章突然反问了一句。

那这个把柄到底是什么呢？二人苦思许久都无解，一时间又陷入迷惑之中。

而另一边，关注赵佳慧和胡正荣的警员发现了异常情况，向傅北辰进行了汇报。

"傅队，胡正荣整整三天没出门了，我觉着这情况太反常了，要不我带人破门行动？"

傅北辰听到这个消息，心中也暗自一惊。此时，他脑中浮现出了不少想法，难道胡正荣畏罪潜逃了？但事实上并非如此，负责监视的警员很快就又有了新发现，因为胡正荣突然现身了，还亲自签收了一个快递。

众警这才松了一口气。张霖不想继续等下去了，他开口问道："傅队，我们不能直接去把胡正荣给抓起来吗？反正证据已经差不多了，只要稍加审讯就能真相大白，为什么还要苦苦傻等？"

傅北辰摇摇头，一脸平静之色反问道："你说胡正荣是凶手，我且问你几个问题。首先，那些赃物何在？监控有没有拍到他动手杀人？他既然是幕后真凶，为啥还要卖掉自己的房子抵债？"

张霖顿时哑口无言，确实傅北辰先前提到的那几个问题，才是能否将其定罪的核心关键。

"张霖，越是这个关键的时刻，咱们越不能操之过急。"傅北辰先是顿了顿，又继续往下说，"赵佳慧是我们唯一的突破口，她的心理防线已经快垮了，我们只需暗中保护好她即可。到时，她若能出面当人证的话，更加有利于我们拿下胡正荣。"

但人算不如天算，意外再次发生了，负责保护赵佳慧的警员传来信息——赵佳慧失踪了。

　　这个消息等同于大噩耗，警员最近这段时间一直保护着赵佳慧，她最近的情绪较为稳定，已逐渐恢复了正常的生活习惯。她每天作息也极为规律，时常还会外出采购日常所需的生活用品。

　　赵佳慧如往常一样出门，负责暗中保护的警员以为，她只是短暂外出去超市采购，却几个小时都不见人回来。直到警员反馈情况时，已经将近6个小时，这种情况实在过于反常了。

　　"胡正荣有没外出？"傅北辰第一时间想到了胡正荣，问过负责监视的警员后，确定胡正荣并没外出过，因为从监控的画面上来看，他一直都在房屋中活动。这一消息让傅北辰稍微安心了些，刚想和丁法章商议后续的工作安排。

　　但事态却突然急转直下，负责监视胡正荣的警员再次发出信息，胡正荣也离奇消失了。

　　"你们都是睁眼瞎？胡正荣这么一个大活人，你们三四双眼睛都没看住！"

　　负责监视的警员也开口抱怨道："傅队，那家伙太狡猾了，每天晚上窗口都会有人影，我们以为他在房间中行动。刚才发觉不对劲之后，开始近距离观察，发现他别墅的后窗被打开了，人也早就从窗口那边逃走了。窗户上夜晚的人影就是他前几天网购的一个投影仪，到点会自动播放。"

　　傅北辰也不想责怪负责监视的警员了，他很郁闷地单方面切断通信设备，眼下这个情况可谓全面失控了，因为胡正荣一旦逃离，最有可能先去找赵佳慧。而赵佳慧也相继离奇失踪了，这样看来绝不可能是巧合。

"我先调监控看看吧，说不定会有发现。"丁法章开始操控电脑，试图定位赵佳慧的行动轨迹。但一番调取之后，丁法章便阴沉着脸说，"赵佳慧刻意躲避着各种监控，只要路过有监控的地方，她都会拉下帽檐。在公交车站时，她故意混入人群里，乘车后又专门中途下车，还前往商场换了装扮。"

"她到底想干什么？"张霖不禁有些恼火，这个女人实在是太会添乱了。

"行了，当务之急是要马上找到赵佳慧。他们两人一起离奇消失，这太不正常了。"

就在此时，傅北辰的手机响了一下，打开一看是一条短信，而短信的内容是一条链接。

"定时邮件。"丁法章对链接很敏感，便让傅北辰转发给他，立刻在电脑上打开了链接。

"北辰，我要先承认我的罪行，杀郑译的人是我。我跟郑译认识之后，干了不少对不起胡正荣的事。后来，当我醒悟时，为时已晚。之前，我多次找到郑译，想求他收手放胡正荣一马。但后来因为一次争吵，我动手推了他一下，他就撞到了那个铜像上。

"很快，胡正荣就发现我杀了郑译，但他没有告我，而是亲自潜入郑家抹去了一切痕迹。那时候，我很感激他这样帮我。可当我在家中发现众多金饰后，我才明白了过来，金店劫案背后的大主谋就是他！

"因为当初郑译给胡正荣下了套，害他背上了巨额债务。郑译本想借此吞掉胡正荣的份额，顺便让他倾家荡产。但胡正荣看穿了郑译心怀不轨，他悄悄将金店的资产给悉数转移了，同时还专门定了一批假珠宝金饰，金店抢劫案劫匪抢到的那些都是假货，根本就不值钱！

"胡正荣敢这么弄，确实很冒险。但凭借这一鬼蜮伎俩，他成功填补了之前的亏损。这跟抢劫案所要承担的损失相比起来，简直微不足道。同时，郑译一死，之前那些比较复杂的账目，就注定死无对证了。

"其实，从一开始，胡正荣就没打算让那些劫匪活着。他承诺事成之后会分钱，可那些劫匪不知道抢的都是一堆假货。那时，胡正荣正身负巨债，换出来的东西早就填了亏空，唯有灭口才是最安全的办法。

"北辰，他心中一直恨我，所以这次肯定不打算放过我。当他邀我赴约时，我已经明白了一切。替我保守杀人之事是假，亲手折磨我至死才是真。一个背负命案的人，又怎会主动去找警察？至于我自己，已经犯下了如此多罪孽，我只能以这样的方式告诉你真相，谢谢你一直以来对我的帮助和保护，你是一位认真负责的好警察。"

看完赵佳慧的这封信之后，众警均是惊讶不已。很明显，赵佳慧是想跟胡正荣拼命了。

"立马行动，全市范围内展开大排查。一定要在悲剧发生之前，找到胡正荣跟赵佳慧！"

傅北辰当即下了最新命令，众警自然也是蓄势以待，随时能投入到大排查的工作之中。

就在此时，傅北辰放在办公桌上的手机再次响起了，屏幕上正显示着胡正荣的名字。

第四十八章　冒险赴约，定时炸弹

众警的心顿时悬到了嗓子眼。傅北辰急忙拿起桌上的手机，接通后传出了胡正荣的声音。

胡正荣开门见山问道："傅警官，请问你有时间吗？我想跟你见一面。"

傅北辰当机立断，出言反问道："没问题，我们约什么地方见？"

胡正荣似乎对傅北辰的反应非常意外，甚至还在电话那头轻轻笑了几声。

"很好，傅警官果然不是一般人，你就不好奇我为什么要见你？"

"我不关心你为什么找我，但我告诉你，别动赵佳慧半根毫毛！"

胡正荣当即怒吼道："她的安危不用你关心，半个小时后，你必须出现在我面前！"

傅北辰静下心来，一边同胡正荣周旋，一边试图从他口中获取一些有价值的信息。

"可以，但你先告诉我见面地址，还有她现在怎么样？"傅北辰压低声音问道。

胡正荣冷笑了两声，冷嘲热讽地说道："傅警官你还真是关心够朋友，不过我劝你还是多关心关心你自己吧。她现在还很安全，但半小时后我就不敢保证了。位置我已经发到你的手机上了，待会儿你只准一个人来。如果我发现还有人和你一起，那我会立马按下炸弹的引爆按钮。"

傅北辰的手机开着免提，所有人都清楚听到了"炸弹"这个词，可想而知事态有多严重。

"好！但我怎么确定你没骗我？赵佳慧现在还安不安全？"

电话那头胡正荣顿了顿，一阵声响过后，赵佳慧的声音传了出来。

"北辰，你千万不要过来，他……"

还没等赵佳慧说完，胡正荣又开口道："现在确认了吧？你赶紧过来救人，我等着你呢。"

电话被挂断，众警员随即待命等待指示。傅北辰脸色阴沉，他的视线扫过周围的同事，然后下了个决定道："你们全部都给我留在局里待命，为了保证人质能绝对安全，这次我一个人去。"

此话一出，警员们都齐齐表示了反对。张霖更是，高声喊道："傅队，你发什么疯呢？"

一旁的丁法章也站出来开口劝说道："北辰，你一个人行动实在不妥。刚才赵佳慧之前也已经说过了，恐怕胡正荣是想鱼死网破。你如果一个人去，只怕非但没救出赵佳慧，到头来还把你自己搭进去。虽然人多不便，但也绝不能让你单独行动。"

张霖点头，随即附和道："傅队，胡正荣有炸弹，那表示周边的群众也会有潜在危险。"

傅北辰深吸一口气，想了想又才道："那好，组织好队伍，张霖和丁法章，加上我，我们仨当先头部队过去，至于别的警员则在现场的附近埋伏好，同时也要做好相关的群众疏散工作，顺便向上级请求增援，请求拆弹专家待命，以防意外情况的发生。"

话音落下，傅北辰带着张霖和丁法章火速赶往停车场，驾车赶往胡正荣提到的地点。

"从定位来看，胡正荣并没骗我们，他确实是在城南的开发区。"丁法章对胡正荣的手机号码进行了定位追踪，"万幸城南开发区是一片还没出售的新建楼盘，附近的居民也不怎么多，我们要疏散的就只有建筑工人，这对我们来说是个好消息。

"但这情况也有不利的一面，开发区附近人烟稀薄。如果胡正荣躲藏在其中一座大楼中从上暗中俯瞰着我们的话，他多半早就踩好了点，找了最佳的视角观察位。只要我们的队伍有所行动，就一定逃不开他的眼睛。"

傅北辰眉头紧锁，看着胡正荣给的地址暗觉不妙。他开口命令道："待会儿到了地方，你们俩在车上等，我独自上楼见他。"

张霖一听就急了，正要开口反驳，却先被丁法章给拦了下来。

"我跟你一起上去，张霖留下接应别的同事。待会儿到了地方，我们要先观察周边的地形。如果大楼附近有建筑物可以充当掩体挡住胡正荣的视线，那么后面的队伍行动起来就会方便很多，张霖负责找出最佳行动路线。"

张霖沉默了片刻，最终还是点了点头道："好，我明白了，我会找出最佳路线。"

"法章，你也留下，我一个人去就行了。"傅北辰直接拒绝了丁法章同行的提议。

"北辰，你说过我们要一起面对，因为我们是好兄弟，也是并肩作战的战友啊！"

看着丁法章真挚的眼神，傅北辰第一次妥协了。他叫张霖把车停在路边，自己坐上了驾驶位，以防等会儿下车时露出破绽。时间已经过去了 20 分钟，距离和胡正荣约定的时间不多了。

傅北辰又加快了车速，三人总算准时赶到了地方。果真如先前所料的那样，胡正荣早就算计好了一切。他们面前的这栋大楼，周围没有任何建筑，还未硬化的水泥地因为连日的大雨而泥泞不堪，而从大楼高层看去，地面上的风景一览无余，只要有人行动就立刻会被楼上的胡正荣察觉。

成功确定了仅有的视线盲区后，傅北辰把车停靠在了紧贴大楼的边缘。他独自一人先下了车，丁法章则紧随其后。张霖看着两人下了车，内心很是担忧。但此时他要想办法完成他的任务，也不敢轻举妄动。

傅北辰站在楼下拨通了胡正荣的电话，没过两秒便被接通了。

"很好，看来你是个守时的人，确定是一个人来的吗？"

傅北辰"嗯"了一声，接着反问道："你在几楼？我立马上去见你。"

胡正荣那边报出了一个楼层号，果真是接近顶层的位置。

"傅警官，我提醒你一下，你还有5分钟的时间。"胡正荣说完，便直接挂了电话。

但这栋楼并没完成建筑，电梯设备也还没开始运行，所以需要在5分钟内冲上楼去。

丁法章知道自己的身体素质不好，于是将傅北辰拉到一旁，递给了傅北辰一个东西。

"这个是监听器，你带在身上吧，你先冲上去稳住胡正荣，我在后面随后就到。你想办法尽量拖延时间，分散胡正荣的注意力，不能让他分神去关注楼下的动向。有特殊情况就通过监听器告诉我，我会想办法配合你的行动。"

傅北辰点头，看了一眼丁法章之后，便拔腿向楼上奔去。十几层的高度，即便傅北辰体能不差，爬到一半都开始气喘吁吁了，但他知道没有时间休息了。他又咬了咬牙，再度猛然发力，终于赶在计时结束之前到了约定的楼层。

此时此刻，胡正荣正站在窗口不停向外看着，明显他是在观察外部的情况变化。

听到傅北辰的声音后，他转过头望着傅北辰，脸上没有丝毫的紧张感，甚至还带着淡笑。

"傅警官，真是好久不见，你的体能还真不错。"胡正荣一边说一边微微点头。

傅北辰没心思同胡正荣闲话，他四处张望了一下，寻找着赵佳慧的身影。在一个角落里，他看到了被五花大绑用胶带贴住了嘴巴的赵佳慧。赵佳慧见到傅北辰也非常激动，她拼命扭动着身体，呜咽着想要开口跟傅北辰说话。

"胡正荣，我现在人来了，你到底想怎么样？"傅北辰盯着对面的男人质问道。

听傅北辰这么问，胡正荣却陷入了沉默。他走到窗口，看着窗外若有所思。傅北辰此时却心中一动，如果胡正荣一直保持这个状态，那么他就有机会能上前去降服他。因为胡正荣的身材与他相比不占优势，况且傅北辰在警校时就是近身格斗冠军，拿下这样一个人根本不是问题。

"傅警官，你一定是在想怎么能趁机把我拿下吧？"胡正荣背对着傅北辰，然后又特意补了一句，"不过，我劝你最好不要这么做，因为赵佳慧的腰上被我绑了一颗炸弹。如果你扑过来，我惊慌失措之下可能会按下炸弹的引爆按钮。"

听胡正荣这么一说，傅北辰的背上冷汗冒个不停。他气愤地反问道："你为何要这么做？"

"傅警官，你有什么资格来教训我呢？你根本不了解发生了什么，更没亲身体会过那种被人戴绿帽和出卖的感觉，你根本就没资格来说我！"胡正荣说着就突然转过头，死死地盯着傅北辰，他的眼神中充满了愤恨，仿佛要把傅北辰给剥皮拆骨。

傅北辰被胡正荣的话说得哑口无言，他始终是局外人，并没资格对这一切评头论足。

"胡正荣，你这就是在发泄自己的愤恨，罪人应该交给法律来制裁，现在是法制社会。"

"傅大警官，真是好一番冠冕堂皇的说辞啊！"胡正荣冷笑着从窗边走到了赵佳慧的身旁，弯腰抚摸着赵佳慧的脸颊，"但你替我想过没有？我又做错了什么呢？别人凭什么来背叛和惩罚我？你又凭什么和她一起来羞辱跟教训我？"

说着，胡正荣将赵佳慧脸上的胶带一把撕下，疼痛让赵佳慧忍不住哀号了出来。

"你跟我说，凭什么你要这样对我？"赵佳慧没回答胡正荣的问题，而是做了个决定。

赵佳慧朝着傅北辰那边大喊道："北辰，你快跑，炸弹定了时，再过一会儿就要爆炸了！"

傅北辰心中一惊，看向胡正荣。只见胡正荣脸上带着邪笑，露出了大仇得报的模样。

胡正荣也狞笑着开口说道："没错，半个小时后，炸弹就会自动引爆，不仅赵佳慧的身上有炸弹，这楼里我已经提前安了10颗炸弹。反正我早就家破人亡了，有你们这对狗男女能一起陪葬也值了！"

尾声　炸弹危机，生死时速

　　另外一边，丁法章正弯着腰大口大口喘粗气。他连续爬了将近10层，此刻只觉全身上下力气都被抽干了。而耳机中则陆续传出傅北辰和胡正荣的谈话声，丁法章此时只能通过耳机探查现场的情况。当他听到胡正荣坦白现场有10颗炸弹后，倒吸了一口凉气。如果情况属实，那些炸弹同时爆炸，这楼会瞬间化为废墟。

　　"北辰，你想办法拖住时间，最好能套出炸弹的位置来。"傅北辰携带的耳机中，突然传出了丁法章的声音。傅北辰立马倒退了两步，离胡正荣又稍远了一些，以免被他发现身上的耳机。

　　"胡正荣，你疯了吧？居然装这么多炸弹，都能把楼给炸毁了，你到底想干什么？"

　　胡正荣笑了，他站起来摊了摊手道："其实也没啥，我就想和你们俩一起共赴黄泉。"

　　傅北辰听罢，只觉毛骨悚然，他气愤地骂道："你给我醒醒吧，别继续错上加错了！"

　　此时的胡正荣已经陷入了癫狂，他听不进傅北辰的劝，独自喃喃自语："我无所谓了。"

　　说完，胡正荣再次狂笑了起来，那笑声从耳机传到丁法章耳中，让他更加焦灼。

丁法章明白，此时的胡正荣已经彻底放弃跟失控了，跟他说什么都行不通了。

"北辰，我现在去楼里找炸弹的位置，你先安抚好他的情绪，千万不要刺激他。"

傅北辰听丁法章这么说，心里也很担忧。他不知道丁法章有没有足够的体力爬遍全楼，更不清楚面对炸弹他是否有能力自保。但眼下的情况是他自己都分身乏术，只好继续与面前的亡命之徒拖延时间。

"我知道你经历了很多，但现在回头还不算晚，胡正荣，听我一句劝，你收手吧。"

面前的胡正荣听到这话，只见他红着眼睛，抬起头狠瞪住傅北辰道："不晚吗？我杀了那么多人，现在还不晚吗？刘俊、唐少军、郑译，这些人的亲人会放过我吗？警察跟法律会放过我吗？"

地上的赵佳慧双目圆瞪，她被刚才胡正荣的话给惊呆了，开口反问道："是你杀了郑译？"

胡正荣低下头，用嘲讽的眼神看着赵佳慧，嘴角勾起了一丝笑容道："没错！你不会到现在还以为他是被你杀了吧？哈哈哈，听到这个消息你高兴不？还是很愤怒？又或者是心疼呢？"

赵佳慧开始疯狂扭动着身体，破口大骂胡正荣。

胡正荣依旧不以为然，他蹲下身掐住了赵佳慧的脖子，一字一句道："其实，那天你去找他的时候，我就暗中跟在了你身后。只不过你自己做贼心虚，鬼鬼祟祟没发现我而已。你包里郑译家的钥匙，我也早就偷偷配好了。原本是想趁啥时候你们偷偷幽会，我再冲到他的家里去，把你们这对奸夫淫妇抓个现行。"

说着，胡正荣忍不住仰天狂笑，连眼泪都笑了出来。他又继续道："可没想到你居然帮了我一个大忙，说实话我早就想干掉他了。口口声声说我是他的好兄弟，拍着胸脯和我说有福同享、有难同当。到头来却暗中坑我，断我财路，破我人脉，还睡了我老婆，这样的人不该死？"

赵佳慧默不作声，眼中充满了仇恨。她咬牙切齿地盯着胡正荣，只想将其用眼神杀死。

"说来也怪你蠢，妇人之仁最坏事。如果你也和他一样心狠手辣，始终把对付我当成头等大事，或许现在捧着钱偷笑的人，就是你们俩了。可你偏偏心怀不忍，还想着去向他求情放过我。"胡正荣的脸色突然变狠毒起来，盯着赵佳慧反问道，"你以为你这样做，我就会不恨你们？简直是多此一举，可笑至极啊！"

一旁的傅北辰突然插话道："原来是你用钥匙开了郑译家的门，然后用雕像砸死了他！"

胡正荣忍不住拍了拍手，笑着说道："不错，傅警官，不愧是警察，脑子就是比较好使。"

赵佳慧此时已经痛哭了起来。胡正荣没收手的意思，继续向赵佳慧描述当时的场景。

"你的包里我早就安了监听器，你和他每次见面做了什么我都清楚。你从他家慌张逃离之后，我就偷偷潜了进去。那家伙当时还在地上半死不活地躺着，我动手时还险些醒来。你猜一猜，我砸死他时，他的遗言是啥？"

话音刚落，胡正荣便走上前去，一把扯住赵佳慧的头发道："让我告诉你真相吧，那家伙临死之前，嘴里还叫着你的名字！他一直以为是你杀了他，所以我后面就只能顺水推舟了，让你误以为自己杀人了。"

此时，傅北辰的耳机中传来一道声音："北辰，我找到一颗炸弹了，还有 21 分钟爆炸。"

傅北辰顿时浑身汗毛直立。不过，丁法章之后的那些话，反而让他安心了不少。

"我们的人已经到了，你继续拖住他，抓捕小组和拆弹专家马上就要进楼了。"

傅北辰知晓这个消息后，才继续面不改色地同胡正荣道："就算郑译死有余辜，可刘俊和唐少军没得罪你吧？你为什么要杀了他们？"

胡正荣转过身，一步一步走向傅北辰道："他们俩确实没做错什么，组织策划跟执行行动，这两人都帮了我不少忙。要不是他们帮忙的话，就凭我一个人或许还真完成不了那个计划。但他们错就错在帮我办事了。"

这个回答让傅北辰心生厌恶，骂了一句："我看你就是怕东窗事发，才动手杀人灭口！"

胡正荣深吸一口气，摇摇头回答道："主要是刘俊和唐少军都有问题，一个不会保守秘密，一个又太贪了，我无奈之下才将他们给干掉。也是我下手太晚了点，如果早一些动手的话，或许你们警方连半点证据都找不到。"

因为在胡正荣的眼中，事情会走到今天这一步，全怪刘俊和唐少军二人太不守规矩了。

"成也在他们，败也败在他们。刘俊成天向别人炫耀自己马上要飞黄腾达了，还把我的身份泄露了出去。而唐少军更可恶，他竟然敢威胁我，要我加一大笔钱给他，否则他就会投案自首，顺便举报我。"

"可这两个蠢货怎么都没想到，我其实早就想好了后手，我一毛钱都不会分给他们！"

"我身上背了多少债，岂是抢一次金店就能够还清的？从金店抢首饰，也是为掩盖我之前从金店挪用款项留下的漏洞，他们两个蠢货真以为抢到了东西就能一夜暴富？人不能太张扬，更不能太贪心，否则连命都会丢掉。"

"所以，你把刘俊约出来，在巷子里勒死了他；趁唐少军不注意，在他的啤酒中下了毒？"

胡正荣可能没有料到傅北辰已经理清了一切，他开口称赞道："傅警官，你确实是个好警察。但不可否认，我特别讨厌你！你三番五次和赵佳慧私下见面吃饭，甚至你还三更半夜去她住的酒店。而自从你出现，她就时不时有意无意提起你，因为你和我争吵，你可知'廉耻'二字怎么写？"

傅北辰正要开口辩驳，耳机中却传来了丁法章的声音。

"北辰，我们已经进到楼里了，炸弹大约还有 15 分钟爆。如果可能，你就找机会撤退。"

见傅北辰不说话，胡正荣更加愤怒了。他快步走上前去，一把拽住了傅北辰。

"是你，事情发展到今天这一步，你傅北辰也有很大的责任！"心中的愤怒冲昏了胡正荣的头脑，他完全没注意到。这恰恰是傅北辰所期待的事，傅北辰趁机使出了小擒拿手，反手擒住了胡正荣，将他压倒在地，一记手刀直接落到了胡正荣的脖颈处，胡正荣瞬间昏倒。脱离了危险的傅北辰急忙冲耳机那边大喊道："法章，通知抓捕小组到我这边来，嫌疑人已被降服了！"

丁法章闻声，急忙指派人员前往，瞧见傅北辰毫发无伤，这才放下心来。但他们都知道，此时的危机还没完全解除，楼里的那 10 颗炸弹很快就要爆炸了。工作人员将赵佳慧从地上扶起，又将她腰间的炸弹给解下。

"现在一共发现了几颗炸弹？"

"已经有 7 颗了，我们还在继续搜索。"

"有没有现场拆弹的可能？"

一旁的拆弹专家摇了摇头，如实回答道："时间不太够，况且这样很危险，一旦出现失误，一颗炸弹爆炸就会连环引爆别的炸弹。我建议还是找到炸弹后，立马将炸弹紧急运往空旷处处理。"

傅北辰开始思考，而拆弹人员也找到了剩余的 3 颗，10 颗炸弹全都被放到了一个背包里。

此时，炸弹上的时间仅剩下 6 分钟了，想当场拆弹也来不及了，因为现场炸弹数量太多。

看着堆放着炸弹的背包，傅北辰做了一个特别大胆的决定，他主动背起了装有炸弹的背包，以生平最快的速度冲下楼去。当傅北辰成功下楼之后，又发动了停在一旁的那辆警车，所有警员都被傅北辰的举动给惊呆了。张霖本想上前阻拦，但傅北辰已经如火箭般飞驰而出。

"快，赶紧跟上！"丁法章拉着张霖上了另一辆车，张霖驾车与丁法章紧跟着傅北辰。

从傅北辰的行车轨迹来看，傅北辰是打算把炸弹运到附近的那条江中引爆。但从时间上看，其实已经有些来不及了。丁法章心急如焚，他知道如果没有及时将炸弹全部投到江中，那傅北辰就会连同车辆一起被炸个粉身碎骨。

傅北辰当然也明白。为了以防万一，他开启了车上的警笛来开道，紧接着又踩了一脚油门儿，暗自计算着炸弹上不断减少的时间节点。按照现在的车速来看，不出意外的话，他应该能抢在炸弹爆炸之前赶到目的地。

时间一分一秒过去，眼前的场景逐渐熟悉了起来，这一路上用了警笛开道，所以很顺畅。

傅北辰心中自然大喜，那条江河就在不远处，他将车刹停后，抱着炸弹奋力向前狂奔。

　　身后，张霖与丁法章也已相继赶到。此时，可谓是正在同死神赛跑了。傅北辰拼尽了全力，拿出了生平最快的速度向前跑去。那是一条宽阔的江流，一眼望去深不见底那种，只要将炸弹背包给扔入江中，这次的危险就算解除了。

　　下一秒之后，张霖和丁法章就听到了巨大的爆炸声，强大的气流差点将他们给当场击晕。江畔烟雾弥漫，水滴漫天飞溅。丁法章强行站起身来，放声呼喊傅北辰的名字，可许久都没人回应。

　　丁法章跪倒在地，泪水肆意流淌，他怕傅北辰被炸弹给炸死了，他无法面对这结局。

　　“傅队！”张霖突然抬手兴奋大叫，丁法章闻声亦急忙抬头，只见那些浓雾当中，一个熟悉的身影逐渐浮现。他的行动特别慢，待烟雾完全散去之后，才显露出一张满是鲜血的坚毅面庞来。

　　在炸弹即将爆炸的最后一刻，傅北辰掐着点儿，成功抛出了装着那些炸弹的背包。

　　丁法章起身，满是泪水的脸上露出了笑意，烟雾中的傅北辰也笑了，一切都结束了。